Am 19. Juni um vier Uhr nachts wird Christian Haller von einem dumpfen Schlag geweckt. Es dauert einige Zeit, bis er begreift, was dieser dumpfe Schlag bedeutet: Die Terrasse seines Hauses wurde vom Hochwasser des vorbeifließenden Flusses in die Tiefe gerissen. Aber nicht nur sein Haus ist bis in die Grundfesten erschüttert, auch sein Lebensfundament ist mit einem Mal untergraben und zeigt bedenkliche Risse.

Diese Einsicht erschreckt den gerade siebzig Jahre alt gewordenen Autor, sie lähmt ihn aber nicht. Er weiß, wie er dem Schrecken begegnen kann – mit Erzählen. Und dieses Erzählen führt in die Tiefen seiner Erinnerung.

Im Ton eines großen autobiographischen Romans blickt er zurück auf die Anfänge seines Lebens. Geduldig und mit einem nicht zu überbietenden Gespür für Stimmungen und für untergründig sich regende Gefühle erzählt er von sich als Kind, als Schüler und später als Gymnasiast. Von seiner Leidenschaft für das Theater erzählt er, von der ersten Liebe – und von dem unbezwingbaren Hang, den Anforderungen der Wirklichkeiten auszuweichen und sich in Ersatzwelten zu flüchten. Und er erzählt zugleich von der verblüffenden Fähigkeit, sich in diesen Ersatzwelten mit einer Macht einzurichten, dass er in der Realität doch bestehen kann.

CHRISTIAN HALLER wurde 1943 in Brugg, Schweiz geboren, studierte Biologie und gehörte der Leitung des Gottlieb Duttweiler-Instituts bei Zürich an. Er wurde u. a. mit dem Aargauer Literaturpreis (2006), dem Schillerpreis (2007) und dem Kunstpreis des Kantons Aargau (2015) ausgezeichnet. Nach »Die verborgenen Ufer« ist von ihm zuletzt »Das unaufhaltsame Fließen« erschienen, der zweite Teil seiner autobiographischen Trilogie. Er lebt als Schriftsteller in Laufenburg.

Christian Haller

Die verborgenen Ufer

Roman

btb

Sollte diese Publikation Links auf Webseiten Dritter enthalten, so übernehmen wir für deren Inhalte keine Haftung, da wir uns diese nicht zu eigen machen, sondern lediglich auf deren Stand zum Zeitpunkt der Erstveröffentlichung verweisen.

Verlagsgruppe Random House FSC® N001967

1. Auflage
Genehmigte Taschenbuchausgabe Januar 2018
btb Verlag in der Verlagsgruppe Random House GmbH,
Neumarkter Str. 28, 81673 München
Copyright © 2015 Luchterhand Literaturverlag, München, in der
Verlagsgruppe Random House GmbH
Umschlaggestaltung: semper smile, München
nach einem Entwurf von buxdesign, München
unter Verwendung eines Motivs von © Carla Nagel
Druck und Einband: GGP Media GmbH, Pößneck
cb · Herstellung: sc
Printed in Germany
ISBN 978-3-442-71583-1

www.btb-verlag.de
www.facebook.com/btbverlag

19. Juni, vier Uhr nachts, ein dumpfes Grollen. Ich schrecke hoch. Die Hausmauern zittern.

Ein Erdbeben!

Brechende, reißende Mauern, dann ein dunkel plumpsender Ton, gefolgt von einem hellen, spritzenden Rauschen, das in einem Regen fallender Tropfen erlischt.

Stille.

Sie schafft die Gewissheit: Das Hochwasser hat einen Teil unseres Hauses weggerissen.

Ich stehe auf, gehe zur Veranda, einem über der Terrasse gelegenen Holzvorbau. Fahles Frühlicht erhellt die Fenster. Ich öffne einen Flügel, und während die Kühle und das Rauschen des Hochwassers hereindringen, blicke ich auf den wirbligen Strom, bedeckt mit Inseln von Schwemmholz und Abfall. Ich beuge mich vor, schaue über die Brüstung hinab: Das bis gestern Abend noch vertraute Bild unter mir – die Gartenplatten, die Töpfe mit den Pflanzen, die umfassende Mauer – ist zur Hälfte weggebrochen. Die Eisenstangen des Geländers sind abgerissen, ragen verbogen über den Abgrund. Sie deuten noch den Umriss der sieben Meter hohen Mauer über einer klaffenden Leere an. Auf der Abbruchkante, schräg und halb schon im Stür-

zen, hängt noch schattenhaft der Bottich mit dem Granatbaum.

Ich empfinde nichts. Als wäre mein Inneres betäubt und
fühllos, und meine Augen funktionierten wie Kameralin-
sen, die lediglich aufnehmen, was geschehen ist.

Eine Katastrophe.

Und das Wasser strömt, rauscht, zieht als grauwälzende
Masse vorbei und weiter, schon den achten Tag. Erst mit
dem Hellerwerden und nach einigen weiteren Millio-
nen Kubikmetern Hochwasser steigt aus der anfänglichen
Fühllosigkeit die Ahnung auf, dass dies nicht hätte geschehen dürfen, ich doch alles unternommen habe, damit es
nicht geschehen könne und jetzt eben doch eingetroffen
war. Und als ich an der Abbruchkante den Bottich mit dem
Granatbaum zu retten versuchte, mich auf den eingesun-
kenen Gartenplatten vortastete, ängstlich, sie könnten unter mir einbrechen, ich den Arm ausstreckte und versuchte,
den Rand des Bottichs zu fassen, der zu entgleiten drohte,
kam die Erinnerung an die bisher verstörendste Lebenser-
fahrung zurück:

Auch damals war Nacht gewesen, eine frühe Morgenstunde mit den schattenhaften Umrissen der ersten Dämmerung. Und in meinem Traum war ein Schlagen gewesen, das mich weckte und andauerte, und ein Schlagen
neben mir war das Schlagen von Pippas Arm. Auch damals
glaubte ich während Bruchteilen einer Sekunde, wie eben
zuvor bei der Terrasse, als ich das Grollen und Erzittern
einem Erdbeben zuschrieb, ich kennte die Ursache. Pippa
sei lediglich unruhig, hätte vielleicht zuviel getrunken, bis
ich verstand, dass dieses Schlagen ihres Arms Ausdruck von

Schmerz und Hilflosigkeit war, ich sie am Boden neben dem Bett fand, schon nicht mehr bei Bewusstsein.

Damals war ihre eine Körperhälfte durch eine Hirnblutung weggebrochen, abgesackt in eine lebenslange Lähmung, und auch an jenem, nun schon dreißig Jahre zurückliegenden Morgen hatte ich im ersten Moment nichts empfunden und einzig die Notwendigkeit verspürt, kühl und überlegt zu handeln.

So stieg ich auch jetzt, nachdem ich den Granatbaum vom Abgrund weggezerrt hatte, hinauf in mein Arbeitszimmer. Ich musste die notwendigen Anrufe tätigen, hockte mich wie damals hin, um zu telefonieren, nur war das Telefon kein Apparat mit Wählscheibe mehr, sondern ein Smartphone, doch das Zittern meiner Hände und das dadurch bedingte Verwählen waren sich gleich geblieben.

Ich alarmierte die Geschäftsleitung des Kraftwerks, das unterhalb unseres Hauses den Fluss staut und für den Uferschutz zuständig ist. Ich rief die Gebäudeversicherung an, drohte dem Angestellten auf seine Herablassung hin, für die Versicherung handle es sich um »kein Ereignis«, mit der Presse, informierte die Bauverwaltung der Gemeinde. Eine Stunde später stieg ich in den Kahn der Kraftwerksgesellschaft, um mit dem diensthabenden Ingenieur die Abbruchstelle vom Wasser her zu besichtigen. Doch unter all den äußeren Handlungen kam zur Angst um die Folgen der eingestürzten Ufermauer die Gewissheit hinzu, dass sich den Krisen der letzten Monate eine neue, umfassendere Krise hinzugefügt habe, und ich lachte.

Lachte über mich und meinen längst verstorbenen Vater, verspürte zu ihm eine warme, mich durchdringende

Nähe. Während meiner Kindheit hatte er in schöner Regelmäßigkeit für Katastrophen gesorgt, in getreuer Fortsetzung der Um- und Zusammenbrüche meiner mütterlichen Familie. Schon als Junge hatte ich mir deshalb vorgenommen, schlauer, durchtriebener dem Leben gegenüber zu werden als Vater, und wenn Pippas Hirnblutung auch zu einer Lebenskrise geführt hatte, letztlich war sie es gewesen, die es getroffen hatte, nicht mich. Doch als der Bootsführer den Kahn unter der Abbruchstelle in der Strömung hielt, der Ingenieur die Unterlippe vorschob und bedenklich den Kopf wiegte, ich in diese Erdwunde schaute, die tief unter die noch verzahnten Gartenplatten reichte, gab es keinen Zweifel mehr: Jetzt hatte es mich erwischt, als alten Mann, der glaubte, gefeit zu sein, weil das Leben – wenigstens zur Hauptsache – gelebt war. Der Einsturz der Ufermauer unseres Hauses erschien mir jetzt wie die sichtbar gewordene Bestätigung dafür, dass mein bisheriges Leben in den Fundamenten beschädigt war: Vor nur wenigen Wochen hatte mich meine langjährige Partnerin, mit der mich eine intensive künstlerische Arbeit verband, unerwartet verlassen. Zur gleichen Zeit war ein Roman erschienen, an dem ich Jahre gearbeitet hatte, ein Werk, von dem ich mir viel, jedoch nicht die teilweise heftige Ablehnung erwartet hatte. Zum ersten Mal in meinem Leben saß ich in der Praxis eines Psychiaters. Ich litt an Angstzuständen, war in eine Depression und vollständige Desorientierung abgerutscht. Mein Daseinsgebäude, das in seiner Anlage unkonventionell und in der Ausführung statisch gewagt war, von mir ein stetig stabilisierendes Ausbalancieren verlangte, war weggebrochen wie jetzt die

Terrasse auch, die an diesem Morgen im reißenden Wasser verschwunden war.

Die Mauer sei nicht wieder aufzubauen, technisch selbstverständlich möglich, sagten mir die Ingenieure, heute sei vieles technisch zu machen, doch die Kosten beliefen sich auf ein Vielfaches des Wertes unseres Hauses.

Inzwischen standen vier Ingenieure im Flussgarten des Nachbarn, blickten hinüber zur klaffenden Wunde unter unserem Haus, eine Wunde, die sich erheblich vergrößert hatte. Arbeiter, die an Seilen vom Unterboden der Veranda hingen, brachen die Reste der Mauer ab, pickelten und schaufelten die Hinterfüllung weg. Notabbruch, ein weiteres Abstürzen von lose gewordenem Material müsse verhindert werden, hieß es. Doch je tiefer die Arbeiter in ihren orangefarbenen Jacken gruben, auf desto größere Probleme stießen sie.

Die Seitenmauern waren angegriffen und instabil geworden. Der Fels, auf dem das Gebäude stand, war noch immer nicht zum Vorschein gekommen, dagegen zeigte sich an einem vorgelagerten Gneiskopf, dass er unterspült und für die Stütze eines Balkons, der die Terrasse ersetzen sollte, nicht infrage kam.

Auf den historischen Fotos, die vor der Stauung gemacht worden waren und die man zur Abklärung des Untergrundes heranzog, zeigte sich eine tiefe Kluft im Fels. Sie zog sich schräg in das Fundament unseres Hauses hinein, eine Spalte, deren Ausläufer im Tonnenkeller als Felsriss sichtbar war.

Ein einzigartiger Fall, sagte der diensthabende Ingenieur, uns ist nichts Ähnliches in den Staubereichen bekannt, für die wir zuständig sind, und das sind in der Schweiz einige, die unsere Firma betreut.

Ich saß am Tisch mit Vertretern der Gemeinde, des Ortsbild- und Heimatschutzes, mit dem Geschäftsführer des Kraftwerks, den Ingenieuren, dem Leiter der Spezialfirma für Felsarbeiten, Leute, die behilflich sein wollten, weil sie bereits wussten, was ich erst allmählich begriff: Niemand würde für den Schaden aufkommen, keine Versicherung, weder die Betreiberfirma des Kraftwerks noch der Bund als Konzessionsgeber oder der Kanton als Besitzer des Gewässers. Die Kosten hätten allein wir zu übernehmen – unsere kleine Hausgemeinschaft, bestehend aus Pippa, ihrer Schwester und mir – und diese Kosten würden unsere finanziellen Möglichkeiten bei Weitem übersteigen. Wir müssten mit einer Zwangsversteigerung rechnen, wurde mir gesagt, das Gesetz verlange auch bei Nichtfinanzierbarkeit der Kosten die Sanierung von Schäden. Dem Buchstaben nach hätten wir auszuziehen, womit man allerdings nicht rechne – ich aber rechnete, dass wir weder die Hypothek erhöhen noch die Miete einer Wohnung finanziell verkraften konnten. Mit diesem Fazit sah ich mich genau an dem Punkt angekommen, an dem die mütterlichen Ahnen zuletzt und Vater immer wieder angekommen waren: Am Nullpunkt der Existenz.

Beinahe wäre gelungen, was ich mir als Junge vorgenommen hatte: Den Neigungen zu folgen, doch die Fallen zu meiden, die das Leben bereithielt. Durch Ausweichen wollte ich den Schlingen entgehen, in die Vater getreten war. Doch am 19. Juni, vier Uhr nachts, erzitterte das

Haus. Ich hörte das dumpfe Grollen, danach diesen dunkel plumpsenden Ton, der in einem Regen fallender Tropfen verstummte.

TEIL 1

Der Erdtaucher

1

An einem Wintermorgen um sechs Uhr früh wurde ich in eine Welt geboren, in der zu leben ich nicht sehr fähig wäre. Doch davon wusste ich nichts, ahnte nicht einmal, dass meine Mutter es im Kreißsaal des Provinzkrankenhauses unerträglich kalt fand, sie erbärmlich fror und ich Neuankömmling dafür, dass ich mit meinen acht Pfund Gewicht ihre Symphyse sprengte, mich mit der Wärme des Strahls revanchierte, den ich auf ihren Schenkel pinkelte.

Es war Krieg, die Fenster verdunkelt, die Lampen trüb. Und dieser Eintritt ins Dasein ereignete sich in Brugg, einer schweizerischen Kleinstadt, neben deren Brücke der Schwarze Turm steht: Aus seinen massigen Steinquadern vorgereckt starrt ein Hunnenkopf über den Fluss zum Juraberg, der am gegenüberliegenden Ufer als ein bewaldeter Wall nach Norden hin die kleine Stadt vor den Zerstörungen und Vernichtungen des Krieges schützen sollte.

Der Krieg hatte eben eines seiner blutigsten Kapitel abgeschlossen: Stalingrad, als ich eingewickelt in einer Wärme lag, die sich rau und trocken anfühlte und mich fester einhüllte als die schwebende Weichheit, die mich zuvor gehalten hatte. Der Raum um mich war groß, und eine Leere aus Dunkelheit füllte ihn aus. Sie setzte meinem Strampeln keinen Widerstand entgegen, in ihr waren kein Herzschlag und keine mich besänftigenden Geräusche zu hören. Diese Stille ängstigte mich, sie gab mir das Gefühl, allein und nirgends zu sein. Ich schrie, schrie aus Angst vor dem Verlassensein. Doch niemand hörte mich, keiner kam, und die reglose Stille drang in mich ein. Sie blieb dort als ein erinnerter Raum aus nachtschwarzer Verlorenheit.

Nach langer Zeit dämmerte im Dunkel ein Rechteck. Es sah aus wie ein Schmier Helle auf einer Kohlezeichnung. Diese Helle dehnte sich aus, verschwand wieder, dehnte sich erneut aus, und sie füllte regelmäßig das Zimmer, in dem ich im Stubenwagen mit dem halbrunden Stoffschirm lag. Vor diesem Bogen formten sich Umrisse, die heller oder dunkler gegeneinander abgesetzt waren, von denen einige sich auch bewegten, sich näherten und über mich beugten: Gesichter, die Laute machten, Klänge, die angenehm beruhigend waren.

Doch mit den Wochen sickerten in die Abstufungen von hellen und dunklen Schattierungen zunehmend Farben ein. Erst von zarter Blässe wurden sie danach hart, aufdringlich und besetzten die Umrisse. Sie schlugen sich auf die Formen nieder, schrien mich an, laut und unverständlich, und drangen in mich ein. Sie erzeugten in mir Gefühle, die ein Kreisen in meinem Körper auslösten. Erst behutsam, dann stärker drehten sich die Umrisse, die noch namenlose Dinge waren, überfielen mich mit einer Heftigkeit, der ich nichts entgegensetzen konnte: Ohnmächtig überließ ich mich dem Drehen, durch das die Farben zu verschmelzen begannen, blendend hinter meinen Augen aufleuchteten und sich als grelle Blitze im Kopf entluden. Ich erbrach mich, erbrach mich wieder und wieder, als müsste alles, was je in meinen Körper gelangt war, auch wieder aus diesem hinaus, selbst noch der Atem aus den Lungen. Ich wand mich in Krämpfen, würgte und krümmte mich, bis zum Schluss grünliche Gallenflüssigkeit bitter ins Weiß der Schüssel tropfte. Noch Tage nachher schmerzten mich der Bauch und die Brust, doch im Kopf war eine lichte Ruhe.

Nach dem monatlich sich wiederholenden Schwindel blieben die Dinge um mich her als helle, graue Umrisse zurück, aus den Farben waren wiederum Grautöne geworden, als hätte ein Künstler meine Umgebung in monochromer Grisaille-Technik ausgeführt. Das Zimmer, die Straße vor dem Haus, das Städtchen mit seinen Gassen und alten Häusern wirkten wie ein in Stein gemeißeltes Relief, und doch konnte ich mich mit unsicheren, wackligen Schritten in dieser zu einem Bild gewordenen Umgebung bewegen, zur Schmiede des Herrn Obrist gehen, vor der dieser die Pferde beschlug; zur alten Kastanie laufen, unter der wir im Sand Tunnels unter Berge gruben; mich auf die Mauer setzen, in der eine versteinerte Muschel ihren feinen Fächer spannte.

Veränderte sich etwas in unserer Straße, auf dem Platz vor dem Roten Haus oder bei den Ladengeschäften, auf deren Eingangsstufen ich bei Besorgungen auf Mutter wartete, so geschah dies allein, weil ich hinschaute oder mich bewegte, nicht, weil sie sich selbst bewegten und dadurch anders aussahen. Sobald sie dies jedoch taten, sich zu bewegen begannen und Farbe bekamen, löste sich die graue Beruhigung auf, fing das Drehen und Blitzen hinter den Lidern an, kam das schmerzhafte Erbrechen zurück.

Ich hatte die ersten Wörter sprechen gelernt und stand beim Teich hinter unserem Haus bei den alten Bäumen. Ich blickte den Weg entlang zur Gärtnerei, die sich seitlich an unser Haus anschloss. Durch die Zweige gleißten die Scheiben der Gewächshäuser, auf denen teilweise aufgerollte Bahnen von Holzstäben gegen die Sonnenbestrahlung lagen. Ich gab ihnen einen Namen. Sie hießen »Schee-en«, durch den Namen blieben sie unveränderlich fest, rollten niemals die Schräge herunter, blieben nur einfach das, was sie waren: »Schee-en«. Für die Blumenbeete hatte ich keinen Namen, sie gehörten zu meinem Bruder, der vier Jahre älter war als ich und der die Gießkanne an ihnen entlangschleppte, weil er Gärtner werden wollte. In den Blumenbeeten gab es viele und leuchtende Farben. Sie hafteten an Blüten und Blättern, kamen als Sträuße in die Wohnung, standen auf Simsen und Tischen. Diese Farben fanden sich auch an den Zweigen der Waldbäume und an den grannigen Halmen der Felder, durch die ich im leichten Kinderwagen zur Habsburg oder über den Bözberg geschoben wurde. Doch diese Farben hatten für mich nichts Bedrängendes, sie saßen fest an ihren Formen, hielten sie aber nicht besetzt. Sie schrien und drängten nicht. Auch sie lösten Gefühle aus, sogar eindringliche Gefühle, die jedoch ruhig machten, manchmal freudig oder neugierig stimmten. Sie fügten sich in meine monochrome Welt ein, als wären sie etwas speziellere Grautöne, wie auf den Fotos mit gezacktem Rand: So wie man in den Schwarz-Weiß-Aufnahmen die Farben sieht, so sah ich in den Farben der Natur die Grautöne. Und die hielten sich still, verwirrten mich nicht und brachten kein Rad in Schwung, das mich schwindlig machte.

Andere Farben dagegen wühlten mich auf, Farben, die es in unserer Wohnung gab und die ich im Perserteppich entdeckte. Mama hatte mich im Speisezimmer am besten in ihrem Blickfeld, gab mir die Kinderbibel mit den Holzschnitten Schnorr von Carolsfelds, schlug sie vor mir auf, um ungestört den Haushalt zu besorgen. Im Schutz des Esstisches saß ich dann lange Zeit versunken über den Illustrationen aus dem Alten und Neuen Testament. Nicht dass ich gewusst hätte, was ich auf den Seiten betrachtete, doch die Fremdheit der Landschaften und Menschen faszinierte mich. Die Gebäude waren riesig, hatten Säulen, Stufen, Podeste und Balustraden – Wörter, die ich alle nicht kannte –, als Bildteile mich jedoch staunen ließen. Dazu kam die Dramatik der Figuren, ihre verrenkten Leiber in den Schlachten oder wenn sie aus den Wasserfluten um Errettung flehten. Auch diese Welt, in der ich umhergehen konnte wie auf der »Alten Promenade« vor unserem Haus, war grau und wie in Stein gemeißelt, unveränderlich trotz der heftigen Gebärden, der Kämpfe und einstürzenden Mauern und Türme beim Klang der Posaunen. Das Wunderbare, das die Bilder Schnorr von Carolsfelds jedoch für mich über das Umhergehen in unserer

Straße hinaushob, waren die Lücken und Durchblicke. Sie befanden sich besonders an den Rändern der Hauptmotive, neben einer Figurengruppe oder einem zentralen Haus. Dort konnte ich in die Tiefe einer mir fremdartigen Landschaft aus Wäldern, Felsen und fernen Städten hineingehen und mir weiter ausmalen, was der Künstler nicht mehr gezeichnet hatte.

Doch an einem Morgen ließ ich die Kinderbibel sinken und in dem Lichtstreifen, der vom Fenster auf den Perserteppich fiel, leuchteten die geknüpften Muster auf. Auch in ihnen gab es Stufen und Säulen wie in meinem Buch, sah ich Pflanzen und Tiere als seltsam gezackte Wesen. Sie fühlten sich haarig an und waren getränkt von Farben. Auch im Teppich fand ich Durchblicke: Treppen, die in den Teppich hinein- und hinabführten, in eine Welt, die unter ihm lag. Von dort mussten die Farben herrühren, diese dichten, satten Farben. Sie unterschieden sich von den Farben in den Blumenbeeten der Gärtnerei, an den Bäumen und Büschen. Diese unter dem Teppich liegenden Farben, die herauf in die Muster drängten, waren nicht still, fügten sich nicht in das Nebelgrau der Straßen und Gassen des Städtchens. Sie wollten nicht ein Teil sein wie das Grün an den Blättern. Sie behaupteten laut ihre Farbigkeit, wollten selber Geltung haben und, was das Schlimmste war, sie lösten in mir das gleiche Gefühl der Angst aus, das ich von dem dunklen Zimmer her kannte, in dem ich geschrien und mich keiner gehört hatte. Je tiefer ich mich über die Muster des Teppichs beugte, desto mehr verwirrten sie mich, lösten einen Schwindel aus, und die Farben begannen sich zu drehen, rascher und rascher – bis ich mich erbrach, nach letzten Krämpfen erschöpft im Bett lag und nie wieder aufstehen wollte.

2

Die Schwindel wurden seltener und hörten schließlich ganz auf, als wir 1947 von Brugg nach Basel umzogen. Unweit unserer neuen Wohnung stand das St. Jakob-Denkmal, und ich sah staunend zu der Frau auf, die, umgeben von gebrochenen Kriegern, hoch aufgerichtet zur Altstadt sah. Die Gestalten aus weißem, angewittertem Marmor erinnerten mich an Figuren aus meiner Kinderbibel, doch hier ragten sie vor Bäumen und einem Sommerpavillon leuchtend zum Himmel. Die Frau mit erhobener Hand schien im Begriff, die gerade Straße zum Äschenplatz und weiter zum Münster zu eilen, von wo nach ersten Spaziergängen mit Mama allmählich das Rot des Sandsteins in meine neue Umgebung drang. Es fand sich nicht allein am Münster, es wehte von den Tür- und Fensterstürzen herrschaftlicher Gebäude in unser Quartier herein, verband sich mit dem gebrochenen Gelb der »Baumgarten-Häuser«, diesen in der Zwischenkriegszeit errichteten Mietshäusern, deren Fassadengestaltung dem süddeutschen Barock nachempfunden war. In den beiden Farben, dem Rot des rheinischen Sandsteins und des badischen Gelbs, begegnete mir eine Vergangenheit, von der ich zwar nichts Genaues wusste, die mir jedoch auf rätselhafte Weise vertraut war. Im »Kirschgarten-Museum«, das ich mit Mama besuchte, waren selbst die Räume noch entsprechend dem Rot des Sandsteins eingerichtet, und die vornehme Lebensweise, die sich in den hohen Räumen, Kachelöfen, den Bildern und Möbeln ausdrückte, empfand ich als eine mir entsprechende Art des Wohnens: Ich hätte gern in der Zeit des roten Sandsteins gelebt. Einen Nachhall dieses vergangenen Lebens fand ich an der Eulerstraße. Dort wohnten Mamas Eltern. Neben den vererbten, dunkel glänzenden Möbeln gab es auch orientalische Decken, bemalte Keramiken, alte Fotografien, und Großmama erzählte von einer noch anderen Vergangenheit, die »Rumänien« hieß. Diese Vergangenheit hatte die Farbe gebrochenen Gelbs, wie es ähnlich an den Baumgarten-Häusern in unserem Quartier zu finden war.

So gehörten die beiden Farben von nun an zu mir, und sie waren wie das Grün an den Blättern, wie das Rot und Gelb der Blumen in der Gärtnerei in Brugg oder auf den Juraweiden. Nichts Beherrschendes, Anmaßendes, Befehlendes ging von ihnen aus. Sie hielten sich im Gegenteil zurück, umgaben mich mit einem Gefühl von etwas Vertrautem in der noch neuen und unbekannten Umgebung. In der Phantasie konnte ich leicht in die vergangene Zeit des Sandstein-Rots und des Baumgarten-Gelbs zurückgehen, bewegte mich durch Zimmer mit Seidentapeten und Kristalllüstern, wie ich sie im Museum gesehen hatte. Die Stühle hatten hohe Rücken- und geschwungene Armlehnen, standen bei einem Kanapee mit aufgepolstertem Bezug. Durch die Fenster fiel gedämpftes Licht, und im schattig dunklen Hintergrund des Zimmers tagträumte ich eine Tür, durch die ich zum Flur und in ein Kinderzimmer gelangen konnte, das einen Riemenboden und mit Holz-paneelen verkleidete Wände hatte, karg und ordentlich war. Dort gab es neben einem Bett mit Gitterstäben vor allem Spielsachen, die ich selbst nicht besaß, ein Schau-kelpferd etwa oder einen Kreisel. Menschen existierten in meinen Phantasien nicht, nur Räume, die ich in meinem Kopf wie ein mir allein gehörendes Museum durchstreifen konnte, und wenn ich genug von Wohn-, Speise- und dem Kinderzimmer gesehen hatte, lief ich die Treppe hinunter und trat durch die Toreinfahrt auf die Straße hinaus. Dort fuhren Kutschen, doch niemand spazierte auf den Bürger-steigen. Die Straßen waren leer, zogen sich an den Fassa-den der Häuser entlang, und die Sonne warf ihren gelben Schein aufs Kopfsteinpflaster.

Dieser ruhigen, beschaulichen Vergangenheit, der ich an manchen Tagen nachhing, stand die Unruhe in vier Städ-ten gegenüber, die ich eine Zeit lang beim Einschlafen über mir in den Ecken der Zimmerdecke sah: Sie türmten sich auf, bestanden aus ineinander verschachtelten Häu-sern, zwischen denen Gassen ein dunkles Labyrinth bil-deten. In der ersten Stadt hausten Diebe und Betrüger, tückische und hinterhältige Menschen, die mich ängstig-ten. In der zweiten wohnte unter Elenden ein Weiser, der lesen und schreiben konnte, viele Bücher besaß und bei Fragen stets zu raten wusste. In der dritten lebte ein Kauf-mann. Er besaß viel Geld und tyrannisierte mit seinem Reichtum die Mitbewohner der Stadt, ein jähzorniger, herrschsüchtiger Mann. Doch die schlimmste der Städte war die vierte, in der die Hexe wohnte. Sie fürchtete ich, da sie mir nach dem Leben trachtete. Zwischen diesen vier Städten in den Ecken der Zimmerdecke dehnte sich die riesige weiße Fläche des Meeres aus, und es war gefährlich, über das Wasser von einer Stadt zur nächsten an den Deckenkanten entlangzufahren. Das Meer war stürmisch, warf hohe Wellen auf, bedrohte das Schiff mit Untergang. Doch fahren musste ich, um die vier Städte ruhig zu halten. Ich versuchte, den reichen Jähzornigen zu besänftigen, für Ordnung bei den Dieben und Betrügern zu sorgen, mir Rat beim Weisen gegen die Machenschaften der Hexe zu holen. Das gefahrvollste Unternehmen jedoch war, von den Deckenkanten weg, hinaus in die leere Zimmerdecke zu segeln. In deren Mitte war die Verschlusskappe eines unbenutzten Elektroanschlusses: Der weiße Inselberg. Ihn zu erreichen war beinahe unmöglich, doch einzig dort gab es die Erlösung von den Unruhen und Machenschaften in den Städten. Wie sich diese anfühlen würde, blieb mir verborgen. Immer neu versuchte ich, den weißen Inselberg zu erreichen, was mir nie wirklich gelang. Stets schlief ich ein, bevor die Verschlusskappe mit ihrem Steilufer auch nur in Sicht kam. Doch bei all meinen Tagträumen und Einschlafphantasien drehten sich die Farben und Bilder nicht mehr in meinem Kopf. Nichts blitzte und irrlichterte hinter den Augen, der Schwindel und die monatlich zurückkehrenden Übelkeiten hatten aufgehört. Das Grau war in Brugg bei dem Schwarzen Turm, zurückgeblieben, während in Basel mit dem Sandstein-Rot und dem Baumgarten-Gelb Farbe in meine Tage kam, und diese heller und wärmer wurden.

25

In Basel gab es kaum einmal Nebel, keine Decke, wie sie oft wochenlang über der kleinen Stadt gehangen hatte, das Licht dämpfte, eine Kühle und Kargheit über die »Alte Promenade« legte und Feuchte aus den Mauern atmen ließ. Hier, vor dem modernen Wohnhaus, leuchtete die Sonne in den alten Bäumen, warf auf den Rasen an der Zufahrtsstraße entlang ihren Schein, und ein Schimmer Blau erfüllte die Luft. Dieser fiel durch die großen Fenster auch in die Zimmer unserer Wohnung, lag auf den Möbeln und Einrichtungen, drang in uns selbst ein, dass auch wir leichter wurden, färbte die Zeit mit Hoffnung und vorausblickenden Erwartungen. Papa, der in Brugg noch immer seinen Offiziersmantel aus schwarzem Leder getragen hatte, besaß nun einen eleganten Wollmantel, und ich durfte ihn nach dem Mittagessen zum Bahnhof begleiten, von wo er mit dem Zug zur Fabrik fuhr, in der er Direktor geworden war. Ich liebte es, neben dem großen, schlanken Mann zu gehen, der lange Schritte machte und die neuen, mit Lochmustern verzierten Bally-Schuhe beschwingt aufs Pflaster setzte. Er war nicht mehr der schwarze Mann, der nach dem Ruß der Gießerei roch wie in Brugg, und vor dem ich mich versteckt hatte. Ich war verstummt, solange er in der Wohnung gewesen war, behielt alles für mich, selbst zur Toilette wollte ich nicht gehen, wie stark der Drang auch sein mochte, wenn er da war. Doch nun hatte Papa ein Lächeln um den Mund, war ein Herr, der Mama küsste und beim Gehen die Hand auf meine Schulter legte. Er passte gut zu meinem Sandstein-Rot und Baumgarten-Gelb auf dem gemeinsamen Weg vom St. Jakob-Denkmal zum Bahnhof. Besonders in der schmalen Nebenstraße, die vom Boulevard abzweigte, spazierte ich mit Papa durch ein Stück meiner tagträumerischen Vergangenheit, ohne dass er davon etwas bemerkte. Die alten Häuser und Gärten, an denen wir entlanggingen, machten es leicht, mich mit dem großgewachsenen Mann an meiner Seite in die sandstein-rote Zeit zurückzuversetzen. In ihr blieb alles so, wie ich es im Museum gesehen hatte: Papa ginge immer weiter neben mir her, ein Herr, der seine Hand auf meine Schulter legte.

Mama hatte immer schon zur Vergangenheit gehört, zu einer, die für mich in Basel mit »Köln« und »Rumänien« zwei Namen bekam. In Brugg hatte sich diese noch na-menlose Vergangenheit in einer vornehmen Unnahbarkeit ausgedrückt. Mama ließ sich nicht berühren. Sie war ein Standbild, von steinerner Kühle wie das St. Jakob-Denk-mal. Ihr marmorweißer Teint passte gut zum Grau meiner monochromen Welt damals. Ich konnte sie lange betrach-ten, wie eine der Figuren in der Kinderbibel, sah zu, wie sie den Haushalt besorgte, ohne dass sich meine Gefühle verwirrten oder ich ihre Distanziertheit als einen Man-gel an Zuwendung empfand. Nur manchmal, wenn Vaters Familie zu Besuch kam, bildeten sich auf dem marmorwei-ßen Teint von Hals und Wangen Flecken von einem Rot, das es auch in den Mustern des Perserteppichs gab, dun-kel und beunruhigend. Mama verachtete Vaters Eltern und Brüder. Sie hasste ihre Prahlerei, und sie wurde verachtet und gehasst wegen ihres »vornehmen Getues«. Ich aber sah während der Besuche zu Boden, wusste nicht, wohin ich blicken sollte, denn auch in Großvaters Gesicht stieg diese dunkle Röte auf.

Nach dem Umzug begann sich Mama an der städtischen, ihr mehr entsprechenden Umgebung, zu erwärmen. Sie nahm die leichte und durchsichtige Farbe der Gartenlandschaft an, für die der alte Föhrenbaum vor unserem Wohnhaus wie ein noch unbekanntes Zeichen stand. Er wuchs etwas seitlich von unserem Hauseingang, und sein schuppiger Stamm, der schlank und hoch aus dem Rasen drang, breitete auf Höhe unseres Balkons die Krone aus, einen Raum gewundener Äste, durch deren feine Nadelbüsche am Abend die Sonne schien und bläulich schraffierte Schatten auf die Hauswand warf. Auch Mama trug jetzt modisch elegante Kleider, flanierte mit mir durch die Straßen, an den Auslagen der Geschäfte entlang. Jeden Mittwoch begleitete ich sie in das Atelier eines Bildhauers. Während ich ihr Modell saß, hatte ich viel Zeit, Mama zu betrachten. Sie trug einen weißen, flappenden Mantel, und mich faszinierte, wie ihre gepflegten Hände in den Lehm griffen, ihn kneteten und formten. Ihre Schultern wurden breit, wenn sie ihr Gewicht auf den Klumpen Ton stemmte. Sie riss Stücke heraus, modellierte, wobei sie von der feuchten Masse in ihren Händen aufsah und zu mir hinblickte, die Augen weit geöffnet. Ich liebte, wie sie mich ansah, ich liebte diese Stunden, in denen ich einfach ruhig sitzen und dabei zusehen durfte, wie Mama eine Frau wurde, die sich bewegte wie andere auch, ohne geraden Rücken, ohne gestreckten Hals. Immer feiner wurden die Instrumente in ihrer Hand, je mehr der Lehmblock meine Züge annahm, und durch das zeitweilige Eingreifen des Bildhauers, eines massigen Mannes, der nah an Mama herantrat, und unter ihren Armen hindurch ihre Hände führte, formte sie aus dem Lehm meinen Kopf: Ein durch das Trocknen zunehmend graues Gesicht, das mit großen, doch blinden Augen in die Ferne sah.

Wir besaßen jetzt ein Auto, ein amerikanisches Modell, mit dem wir an den Wochenenden Ausflüge ins Elsass oder das Wiesental machten. Ich stand während der Fahrten vorne zwischen Mama und Papa und durfte den Richtungsweiser bedienen. Ein Stift war in der Mitte der Armatur angebracht, der beim Kippen nach der einen oder anderen Seite einen rot leuchtenden Zeiger zwischen den Türen hochklappen ließ. Nachfolgende Wagen wussten dann, in welche Richtung wir fahren wollten. Ich hatte nicht nur die wichtige Aufgabe, auf Papas Hinweise hin den Schalter zu betätigen, ich besaß auch eine panoramische Sicht auf die Landschaften, durch die wir fuhren. Doch vor der Windschutzscheibe breiteten sich nicht nur Wiesen und Äcker, Täler mit einem Bach zwischen Weiden aus, ich sah Zeugnisse aus einer zurückliegenden Zeit, die in mein Bild von der Vergangenheit als einer ruhigen, geordneten Welt, wie es sie im Museum gab, eine Angst vor künftiger Zerstörung brachte.

Der Zweite Weltkrieg gehörte zu Brugg, und obwohl ich kaum mehr als zwei Jahre alt gewesen war, als er zu Ende ging, besaß ich Erinnerungen an abendliche Verdunklungen, an das anschwellende Dröhnen der Bomber und den brandroten Nachthimmel hinter dem Brugger Berg. Mir hatte sich die Angst eingeprägt, die ich bei meinen Eltern spürte, wenn wir zum Unterstand liefen. Ich fürchtete den in die Tiefe führenden Gang, an dessen Ende eine Bombe als Schaustück hinter einem Gitter hing. Doch hatte es in diesen Erinnerungen keine sichtbare Zerstörung gegeben. Sie aber sah ich jetzt, während der Ausflüge ins Elsass: Zerschossene Häuser in den Dörfern, durch die wir fuhren, ausgebrannte, rostende Tanks auf einem Feld, kaputte Straßen und Bunker. Auf einem Acker fand mein Bruder den Helm eines Soldaten, und in der Dorfbeiz, in der wir zu Mittag aßen, hörte ich heimgekehrte Landser am Stammtisch laut und heftig reden. Obwohl ich nicht wirklich begriff, wovon die Männer sprachen, war auch in der Heftigkeit ihrer Rede etwas Zerstörtes, das zum Erschrecken wurde, als wir Verwandte von Mamas Schwägerin in Freiburg besuchten. Die Stadt lag in Trümmern, von einer Wucht zerschlagen, die außerhalb meiner Vorstellung war. Ich lief an leeren Hausfassaden entlang, durch deren Fenster ich den Himmel sah, stieg über Schutt, blickte in aufgerissene Zimmer, an deren Wänden noch Fetzen von Tapete hingen. In der Nähe des Münsters blieb ich vor einem »Mäuerchen«, wie ich es nannte, gebannt stehen. Es bestand aus geordneten gelblichen und roten Ziegelsteinen, die inmitten der mir unfassbaren Zerstörung behelfsmäßig aufgeschichtet waren, nicht einmal so hoch, wie ich mit vier Jahren groß war, und der Anblick erschütterte mich. Mama hatte alle Mühe, mich von diesen aus dem Schutt zusammengetragenen Steinen wegzuziehen, die an der Straße entlang auf einem Erdwall lagen. Sie wollte in das Ladengeschäft im Kellergeschoss eines Trümmerhauses gehen, in das Papa bereits hinabgestiegen war, in dessen dunklem Gewölbe er einen dreiarmigen Leuchter aus

Schmiedeeisen kaufte. Die Kerzen waren aus Hundefett, honiggelb und rochen süßlich.

Seit jenem Nachmittag in Freiburg hatte ich Angst, ein neuer Krieg würde schon bald wieder ausbrechen und unser Haus und Quartier in eine Trümmerlandschaft verwandeln, wie ich sie gesehen hatte. Wenn ich Mama zu Einkäufen begleitete und wir an den Häusern entlang durch die Freie Straße zum Marktplatz liefen, ich an die Reihen geschlossener Fenster hochschaute, drängte die Frage in mir hoch:

– Mama, wann kommt der nächste Krieg? Es ist schon bald wieder Krieg, Mama, nicht wahr?

– Nie wieder, sagte Mama, es wird nie wieder Krieg geben.

3

Mein Bruder war vier Jahre älter als ich. Er ging in Basel wie schon in Brugg zur Schule und lernte einen Jungen kennen, der Peter Haas hieß und mit seiner Mutter allein wohnte. Sein Vater, ein Arzt, war gestorben. Die beiden Peter befreundeten sich, und da sie älter als wir übrigen Kinder im Quartier waren, wurden sie die Anführer eines Spiels, das uns während des Sommers bis tief in den Herbst hinein beschäftigte. Zu der Zeit wurde jede Woche um halb sechs am Radio eine Kinderstunde gesendet, die »Die Schatzinsel« hieß. Um das Holzgehäuse, das unter dem stoffüberzogenen Lautsprecher einen Drehknopf besaß, mit dem man fünf Sender einstellen konnte, versammelte sich in unserem Wohnzimmer die ganze Clique des Quartiers, steckte die Köpfe zusammen und lauschte, wie eines Tages an der Küste von England ein Seemann in einem abgelegenen Gasthof Quartier nahm und sich »Käpt'n« nennen ließ. Er soff Rum, sang wüste Lieder und tyrannisierte die Dorfbewohner. Einzig gegenüber Jim Hawkins, dem Jungen des Wirts, war er weicher und vertrauensvoller gestimmt. Der alte Freibeuter, er hieß Billy Bones, erinnerte mich beim Zuhören an meinen Großvater väterlicherseits. Wie die Dorfbewohner in der Gaststube des »Admiral Benbow« fürchteten auch seine Söhne und Schwiegertöchter ihn und seine Reden: Großvater war ein mächtiger Mann, schwer, breitschultrig, mit einem Löwengesicht, dem niemand zu widersprechen wagte. Zu mir jedoch war er sanft, wie der Käpt'n zu Jim Hawkins und deshalb konnte ich mich leicht mit dem Jungen des Wirts identifizieren. Das gefiel mir schon deshalb, weil Hawkins der eigentliche Held in Stevensons Geschichte um das Versteck des Schatzes war.

Zwischen der Zufahrtsstraße und dem angrenzenden Park der benachbarten Villa zog sich ein von Büschen bestandener Graben hin, der sich in einen Hain kleiner Nadelhölzer weitete. Dieser beschattete Platz lag ungefähr drei Meter unter dem Niveau der Zufahrtsstraße und schloss mit einem mächtigen, alten Ginkgobaum ab. Im »Loch«, wie wir den Ort nannten, begann die jeweilige Schatzsuche mit einer Szene, die stets der Anlass für Kämpfe, Beratungen und eine ausgedehnte Suche im Quartier war: Bei Stevenson hatte Jim Hawkins, versteckt in einer Apfeltonne, die Piraten belauscht, die sich als Matrosen hatten anheuern lassen, und erfuhr von ihren Plänen, während das Schiff Kurs auf die Schatzinsel nahm. Da wir keine Apfeltonne hatten, gaben die beiden Älteren, die selbstverständlich die Piraten waren, immer wieder absichtlich Hinweise auf den Schatz. Sie hockten in den Ästen des alten Ginkgobaumes, zeichneten Pläne mit angesengten Rändern, die sie dann wie absichtslos fallen ließen. Obwohl wir Jüngeren wussten, dass der richtige Plan zum Schatz in einer mit rotem Siegellack verschlossenen Flasche versteckt war, gingen wir den abgelauschten, geraubten, uns absichtlich zugespielten Hinweisen nach. Sie waren Stevensons Geschichte nachempfunden und hießen:

»Großer Baum, Schulter des Fernrohrs, Richtung ein Strich N aus NNO. Der Plan befindet sich im nördlichen Versteck, man findet ihn am oberen Ende des Tals, zehn Faden von der schwarzen Klippe, mit dem Gesicht ihr zugewandt.«

Die Suche dauerte bis tief in den Herbst. An einem Nachmittag entdeckte ich zufällig die versiegelte Flasche. All meine Spielkameraden waren in der Schule, ich trödelte auf der Zufahrtsstraße herum, schaute dahin und dorthin, ohne ein bestimmtes Ziel, als ich hoch in einer Pappel, an einem allmählich sich von den Blättern lichtenden Ast die Flasche mit dem roten Siegellack baumeln sah. Ich rannte zum Schulhaus, konnte es kaum erwarten, meinen Fund den Kameraden mitzuteilen. Ich war zu klein, um am Stamm hochzuklettern, und ich hätte ja auch den Plan nicht lesen können, doch gesehen und gefunden hatte ich ihn, Jim Hawkins, der hier in Basel, aber auch auf Segelschiffen unterwegs in die Südsee war: Der Schatz, den wir schließlich ausgruben, bestand aus einer Spanholzkiste voll von Spielsachen. Doch der eigentliche Schatz, den ich entdeckt hatte, waren die Wörter gewesen, ihr Klang, wenn meine Freunde vorlasen, was auf den absichtlich verlorenen Plänen meines Bruders und seines Freundes geschrieben war. Beim Hinhören entstanden kleine Welten in meinem Kopf. Sie waren wie von einer Glaskugel umgeben, und ich sah in sie hinein, auf mir neue und fremdartige Landschaften, die aus dem Klang der Wörter entstanden waren.

In jenem Herbst, in dem ich den Plan gefunden hatte, stand ich am Ausgang der Gerbergasse, gegenüber dem alten Postgebäude, und blickte in die Falknerstraße hinein. Ich trug über der Knickerbocker-Hose und dem Strickpullover einen langen Wollmantel, dazu straff übers Kreuz gezogen meinen Schottenschal und hatte die Baskenmütze über das strohblond gescheitelte Haar gestülpt. Ich wartete auf Mama, die eine Besorgung machte, und ich schaute dem Verkehr in der Straße zu. Es war windig, das Licht gebrochen, die Luft kalt. Wenige Autos fuhren zum Marktplatz, hie und da kreischte eine Straßenbahn durch die Kurve, und ich blickte zu den Läden in der Häuserzeile mit ihren beleuchteten Auslagen und den erhellten Fenstern eines Restaurants. Über einem der Eingänge ragte ein Leuchtkasten vor mit schwarzen Schriftzeichen, und ich verspürte die hilflose Zurücksetzung hinter all meine Freunde, die im Gegensatz zu mir bereits lesen konnten. Für sie waren die Schriftzüge, die es überall in der Stadt an Hauswänden und Geschäften gab, »offen«. Sie konnten – so stellte ich mir vor – durch die schwarzen Zeichen in das hineinsehen, was die Wörter bezeichneten. Wer Schilder und Beschriftungen wie RESTAURANT – POST – BALLY lesen konnte, sah bereits die Tische und Stühle der Gaststube durch eine Art Fenster, erblickte die Leute in der Schalterhalle der Post oder Herrn Werner, unseren Nachbarn, im Schuhgeschäft, das er leitete. Mir jedoch waren diese Einblicke verschlossen. Ich konnte nicht lesen und käme erst im folgenden Frühjahr in die Schule. Ich empfand eine Trauer über meine Unfähigkeit. Die Schriftzeichen – da ich die Buchstaben nicht kannte – blieben stumm, während ich doch schon entdeckt hatte, wie man durch Betonen, durch Senken oder Anheben der Stimme mit dem Klang der Wörter Spannung erzeugen konnte. Seit wir am Radio die »Schatzinsel« gehört hatten, erzählten mein Bruder und ich uns vor dem Einschlafen »Hörspiele«. Sie handelten von genauso zwielichtigen Gestalten wie Stevensons Buch, und während ich mich beim Radiohören und bei dem Spiel als Jim Hawkins gefühlt hatte, so teilte ich mich in den Hörspielen in einen Jungen auf, der meinem Stoffbären als Jim Hawkins glich, und in einen Erwachsenen wie Doktor Livesay, der ein äußerst kluger, vernünftiger und ziemlich langweiliger Mensch war. Diesen beiden stand ein zweites Paar aus einem Jungen und einem Erwachsenen gegenüber. Der Junge hatte zum Vorbild den längst weggeworfenen Stoffbären meines Bruders. Dem Erwachsenen jedoch verlieh ich nicht so sehr die Züge meines Bruders als die gegensätzlichen Eigenschaften des klugen, vernünftigen Erwachsenen, der ich selber war oder sein würde: Ein begriffsstutziger Kerl, der durch das gut gemeinte Eingreifen in die Streiche der beiden Jungen alles nur schlimmer machte und meinen vernünftigen Erwachsenen, also mich, zu zornigen Zurechtweisungen trieb. Neben diesen vier gab es noch Figuren aus den Städten, die ich vor dem Einschlafen an die Zimmerdecke phantasiert hatte und die nun eine neue Verwendung in den Hörspielen fanden: Diebe und Betrüger, ein alter Affe, der ein Weiser war und unverständlich sprach, sowie ein Lehrer, zu dem die beiden Jungen regelmäßig in den Unterricht gehen mussten, um das Pfeifen zu lernen. Doch am Ende des Winters mochte mein Bruder die

Geschichten nicht mehr, schwieg, wenn ich nachfragte, ob er schon schlafe, und wollte selbst keine »Hörspiele« mehr erfinden, die ich immer lustiger und einfallsreicher als meine eigenen gefunden hatte. Doch ich tröstete mich damit, dass ich bald schon lesen lernte, ich selbständig die Zeilen angehäufter Zeichen öffnen könnte, um durch sie in die Welten hineinzuschauen, die sie bedeuteten. Und ich würde selber Buchstaben zu Wörtern und die Wörter zu Zeilen zusammenstellen, in die wiederum andere hinein-sahen, wovon ich schrieb. Im Frühjahr käme ich endlich zur Schule.

4

Ich hatte zum Geburtstag einen Schulranzen geschenkt erhalten, einen viereckigen, etwa dreißig Zentimeter tiefen Ledertornister mit Tragriemen und einer überfallenden Klappe aus Seehundfell. Stolz trug ich ihn als Merkmal meiner neuen Zugehörigkeit an der Seite von Mama zum nahe gelegenen Sevogel-Schulhaus. Das war an einem Montagmorgen im Frühling. Frische, feuchte Luft wehte unter Westwindwolken durch die Straße, und hell leuchtete das Sonnenlicht im Laub der Gärten. Endlich würde ich das stattliche Gebäude betreten, vor dem ich bisher immer nur gestanden hatte, um auf meinen Bruder oder einen Freund zu warten. Ich hatte sie dafür beneidet, in diesem mir herrschaftlich erscheinenden Gebäude ein- und ausgehen zu dürfen, zumal in der Fassadengestaltung meine Farben zueinanderfanden. Das Untergeschoss des zweiflügeligen Schulhauses bestand aus rotem Sandstein, die Obergeschosse waren aus gelblichen Bricksteinen errichtet, und den Eingang hatte man quaderförmig aus grauem Sandstein vorgebaut. Diese Farbkomposition gab mir das Vertrauen, ich würde in den Räumen des Schulhauses ebenso gut aufgehoben sein wie damals im Museum mit den alten Möbeln, den Lüstern und knarrenden Holzböden. Voller Erwartungen stieg ich mit Mama die Treppe zu einem Zimmer mit Reihen und Kolonnen von Schulbänken hoch, und während ich mich neben einen mir fremden Jungen setzte, stellte sich Mama zu den anderen Erwachsenen, die vor den hohen Fenstern als schattenhafte Umrisse standen. Auf dem Podest, die Hand am Pult, hielt ein älterer Mann in Hemd, Krawatte und weißem Arbeitsmantel eine Ansprache. Seine gelblichen Haare waren straff gescheitelt, und in dem hageren, faltigen Gesicht saß eine Brille mit runden Gläsern. Er redete zu uns Knirpsen, sprach von Ordnung und Disziplin, von Strafen, von »Müssen« und »Sollen«, und seine Stimme hatte einen schneidenden Klang. Ich hockte in der engen Bank, und während vom einfallenden Licht der Fenster die Brillengläser des strengen Mannes blitzten, beschlich mich ein Zweifel und eine wachsende Furcht. Vielleicht würde nichts so sein, wie ich mir beim Anblick des Gebäudes, der Farben seiner Fassade erhofft hatte: Es gäbe kein ruhiges Erkunden in einer vertrauensvollen Atmosphäre wie im Museum. In den fordernden Sätzen hörte ich wieder den befehlenden Ton, den Vater so oft in Brugg angeschlagen hatte. Der wertende, abschätzige Klang, den ich in der Stimme des Lehrers wahrnahm, erinnerte mich an die Besuche Großvaters an der »Alten Promenade«. So hatte es geklungen, wenn er Onkel und Tanten maßregelte oder meinen Bruder abqualifizierte. Dieser Mann am Pult würde genauso herumbefehlen wie mein Vater früher, er würde uns prüfen und bewerten wie Großvater. Die Aussicht, ihm nun täglich ausgesetzt zu sein, zudem mit all den Jungs hier um Wohlwollen und Leistung konkurrieren zu müssen, ängstigte mich. Meine Hände wurden feucht, sie begannen zu zittern, ein feines, wackliges Zittern. Es hörte nicht auf, als ich am Mittag nach Hause ging, und auch beim Spielen auf der Zufahrtsstraße zitterten die Hände weiter.

Lehrer Stirnimann war ein altgedienter Schulmeister, seinem ganzen Wesen nach ein Offizier, der seine Klasse wie eine Kompanie Rekruten führte. Sein Turnunterricht bestand ausschließlich aus Marschübungen, die mir große Schwierigkeiten bereiteten. Ich verwechselte bei Befehlen wie »Rechts-um-schwenkt, marsch!« oder »Links-um-schwenkt, marsch!« die Richtung, fiel aus dem Schritt und kassierte bellende Verweise, die mich noch mehr verwirrten: Die Ader auf Lehrer Stirnimanns Stirn schwoll an, und ich tat alles, damit sie dort auch wieder verschwand, rannte, stieß den linken Fuß fester auf, kniff mit dem Daumennagel in den Zeigefinger, um durch den Schmerz zu wissen, wo rechts und nicht links war.

Wie der Turnunterricht wurden auch die Lehrstunden abgehalten. Die Zahlen und Buchstaben waren, was wir auch: Rekruten, die in unseren Heften anzutreten und sich in strammen Reihen und Kolonnen aufzustellen hatten. Bis zehn wurden die Zahlen gelernt, dazu kamen die Buchstaben des Alphabets, und der Unterricht war ein an Befehlen ausgerichtetes Exerzieren. Unter dem Klappdeckel der Schulbank rechnete und zählte ich mit den Fingern, und das ging ganz gut. Auch mit den ersten Buchstaben des Alphabets kam ich zurecht. Doch dann versagte beim Schreiben die Hand, die beim Rechnen so hilfreich

war. Das kleine f, dieser im damaligen Schriftbild lang-
gezogene Lulatsch mit den beiden Schlaufen, einer oberen
und einer unteren, sah wie eine gestreckte und gequetschte
8 aus. Doch der Aufstrich durfte mit dem parallel geführten Schlussstrich nicht ineinanderfallen, sie hatten exakt
nebeneinander zu laufen, und dieses ganze Kunststück von
Buchstabe musste in der Schriftrichtung nach vorne ge-
neigt ausgeführt werden. Eine feine, rote Hilfslinie gab
zwar die Richtung vor. Doch diese, mit den beiden Schlaufen nachzuziehen, gelang mir nicht. Meine Hand verwei-
gerte diesen Schwung in die Höhe, das selbstbewusste Zu-
rückgleiten, um mit neuem Anlauf ins unbekannt Folgende
zu ziehen. Stets krümmte sich der Abstrich in Rücklage
und schloss sich mit dem gewaltsam hochgezwungenen
Aufstrich zur 8 – einer, die aussah, als hätte sie schon eine
Weile im Straßengraben gelegen. Zehn Zeilen waren uns
als Hausaufgabe zu schreiben aufgetragen worden, drei-
einhalb habe ich geschafft, und dieser verlorene Kampf mit
der Form des kleinen f war der Anfang von Lehrer Stirnimanns Abneigung dem Sohn des Herrn Direktors gegenüber, dessen freundschaftlichen Umgang er dennoch
suchte.

Er lud meine Eltern, meinen Bruder und mich zwei, drei
Mal in sein Fischerhaus am Kleinbasler Rheinufer ein. Es
war aus Holz, über die Ufermauer hinaus auf Stützen gebaut, und im Innern gab es einen Tisch und eine Liege.
Durch das Fenster sah ich über den Strom zum Münster
und den Altstadthäusern. Breit und träge zog das Wasser
vorbei, wurde oberhalb des Galgens von einem Rechen

aus Holzstäben aufgeraut, der Treibgut vor der Stelle aufhalten sollte, an der das viereckig ausgespannte Netz in die Flut gesenkt wurde. Ich wünschte, auch wir hätten so ein Fischerhaus am Rhein, und hoffte, eines Tages ein solches zu bewohnen. Diese unmittelbare Nähe zum Wasser, zum strömend bewegten Fluss, der sich stets veränderte und doch gleich zu bleiben schien, faszinierte mich. Ich sah gebannt zu, wenn Lehrer Stirnimann die Kurbel des Flaschenzugs drehte und sich das an vier Ecken ausgespannte Netz am Galgen senkte. Beim Eintauchen löste sich die spiegelnde Oberfläche einen kurzen Moment lang in kleine, matte Quadrate auf, um danach zur beruhigten Spiegelung zurückzukehren. Was aber würde aus der Tiefe heraufgehoben werden, wenn Lehrer Stirnimann mich oder meinen Bruder aufforderte, das Netz hochzuziehen: ein zappelnder Fisch oder nur Holzstücke und Algenbärte? Das saugende Geräusch beim Hochziehen des Netzes, dem ein Regenrauschen folgte, das wiederum die Spiegelung durch Hunderte Tropfenkreise brach, war noch weit überraschender als das, was sich im Netz jeweils fand.

Während dieser Besuche erklärte uns Herr Stirnimann die Mechanik und Funktionsweise des Galgens, zählte die Fischarten auf, die es im Rhein zu fangen gab, und war in seinem Stadtanzug, ohne den weißen Arbeitsmantel, ein zwar ernsthafter, uns jedoch liebevoll zugewandter Mann, der in seinem Fischerhaus nichts mehr von militärischer Strenge an sich hatte. Er saß mit Vater und Mutter zusammen in dem kleinen Raum mit den Holzwänden, dem offenen Fenster gegen den Strom hin, während mein Bruder und ich ein- und ausgingen, uns mit dem Galgen zu schaffen machten oder am Ufer Kiesel sammelten.

Worüber die Erwachsenen redeten, kümmerte mich nicht. Doch den einen oder anderen Satz schnappte ich auf, hörte, wie Lehrer Stirnimann mich rühmte und meinen Eltern versicherte, sie bräuchten sich keine Sorgen zu machen. Ich hätte mich gut in den Schulalltag eingefügt, sei aufmerksam, und den Schulstoff lernte ich ohne Schwierigkeiten.

An einem Vormittag, vor der großen Pause, forderte mich Lehrer Stirnimann auf, nach vorne zu kommen. Mit Kreide war an der Wandtafel eine Aufgabe geschrieben, die ich zu lösen hatte. Ich stand vor der Klasse, in diesem freien Raum zwischen der ersten Bankreihe und der Wandtafel, schaute auf die Buchstaben und hörte im Rücken Stirnimanns Stimme, die ungeduldig etwas forderte, das ich nicht begriff. Ich senkte den Blick zu Boden, schaute wieder auf die Buchstaben an der Tafel, wusste nicht, was von mir verlangt wurde. – Red endlich! und ich sagte, was mir gerade einfiel, nur um mein Schweigen zu beenden und um Lehrer Stirnimann meinen guten Willen zu zeigen, dass ich ja reden wollte, jedoch nicht wusste, was ich sagen sollte. Statt einer Besänftigung lösten meine Worte eine Bewegung beim Pult aus. Die bis dahin im Gegenlicht des Fensters verharrende Gestalt löste sich plötzlich auf, ich hörte noch die Schritte, dann geriet ich in einen Wirbel aus weißen Ärmeln. Die Fausthiebe trafen mich auf Brust, Arme, Rücken und am Kopf. Stirnimann schrie dazu Fragen, hielt kurz inne, prügelte erneut auf mich ein, bis mir

43

die Beine einknickten. Ich sackte zusammen, lag auf dem Boden, und er drosch weiter auf mich ein. Erst das Schrillen der Pausenglocke stoppte die Tritte und Schläge.

Meine Mitschüler begannen, das Zimmer zu verlassen. Ich stand auf, ging zwei, drei Schritte zur Tür hin, sah im Augenwinkel einen Jungen aus dem Karree der Bänke aufstehen, spürte seinen Blick aus Mitleid und Ablehnung. Ich schämte mich und wusste instinktiv, dass ich künftig nicht mehr zu der Klasse gehörte. Allein stand ich im Pausenhof. Nach dem geordneten Einmarsch ins Schulzimmer zitierte mich Lehrer Stirnimann erneut nach vorne, brüllte: – Sag etwas! und schlug mich ein zweites Mal zusammen.

Was an dem Morgen geschehen war, behielt ich für mich, erzählte nichts davon meinen Eltern, schwieg auch von der Bemerkung, die Lehrer Stirnimann jeweils mit einem Blick zu mir hin machte, die Aufgabe dürfte für alle leicht zu lösen sein, außer für den »Hallerli, der sowieso versagt«. Ich duckte mich, machte mich so unauffällig wie möglich und schützte mich, indem ich nicht hinhörte. Dabei half mir die neue Begeisterung meines Bruders für das Tauchen. Er las die Unterwasser-Abenteuer von Hans Hass, und an den freien Nachmittagen gingen wir mit seinem Freund Peter Haas ins »Rialto«-Hallenbad tauchen. Die beiden besaßen echte Hans-Hass-Taucherbrillen, deren ovale Gummidichtung auch die Nase einschloss. Als ich mir eine ausleihen durfte, sah ich im Rund des Glases eine bläuliche Kachellandschaft mit zappelnden Beinen und strahlenden Lichtbahnen. Wenn es auch kein Südseeriff war, für dessen Erforschung die beiden angeblich trainierten, so bekam ich doch eine Ahnung von einer Welt, die stumm war und in die kein Laut herabdrang. Ich wünschte mir, ich könnte auch im Unterricht in eine Unterwasserwelt hinabtauchen wie im Rialto-Bad. Nichts müsste ich mehr von Stirnimanns Bemerkungen hören, sie würden zu der hallenden Lärmwelt jenseits der Wasserspiegelung gehören. Doch stets musste ich damit rechnen, aufgerufen zu werden und Fragen beantworten zu müssen, und ich sah keinen Ausweg, um Stirnimann zu entkommen und mir seine Kommentare anhören zu müssen.

Eine ältere Dame erteilte einmal die Woche Religionsunterricht, und als sie die Liedstrophen von »Ein feste Burg ist unser Gott« vorlas, nahm ich zum ersten Mal wahr, dass die Wörter in einem Text so angeordnet werden können, dass sich ein einfacher Rhythmus wie bei Stirnimanns Marschübungen ergab: Und links und links und links und links … Zu diesem fortschreitenden Takt kam ein Gleichklang einzelner Worte dazu, wie zum Beispiel »Werke« auf »Stärke«, der die beiden Wörter auf geheimnisvolle Weise verband.

Auf dem Nachhauseweg blieb ich bei einem Eibenhag stehen, der einen Garten gegen die Straße hin abgrenzte. Ich blickte in die dichten, dunkelgrünen Nadeln des Baums mit seinen roten »Schnuderbeeri«, die wir abrissen und wegen des schleimigen Inneren zertraten, und ich hörte in mir drei Zeilen aus dem Kirchenlied, das die ältere Dame vorgelesen hatte:

»Herr, wir preisen Deine Stärke / Vor Dir neigt der Erdkreis sich / und bewundert Deine Werke.«

Die Wörter des Liedes stiegen wie Blasen in mir auf, und als sie platzten, strömte ein luftiges Gefühl aus ihnen, das mich erfüllte, zum Himmel hob, von wo ich hinab auf den Erdkreis sah, auf schwebende Länder und Meere, die sich um ein strahlendes Licht neigten. Ich stand da auf der Straße, durch die ich jeden Tag ging, staunend über das, was die Zeilen des Liedes mich hatten schauen lassen. Doch als ich die Wörter wiederholte, um erneut in diesen wunderbaren Zustand versetzt zu werden, blieben sie stumm. Nichts perlte und stieg noch einmal in mir hoch. Einzig die Erinnerung an diesen einen Moment blieb. Doch dieser war überwältigend stark gewesen. Durch Eintauchen in diese Art von Wörtern und Zeilen würden sich für mich Welten öffnen, die unvergleichlich faszinierender als die blauen Kacheln im Rialto-Bad waren. Doch dazu müsste ich gut Lesen und Schreiben lernen, Stirnimann und seinen Schikanen zum Trotz.

5

Seit wir in Basel wohnten, waren wir selten zu den Großeltern nach Aarau gefahren, außer an Feiertagen wie Weih-
nachten oder Ostern. Für regelmäßige Besuche, sagte
Vater, sei die Entfernung zu groß – und war darüber glücklich. Mama mochte ihre Schwiegereltern nicht, und Papa
fürchtete den polternden Ton seines Vaters. Während der
Zeit in Brugg hatten wir an beinahe jedem Wochenende
die Großeltern besuchen müssen, doch seit wir in Basel
wohnten, gehörten die Sonntage uns. Wir schliefen aus,
aßen Butterzopf zum Frühstück und fuhren dann zu Orten,
an denen es Störche gab, man Spargel oder Spätzle aß und
an Bächen entlangwanderte.

Im Spätherbst des zweiten Schuljahrs wurden wir auf-
gefordert, am folgenden Sonntag zu Besuch nach Aarau
zu kommen, und um die Mittagszeit fuhren wir los. Die
Stadt jenseits des Juras, im schweizerischen Mittelland gelegen, kam mir nach vier Jahren Basel und den Ausflügen
in die Rheinebene und in die Wälder der Vogesen oder des
Schwarzwaldes weit weg vor. Als läge sie in einem fremden
Land, und dieses begann bei einem Tunnel, der unter einer
Bahnlinie hindurchführte. Die Straße wand sich durch
karge bäuerliche Dörfer in die Jurahügel hinein, stieg nach

einer Enge zwischen zwei Hügelrücken an, und das Motorengeräusch unseres Nash wurde heller und lauter. Wir fuhren einer Passhöhe zu, von der aus ich in die Berge und auf das Voralpental sah, an dessen Ausgang Aarau lag.

Die Räume in Großvaters Haus waren groß und hoch, der Flur führte breit wie ein Feldweg von der Veranda ins Innere, in dem es nach den Zigarren meines Großvaters roch. Eine Holztreppe schwang sich ins obere Stockwerk, von wo Licht durch ein Fenster herabfiel, den Dämmer aufhellte, der den hinteren Teil des Flurs erfüllte. Links lagen die Türen zu den Wohnzimmern, rechts befand sich die Garderobe und die Treppe zu den Kellerräumen. Am Ende des Flurs stand eine Tür auf, ein leuchtendes Viereck, durch das ich in die Küche sah, in einen großen, hellen Raum mit Steinboden, an den sich die Speisekammer anschloss. In ihr wurden die Gemüse und Äpfel gelagert und in einem vergitterten Holzschrank Käse, Butter und Fleisch aufbewahrt.

Das Licht, das vom Garten durch die Fenster in die Wohnräume fiel, lag klar und kühl auf dem Tisch, auf den Schränken, den Stühlen und Sesseln. In ihm spürte ich die regenfeuchte Luft, den Wind und eine Nüchternheit, die auch die ordentliche und saubere Kleinstadt auszeichnete, durch deren Gassen wir hierher ins Villenquartier gefahren waren.

In der Zeit, als wir noch in Brugg gewohnt hatten, sah ich mir während der Besuche oftmals das einzige Bilderbuch an, das es in Großvaters Haushalt gab. Es hatte Vater und seinen Brüdern gehört, hieß »Knurr und Murr, die

Löwenknaben«, und aus dem vergilbten Pappdeckel kam mir Vater Leu entgegen, ein Löwe in gestreifter Hose, schwarzem Rock und einer Melone auf dem Mähnenhaupt. An der Hand hielt er zwei Löwenjungen mit Mütze und Stock, die bewundernd zu ihm hochblickten. Im Hintergrund fuhr ein Zug von einem kleinen Bahnhof ab, neben dessen Gebäude eine Palme wuchs. Ich liebte dieses Bild, es gehörte zu »Aarau«, zur Atmosphäre des Quartiers mit seinen Gärten, zur Veranda und den Wohnräumen, vor allem aber zum Zimmer mit Großvaters Schreibtisch. Auf diesem gab es fremdartige Gegenstände, einen geschnitzten Marabu zum Beispiel oder einen Brieföffner, der an einen arabischen Dolch erinnerte, vielleicht sogar einer war. Großvater sah nicht nur Vater Leu auf dem Titelbild ähnlich, er war genauso beleibt und hatte ein Löwenhaupt, zu dem Vater und seine Brüder, wie die Löwenknaben auch, bewundernd aufblickten. Bei aller Strenge und zornigem Gebrüll konnte Großvater gutmütig sein, und dieses Sandgelb des Umschlags, die Palme neben dem Bahnhof brachten einen Hauch von Steppe und Staub in die kühle Nüchternheit der Zimmer.

An jenem Sonntagnachmittag, als wir auf Wunsch Großvaters von Basel angereist waren, glich er jedoch weniger Vater Leu als dem Käpt'n Billy Bones aus Stevensons »Schatzinsel«. Er saß im Speisezimmer oben am Tisch, im einzigen Stuhl mit Armlehnen. Zu beiden Seiten aufgereiht war die Familie, die Söhne mit ihren Frauen und Kindern. Ich hatte meinen Platz oben links bei Großvater, während Vater und Mutter am unteren Ende der rechten Seite saßen, zuunterst mein Bruder. Mir gegenüber war Onkel Otto, der mittlere Sohn, neben ihm seine Frau und die vorwitzig laute Kusine, neben mir zurückgelehnt und unbeteiligt saß Robert, mein Kusin, dann folgte Großvaters jüngster Sohn Harry neben seiner Mutter, und ganz am Ende, meinem Bruder gegenüber, die nur gerade noch geduldete Tante, Harrys Frau.

Robert und ich hatten Wein aus den Regalen im Keller geholt. Er wurde ausgeschenkt, und was anfänglich ein Wortgeplänkel der Söhne um die Anerkennung ihrer Eltern war, wuchs sich rasch zu einem Streit mit gegenseitigen Vorwürfen aus: »Du hast ja schon immer... Und du hättest ja nie!«. Die Stimmen wurden lauter, die Tonart härter und verletzender, ein Lärm sich überbietender Stimmen. Ihr höhnisches Verunglimpfen vermischte sich zu einem Lautbrei in meinen Ohren, den ich nicht verstand und nicht verstehen wollte. Vater und die Onkel schrien einander an, ihre Gesichter röteten sich, wurden zu teigigen Masken, und ich sah zu Mama. Stumm sah sie vor sich auf die Tischdecke. Zu Beginn des Besuches hatte sie noch versucht, Konversation zu machen, etwas von Basel oder einem Ausflug zu erzählen. Jetzt machten ihre Haltung und der ungerührte Gesichtsausdruck unmissverständlich klar, nicht hierher, nicht zu dieser Familie zu gehören. Ich aber gehörte hierher, gehörte auch zu dieser wie zu ihrer Familie. Hingezogen aber fühlte ich mich einzig zu Tobias, dem Jagdhund, einem schwarzhaarigen, stinkenden Cocker Spaniel. Als ihn Großvater einmal mit der Leine schlug und das winselnde Tier in die Hundehütte unter der Veranda sperrte, schlich ich mich zu ihm, hockte mit dem gedemütigten Tier in dem dunklen Loch, wo man mich am Abend fand.

So! es sei jetzt genug geredet, sagte Großvater an jenem Sonntagnachmittag und beendete die Streitereien zwischen den Söhnen. Sie bekämen noch genügend Gelegenheit, ihm zu beweisen, ob sie etwas taugten. Er habe Wichtiges mitzuteilen.

Ich sah zu Vater hin und wie er blass wurde, als Großvater mit gesenkter Stimme sagte, dass er eine Gießerei und Maschinenfabrik in Suhr gekauft habe. Vater müsse seine jetzige Stellung kündigen und von Basel weg- und hierher in den Aargau ziehen. Er habe bestimmt, dass ihm die kaufmännische Leitung des Betriebs übertragen werde.

Papa war überrumpelt. Er suchte nach Worten, und ich sah seinem Gesichtsausdruck an, dass es ihm ähnlich erging wie mir damals, als ich vor der Wandtafel in Stirnimanns Schulzimmer stand. Auch er sagte, was ihm gerade einfiel, sagte es ohne Nachdruck und Überzeugung, nur um nicht zu schweigen. Er wisse von keiner Fabrik, kenne sie auch nicht, und wozu man eine kaufe, er brauche keine neue Stelle und wolle auch nicht wegziehen, er sei in Basel glücklich. Doch wie nach den Worten, die ich auf Drängen Stirnimanns gestammelt hatte, hieb Großvater auf ihn ein. Es gehe hier nicht um seine Wünsche, sondern um eine Firma, die er gekauft habe und jetzt der Familie gehöre. Papas Augen rasten in einem Reflex hin und her, als müssten sie zwei Dinge gleichzeitig fixieren, seine Lippen zitterten, während Otto sagte, er habe die Firma bereits besichtigt, es gäbe nichts zu überlegen, die Verträge seien unterschrieben.

– Du tust, was ich sage! Du übernimmst die kaufmännische, Otto die technische Leitung. Schluss.

Vaters Schultern sackten nach vorn. Er nickte, und wie damals, als die Pausenglocke schrillte und ich mich aufrappelte, sah ich die gleichen mitleidigen und verächtlichen Blicke in den Gesichtern um den Tisch, die mir meine Kameraden zugeworfen hatten. Und ich erschrak über die Frau neben ihm, die meine Mutter sein musste: Sie war aus grauem Stein.

6

Basel zu verlassen, fiel mir schwer. Mein einziger Trost war, durch den Umzug in eine Klasse zu kommen, in der keiner von dem Vorfall an der Wandtafel wusste. Ich liebte die Wohngegend beim St. Jakob-Denkmal, die Baumgarten-Häuser, das unbebaute Feld und den Blick zur Engelskapelle, unsere Föhre, das »Loch« und den Ginkgobaum. Ich verlor ungern meine Freunde, und niemals zuvor waren meine Eltern, mein Bruder und ich uns so nahe gewesen wie während der Jahre an der Sevogelstraße in Basel. Mama fühlte sich wohl in der Stadt, in der auch ihre Eltern wohnten, Papa war erfolgreich in der Leitung einer Fabrik für die Verarbeitung von Holz. Meine Eltern pflegten Bekanntschaften mit Leuten, die ihnen entsprachen, und wir waren glücklich, an einem Ort zu leben, an dem eine neue, leichtere Zeit spürbar wurde, wir gemeinsam ins Kaufhaus »Rheinbrücke« gingen, um mit der ersten Rolltreppe, die es in der Stadt damals gab, in die oberen Stockwerke zu fahren, Mama einen Mixer und einen elektrischen Kühlschrank bekam, und wir im Sommer mit dem neuen Auto in die Ferien fuhren.

An meinem letzten Schultag kam Mama mit ins Sevogel-Schulhaus, um sich von Lehrer Stirnimann zu verab-

schieden. Ich stand neben ihr, hörte zu, wie Lehrer Stirnimann beteuerte, wie sehr er den Wegzug unserer Familie
bedaure. Bei den Worten fuhr er mir über das Haar und
die Wange, überreichte mir ein Buch, zur Erinnerung, wie
er sagte, einen Band von Elisabeth Müller mit dem Titel
»Christeli«, den ich nie geöffnet habe.

In Suhr, wohin wir an einem Februartag am Anfang der
Fünfzigerjahre zogen, brachte mich Vater zu einem ält-
lichen Fräulein in die zweite Klasse. Das Schulhaus im
Dorfkern, ein neben dem Gemeindehaus errichteter Re-
präsentationsbau, war ein verbrauchtes, dunkles Gebäude
aus dem letzten Jahrzehnt des 19. Jahrhunderts. Im Flur,
von dessen Ende wenig Licht durch ein Fenster fiel,
wurde mir ein Haken für meine Kleider zugewiesen, an
ihm, so wurde mir gesagt, müsse ich den Leinensack mit
den Hausschuhen aufhängen, denn das Schulzimmer, ein
Raum mit öligem Riemenboden und spleißigen Fichten-
holz-Bänken, dürfe nur in Pantoffeln betreten werden. Es
roch nach Schweiß und feuchten Kleidern, über fünfzig
Schüler saßen unter den gelblichen Kugellampen zusam-
mengedrängt, die Jungs auf der einen, die Mädchen auf der
anderen Seite des Raums, und ich wurde zu einem Jungen
in die Bank gesetzt, der über einem gestrickten Pullover
schmale, lederne Hosenträger trug und kurz geschorene
Haare hatte. Die Lehrerin stand hinter einem einfachen
Tisch, hatte ein Meerrohr in der Hand, mit dem sie auf
den Tisch klopfte, zur Wandtafel oder auf einen Schüler
zeigte: Sie war alt, ihr Gesicht hatte Falten und strenge
Züge, und am Morgen vor der Tür hatten wir bei ihrem

Eintreffen im Chor zu rufen: »Guten Morgen, Fräulein Kleiner«.

Während der großen Pause stand ich an den Stamm einer Linde gelehnt, sah vom Rand des Platzes dem Treiben meiner neuen Mitschüler zu, die in dicken Wollsachen, Mützen auf dem Kopf, sich mit Schneebällen bewarfen, rauften oder versuchten, die Mädchen durch einen Tritt in die Fersen ausgleiten zu lassen: Es war kalt, Schnee bedeckte den Platz und war zu Haufen an der Straße entlang aufgepflügt.

Auch wenn die Lehrerin nach der Pause meine Mitschüler ermahnte, sie sollten sich ihres neuen Kameraden annehmen, wussten diese nicht so recht, was sie mit mir anfangen sollten. Ich kam aus der Stadt, sprach einen anderen, in ihren Ohren seltsam klingenden Dialekt, trug »Sonntagskleider«, und mein Vater war Besitzer einer Gießerei und Maschinenfabrik, während sie aus Bauernhäusern und Handwerkerfamilien kamen, Söhne und Töchter von Ladenbesitzern, Angestellten und Wirten waren.

Doch die im Vergleich zu Basel fast doppelt so große Klasse, in der Mädchen und Jungs zusammen unterrichtet wurden, hatte einen Vorteil. Ich verschwand in der großen Zahl von Mitschülern, und obwohl ich städtisch gekleidet war und einzelne Wörter und Verhaltensweisen nicht verstand, war ich dennoch nicht ausgeschlossen wie zuletzt in Basel. Zudem gab es in der Klasse auffälligere Schüler als mich, Bolliger zum Beispiel, der große, staunende Augen hatte und als Antwort auf eine Frage nur einfach strahlend lächelte. Wir Jungs hielten zusammen, denn als Ausgeschlossene galten nicht einzelne Schüler, sondern die

Mädchen. Das war neu für mich. Auch wenn ich in eine Knabenschule gegangen war, so hatten die Mädchen stets selbstverständlich an unseren Spielen im »Loch« oder auf der Zufahrtsstraße teilgenommen. Doch in Suhr sahen meine Kameraden verächtlich auf unsere Klassenkameradinnen herab, unternahmen jedoch alles, um von ihnen bemerkt zu werden. Sie schikanierten sie in den Pausen, versuchten jedoch, ihnen heimlich Zettelchen zuzustecken.

In diesem Haufen so unterschiedlicher Mitschüler hatte ich keine Angst mehr, im Unterricht vor meinen Kameraden bloßgestellt zu werden. Doch ich tat mich schwer mit der neuen Umgebung. Es war, als hätte man mich in ein ärmliches, rückständiges Land hinter dem Juragebirge versetzt. Das Dorf, die Felder waren verschneit, zwei Pferde zogen einen Holzpflug durch die Straßen, es war nass und kalt, und in den Gärten ragten Kohlstrünke aus der Schneedecke. Statt in Hefte wie in Basel schrieben wir mit Kreidegriffel auf eine Schiefertafel, es gab im Zeichenunterricht nicht genügend Papier, und die Schürzen und Ärmelschoner, welche meine Kameraden im Unterricht trugen, waren mir ebenso fremd wie die Pantoffeln oder die blaue Turnhose, die Mutter nach einem vorgegebenen Schnittmuster zu nähen hatte.

Um mich in der dörflichen Umgebung zurechtzufinden, schloss ich mich Kurt an, einem dicklichen Jungen. Er hatte ein Stück weit den gleichen Schulweg wie ich und fragte, als wir loszogen, ob ich die Schiefertafel in das äußere Fach des Schulranzens gesteckt habe. Ich solle das unbedingt tun für den Fall, dass man uns »abpasse« – ein

Wort, das ich nicht verstand, dessen Bedeutung mir jedoch bald eingebläut wurde: Die älteren Schüler lauerten uns Erst- und Zweitklässlern auf, um uns zu verprügeln. Kurt empfahl, mich gar nicht erst zu wehren, sondern den Kopf zwischen die angewinkelten Arme zu ziehen und zu schreien: »Die Tafel, die Tafel!« Dadurch käme man oft glimpflicher weg, weil die Burschen selbst Prügel von ihren Eltern bezögen, ginge bei der Rauferei die Schiefertafel zu Bruch.

»Abpassen« war die eine Hauptbeschäftigung der älteren Jungs, die andere war »karisieren«. Ich hatte bisher nichts dabei gefunden, mit Mädchen zu reden. Doch als ich eine Klassenkameradin auf dem Pausenplatz ansprach, wurde sie rot, die anderen kicherten, und schließlich rannte sie ohne zu antworten weg. Der dicke Kurt und Fritzchen, ein Bauernsohn, der ein wenig verwachsen war, brachten mir bei, dass man Mädchen mit Schneebällen oder Kies bewerfe, jedoch nur heimlich mit ihnen karisiere – ein risikoreiches Unternehmen, wie sie mir erklärten. Denn erst müsse man eine »Anfrage« losschicken, auf der das Mädchen ein Ja oder Nein unterstreichen müsse. Bei einem Nein würde die Anfrage öffentlich, und das sei so ziemlich das Schlimmste, was einem Jungen geschehen könne. Man werde über Wochen gehänselt. Bei einem Ja aber treffe man sich mit dem Mädchen heimlich an einem verabredeten Ort, um dort mit ihm zu karisieren. Worin dieses Karisieren bestand, konnten die beiden nicht erklären, weil sie selbst noch keine Anfrage gestellt hatten.

Viktor, der schräg über der Straße in einem Einfamilienhaus wohnte, verstand vom Karisieren einiges mehr als Kurt und Fritzchen. Zwar musste er, wie alle anderen auch, an den freien Nachmittagen »helfen«, was soviel wie arbeiten bedeutete, und so begleitete ich ihn mit dem Leiterwagen in den Wald, um Tannenzapfen für die Ofenheizung zu sammeln. Doch oftmals, um nicht helfen zu müssen, wandte er eine Technik an, die er »müden« nannte. Sie bestand darin, seine Mutter solange bettelnd und klagend zu nerven, bis sie ihn resignierend gehen ließ, eine Prozedur von einer halben Stunde, während der ich vor dem Haus wartete. Viktor kannte das Dorf, war mit seinen Eigenheiten vertraut, ein für mich idealer Führer. Er sah älter aus, hatte kräftiges, dunkles Haar und blaue Augen und war sich bereits sicher, dass in seinen Anfragen das Ja unterstrichen wurde. Im benachbarten Quartier wohnte in einem Arbeiterhäuschen Hanna, ein blondes Mädchen, das es uns angetan hatte und im Gegensatz zu unseren Schulkameradinnen durch ihre größere Schwester ebenfalls bereits einiges über das Karisieren wusste: Es war ein harmloses und doch reizvolles Spiel, das darin bestand, durch ein lautes Räuspern auf sich aufmerksam zu machen, sich an einer Straßenecke mit Hanna zu treffen, zu frotzeln und zu schubsen und ein paar Wörter auszuprobieren, die besonders heikel waren wie »küssen« oder »vögeln«. Bei dem stundenlangen Karisieren stand ich dabei, sah mehr zu, als dass ich teilnahm, und bei manchen Witzen hatte ich keine Ahnung, worum es ging, lachte jedoch genauso verschämt wie Hanna und Viktor.

7

In der neuen Wohnung war eine Kühle, die es in Basel nicht gegeben hatte. Ich schrieb sie anfänglich dem glasig klaren Schneelicht zu, das auf den Möbeln lag und mit der Schmelze verschwinden würde. Doch sie blieb, auch als im Garten die Rosen, der Rittersporn, die Lupinen blühten. Mutter stand bei den Beeten, sah auf die Blüten und Blätter, machte einige Schritte, ohne aufzusehen. Der Garten um unser Haus grenzte sie von der dörflichen Nachbarschaft ab, blühte mit Rosen und Blumen gegen die Kuhweide und den Gemüsegarten, die Straße und ein rückwärtig gelegenes, verwildertes Grundstück an. Mutter verabscheute das Dorf, sie fühlte sich fremd unter den Leuten, deren Sprache sie als derb empfand, und vermisste beim Einkaufen die Höflichkeit. »In Rumänien« wurde eine immer öfter wiederkehrende Wendung dafür, was anders, besser und in »unseren Kreisen« undenkbar war. »In Rumänien« leitete aber auch eine gemeinsame Stunde ein, kaum war Vater nach dem Mittagessen zur Fabrik und mein Bruder nach Aarau zur Schule gefahren. Mama kochte in der langstieligen Messingpfanne für uns beide türkischen Kaffee. Er war sehr schwarz und sehr süß. Sie setzte sich in den kleinen Fauteuil, wir rauchten Zi-

garetten – Prince de Monaco von Laurens – mit der Ab-
bildung des Fürstenschlosses auf dem Blechdeckel, einge-
rahmt von zwei seitlichen Palmen. Im Innern, eingepackt
in schneeweißen Halbkarton mit fürstlichem Wappen, lagen die ovalen und filterlosen Zigaretten mit goldenem
Mundstück. Ihr ägyptischer Tabak gab einen süßlich fremden Duft, der sich mit dem Geruch des türkischen Kaf-
fees mischte und seine bildliche Entsprechung in den Py-
ramiden, der Sphinx und dem mit einer Krone verzierten
Porträt des Khediven von Ägypten hatte. Der Duft und
die Bilder verbanden sich mit Mutters Erinnerungen aus
Rumänien, von denen sie zwischen nippenden Schlucken
aus der Mokkatasse erzählte. Sie beschrieb die Einrichtung
des Hauses bei der Dâmboviţa, in dem sie gelebt hatte, berichtete von den wöchentlichen Besuchen der Zigeuner,
vom Markt, den sie mit der Köchin besuchte, und von den
Kutschenfahrten mit ihren Eltern durch die Stadt in die
Gärten von Herăstrău. Ich hörte von einer »Schokola-
den-Mama«, einer Nachbarin, bei der sie im Gartenhaus
heiße Schokolade trinken durfte, von der Königin Car-
men Sylva in ihrer Kalesche, der sie auf dem Corso mit
Papa begegnet war. Immer wieder erzählte sie mit gesenkter Stimme, als wäre es ein Geheimnis, von dem Bäcker,
dessen Fleischpasteten in der Stadt begehrt waren und in
dessen Backstube die kleinen Kinder verschwanden. Doch
ebenso oft sagte sie, und die Wörter hatten einen harten,
bitteren Klang:

– Wie die adligen Russen nach der Revolution bin auch
ich eine Emigrantin und gezwungen, hier im »Exil« zu
leben.

Rumänien und Mamas Vergangenheit wurden zu einem Teil meines Lebens. Der Duft, Mamas Erzählungen, die Art, wie sie die Zigarette zum Mund führte, dabei mit übergeschlagenen Beinen und leicht abgewandtem Oberkörper im Fauteuil saß, verwandelte unser Wohnzimmer in einen Salon. In ihrer Haltung drückte sich eine Eleganz aus, die ich bewunderte und nachzuahmen suchte. Ich spürte die Kraft, die im Erinnern lag: Die dunkel glänzenden Bilder ihrer Erzählungen führten mich aus Suhr und unserem Wohnzimmer hinweg in eine Ferne aus fremden Düften und Klängen. Ich glaubte tatsächlich an der Calea Victoriei, im Caru' cu Bere, im Çismigiu-Park zu sein, ich fuhr Kutsche, fühlte mich »bojar«. Ich liebte es, mich in dieser Welt aus Erzählungen aufzuhalten. Zur Herkunft, die ich mir in Basel aus dem roten Sandstein und den Räumen des Kirschgarten-Museums zusammengebaut hatte, kam nun »Rumänien« wie eine eigene erlebte Vergangenheit hinzu, an die ich mich genauso wie an Brugg und Basel erinnern wollte.

Doch während unserer Stunde bei Kaffee und Zigaretten gab es auch den schmerzhaften Augenblick, da Mama verstummte, sie so sehr in ihre Erinnerungen versank, als wäre sie aus dem Salon ihrer Erzählung in Räume gegangen, in die ich ihr nicht folgen konnte. Dieser Moment, in dem ich mich im Wohnzimmer verlassen fand, ernüchterte mich vollständig und brachte mich augenblicklich in die Gegenwart zurück. Die Gerüche waren erkaltet, und ein kühles Grau stand in den Fenstern unseres Wohnzimmers.

Im Herbst der dritten Klasse, es war kurz vor Mittag, befand ich mich mit Kurt und Fritzchen auf dem Nachhauseweg. Wir überquerten die »Bärenmatte«, einen Sportplatz bei der Turnhalle, als ich Großvaters dunkelgrünen Chevrolet in die Straße einbiegen sah, die an der Bärenmatte entlangführte. Er näherte sich langsam, hielt kurz vor der Stelle am Bordstein, an der ich hinter der Hecke aus gestutzten Hagebuchen stand. Ich wollte mich bemerkbar machen, schreckte jedoch zurück. Hinter der Frontscheibe redete Großvater mit zornigem, drohendem Gesicht auf Vater ein, schrie ihn an, der neben ihm saß, bleich, mit geweiteten Augen. Papa blickte geradeaus, als sähe er dort, wo das Gasthaus »Kreuz« stand, eine ungeheure Bedrohung auf sich zukommen. Für einen kurzen Moment sah ich das Entsetzen in seinen Augen, seine Angst und Ohnmacht. Dann schlug er die Hände vors Gesicht, sein Kopf sank auf die Brust, und die Schultern begannen heftig zu beben. Großvater ließ den Motor aufheulen, und ich blickte dem grünen Chevrolet über die abgeschnittenen Äste der Hecke hinterher: Rot leuchtete der Blinker bei der Abzweigung zu unserem Haus.

Ich stand da, betäubt wie von einem Schlag. Kurt und Fritzchen fragten, was geschehen sei, trotteten davon, als ich nicht antwortete. Die Wiese, die Straße und der Rest des Weges, den ich allein ging, lösten sich in einen grauen, formlosen Brei auf, durch den ich mechanisch und der Gewohnheit folgend nach Hause ging. Doch unter dieser fühllosen Schicht meiner aufgelösten Wahrnehmung war Angst, ein Kern, der vibrierte und Erschütterungen aus-

sandte, deren Wellen anwuchsen, gegen die Betäubung anschlugen und allmählich Panik in mich hereinbrechen ließen.

Vater saß verstummt, mit starrem Ausdruck im Lehnstuhl, das Essen stand unberührt auf dem Tisch, Mutter
flüsterte mir zu, Onkel Otto habe Vater aus der gemeinsamen Firma gedrängt und ich verkroch mich in meinem
Zimmer. Was würde geschehen? Müssten wir wieder wegziehen, würden wir verarmen und auf fremde Hilfe angewiesen sein, wie einstmals Mamas Familie nach dem Ersten Weltkrieg?

Als ich ohne Mittagessen um halb zwei Uhr unsere
Wohnung verließ, erschien sie mir wie leer geräumt. Niemand verabschiedete mich, weder Vater noch Mutter
waren zu sehen. Ich ging den Weg zur Schule, an den Häusern und Gärten entlang, den Blick vor mich auf den Teer
der Straße gesenkt. Ich setzte mich in die Schulbank, und
als der Unterricht in der gewohnten Art begann, meine
Kameraden die Hände hoben, auf Fragen des Lehrers ant-
worteten, saß ich nur einfach da. Sprachübungen, Rechnen, Heimatkunde, all das ging mich nichts mehr an. Ich
verspürte in mir eine Dunkelheit, an deren fernem Rand
ich Erinnerungsbilder an unser Wohn- und Speisezimmer
sah, von Papa als Direktor einer Firma, von der eleganten
Dame, die Mama während unserer rumänischen Stunde
war: Bilder, die weit weg zu einem Dasein gehörten, das zu
Ende war. Ich hatte Angst, und ich fühlte Scham. Vater war
zusammengebrochen, vor mir, in Großvaters Auto: Er, auf
den ich mich verlassen musste.

Zur Kühle in der Wohnung kam ein Schweigen dazu. Es umklammerte selbst noch die Möbel und Gegenstände, vereinzelte uns, als gehörten wir nicht mehr uneingeschränkt zusammen. Mein Bruder und ich wussten nichts Genaues, waren auf Vermutungen angewiesen, spürten nur, dass nichts mehr so war wie zuvor. Hie und da hörte ich ein Flüstern. Mutter redete auf Vater ein, sie hatte den kleinen Fauteuil neben den Lehnstuhl gerückt, in dem er im Morgenrock saß, die nackten Füße in Pantoffeln. Vorbei war es mit unserer rumänischen Stunde. Mutter war jetzt beschäftigt, ihrem Mann Mut zuzusprechen. Sie las ihm aus einem Buch über das »positive Denken« vor, sie, die Krisen aus der eigenen Familie kannte. Für mich und meinen Bruder blieb keine Zeit, wir waren ausgeschlossen, und in den Wochen, bis Vater sich aufraffte, sich entschied, mit einem ehemaligen Mitarbeiter der Gießerei und Maschinenfabrik eine neue Firma zu gründen, hatte ich verstanden, dass ich für mich selbst sorgen und mir eine eigene, von meiner Familie unabhängige Welt schaffen müsste. Eine Welt, zu der auch sie keinen Zutritt hätten.

8

Während eines Besuchs bei meiner Patentante, zu der kurz nach meiner Taufe der Kontakt wegen eines Zerwürfnisses mit der »Haller-Familie« abgebrochen war, und die wir nach Jahren zum ersten Mal wiedersahen, stand sie unvermittelt vom Kaffeetisch auf. Tante Elsie war eine selbstbewusste, kräftige, eher untersetzte Frau, arbeitete als Naturwissenschaftlerin an der Universität und lebte mit ihrer Mutter allein in einem Haus, das voller Bücher war. In kurzen, energischen Schritten trat sie an ein Bücherregal, zog einen schmalen Band heraus und drückte ihn mir wortlos in die Hand. Auf dem bräunlichen Umschlag zwischen zwei Bildstreifen stand »Griechische Vasenbilder. Eine Sammlung der schönsten Werke altgriechischer Kleinkunst«. Ich konnte mir nicht vorstellen, weshalb sie ausgerechnet einen Band mit Abbildungen von altgriechischen Gefäßen gewählt hatte. Ich wusste, wie sehr sie die »Haller«, die laute, großsprecherische Art vor allem meiner Onkel, hasste. Ich schlug den Deckel auf und wollte ihr durch ein aufmerksames Betrachten zeigen, dass ich keiner von den »Haller« war, für die sie auch nach Jahren nur bittere, abschätzige Worte übrighatte. Doch die schwarz-weißen Abbildungen der Vasenbilder nahmen mich augenblicklich so gefangen, dass ich kein Interesse zu heucheln brauchte. Wie in den Bibelszenen Schnorr von Carolsfelds verlor ich mich in den Darstellungen auf Schalen und rundbauchigen Gefäßen, sah Achill und Aias beim Brettspiel zu, fuhr im Schiff, einen Weinstock um Mast und Segel, mit Dionysos übers Meer, bewegte mich unter Silenen und schwärmenden Mänaden. Nichts nahm ich um mich herum mehr wahr, und als sich meine Eltern erhoben und sich bedankten, legte Tante Elsie ihre Hand auf meine Schulter, sagte, ich könne das Büchlein behalten, es gehöre jetzt mir. In den Wochen nach jenem Besuch führten mich die Abbildungen auf gräulich billigem Papier täglich aus der Gegenwart hinaus. Ich schlug den Deckel des schmalen Bandes auf und stieg in ein Land hinab, das tiefer in der Vergangenheit lag als Mutters Rumänien. Auf dem Weg dorthin aber teilte ich mich in einen Gelehrten, der die Abbildungen studiert, und in einen Beobachter, der sich in diesen von Künstlern gestalteten Szenen griechischer Mythologien aufhält und sich unter die Helden und Göttinnen mischt.

An einem Sonntagnachmittag im Spätherbst lernte ich Fredi, den Nachbarsjungen von Mutters Kusine, kennen. Er war elf, ich zehn Jahre alt, und mein künftiger Freund legte auf den Familientisch einen Schädel vom Schlachtfeld bei Sempach. Im Schein der tief hängenden Stubenlampe wies er mit dem Zeigefinger auf eine Kerbe im Schädelknochen hin, die Folge eines Schwerthiebs, an dem der arme Kerl zugrunde gegangen war. Der Schädel, so waren wir uns einig, musste einem Österreicher gehört

haben: Diese waren bei Sempach, wie wir aus der Heimatkunde wussten, von den Eidgenossen »schwer aufs Haupt«
geschlagen worden.

Fredi erzählte von Burgen, die er besucht hatte, ich von
griechischen Vasenbildern, und wir beschlossen, künftig
gemeinsam an Orte zu fahren, wo es Funde zu machen
gab. Wir wollten jedoch tiefer in die Vergangenheit hinabtauchen als nur bis zu den Schlachtfeldern der Eidgenossen und wollten es tatsächlicher tun als lediglich mit
Büchern und Abbildungen. Fredi hatte von Grabungen in
einem Legionslager gelesen, und wir verabredeten, in der
folgenden Woche nach Vindonissa zu radeln, um uns mit
Hacke und Papiersäcken den Römern zu nähern.

Es regnete, mehr noch: Es goss. Über den Lenker des
»Silberblitz« gebeugt, einem Kinderfahrrad von zirka drei
Viertel der Normalgröße und mit nur einem Gang, hielt
ich mich keuchend am Hinterrad meines neuen Freundes,
der ein Erwachsenenrad besaß. Anstelle eines Sattels war
ein gerollter Jutesack am Fahrradrahmen festgeschnürt,
sonst hätte Fredi die Pedale nicht erreicht. Von seinem
Reifen spritzte Dreckwasser hoch, und der heftige Ge-
genwind nahm mir den Atem. Die Beine schmerzten bei
jedem Tritt, es war kalt, und die Hände am Lenker wurden klamm. Durchnässt und durchfroren erreichten wir
endlich Vindonissa, lehnten unsere Räder an einen Zaun
und kletterten ins Grabungsfeld. Ich blieb am Rand eines
Stichgrabens stehen, der vielleicht eineinhalb Meter tief
ins welke Gras gezogen war, seitlich begleitet vom erdig
verwaschenen Aushub. Auf den feuchten, klumpigen Erd-

haufen machte ich meine ersten Funde. Es waren hauptsächlich Scherben von Gefäßen, doch fand ich auch einen
Nagel und eine Panzerschuppe. Ich packte die Funde sorgfältig in Papiertüten, wusch sie zu Hause im Lavabo mit
der Nagelbürste – Scherben, Ziegelstücke, Metallstücke –
und legte sie auf einer alten Zeitung zum Trocknen aus.
Ich betrachtete sie erneut eingehend, fasziniert davon,
wie die Funde, nachdem die Erdreste unter dem Wasser-
strahl weggespült waren, in kräftigen Farben leuchteten.
Durch das Waschen kamen an den Scherben Verzierun-
gen zum Vorschein. Das machte sie »wertvoller«, wie auch
ein Rand- oder Bodenstück kostbarer war als eine glatte
Wandscherbe. Ich war stolz auf meine Funde, und obwohl
sie römisch waren, kamen sie mir wie Bruchstücke aus
meiner griechischen Vasenwelt vor, die nun als konkrete
Gegenstände auf der Zeitung im Bad trockneten.

Die Römer rückten jedoch mit der zunehmenden
Kenntnis ihrer Kultur aus einer fernen Vergangenheit immer näher an unsere Gegenwart heran. Es gab – wie ich
nachgelesen hatte – ein stetes Ringen um Macht, der Alltag war beherrscht von Willkür, Intrige, Kampf, und das
meiste, was wir fanden, vor allem an Gefäßen, stammte
aus industrieller Produktion. In Rom gab es Wohnkaser-
nen, ähnlich der Blocksiedlung, die jetzt bei unserem Haus
in die Ebene hinaus gebaut wurde, und die Legion XXI
Rapax, die in Vindonissa einquartiert war, hatte die kelti-
sche Bevölkerung in grausamer Weise ausgerottet.

Wir wandten uns von Vindonissa ab und einer eisen-
zeitlichen Höhensiedlung zu. Fredi hatte im Heimatmu-
seum ausgestellte Funde von einer Ausgrabung auf dem

Grat eines Jurazuges gesehen, Hallstatt B, zirka achthundert Jahre vor Christus. Wir radelten los, stiegen hoch zu einem Pfad zwischen niederen Steineichen und Föhren. Nach einem tiefen Einschnitt im Fels standen wir auf einer kleinen Ebene, die von Sonnenflecken und moosigen Steinen bedeckt war, und die ersten Scherben, verziert und aus grob gekörntem Ton gefertigt, verrieten die Hand, welche die Gefäße geformt hatte. Da gab es keine Industrieware wie bei den Römern, dafür Spinnwirtel und rotgebrannte Webgewichte. Auffällig und zahlreich jedoch waren die Wurfsteine, faustgroße Kiesel, gerollt und geschliffen in einem Flussbett, von wo sie hier heraufgetragen worden waren. Die Einschnitte seitlich der kleinen Ebene waren künstlich geschlagene Gräben zur Verteidigung der wenigen Hütten: Ein Fluchtort vor räuberischen Banden, die das Land durchstreiften. Nach ein paar Besuchen zogen auch wir weiter, von der Höhensiedlung zum Baldeggersee. Fredi hatte in einer alten Publikation der »Heimatkunde« von einer Pfahlbausiedlung gelesen. Unter mächtigen Weiden, die ihr Wurzelwerk ins Ufer krallten, lag nackt und schlammig ein ausgeschwemmter Streifen Erde. Das Wasser hinter dem Schilfgürtel war seicht, von einem Lichtnetz überspiegelt. Dort zwischen Reihen von Pfahlstümpfen fand ich Scherben und Knochen, Schweinezähne, aber auch Steinbeile, Pfeilspitzen, Klingen, Schaber, Kratzer – wunderbar gearbeitete Silexwerkzeuge, dazu Schmuck aus Bergkristall. Und je mehr und länger wir uns mit der Urgeschichte befassten, umso tiefer drangen wir in sie zurück, bis zu einer Höhle im Juragestein am Fuß einer Felswand, von wo der Blick auf Pappeln entlang eines

Kraftwerkkanals ging. Die Funde, die ich dort machte, stammten aus der jüngsten Kultur des Paläolithikums, dem Magdalénien, rund fünfzehntausend Jahre vor Christus. Es waren erstaunlich feine Instrumente aus Silex von einem hellen Grau.

Brachen wir von zu Hause auf, konnten wir nie sicher sein, mit einem nennenswerten Fund zurückzukommen. Die Ankunft an einem Fundplatz war deshalb stets von einer prickelnden Spannung begleitet, welche die Landschaft – ein Felsband, eine Hügellichtung, eine Seebucht – leuchtend aus der Umgebung heraushob. Kaum hatten wir die Fahrräder abgestellt, begannen wir mit dem »Suchen und Finden«, mit jenem langsamen Abschreiten der Stellen, wo sich Aufschlüsse fanden wie Aushub, gepflügte Äcker, gerutschte Hänge oder ausgeschwemmte Uferstreifen. An Schräglagen stellte ich ein Bein an, sicherte mit dem anderen den Halt, um mein Gesichtsfeld möglichst nah ans offene Erdreich zu bringen. In kleinen Aufschlüssen hockte ich mich hin, und bei Feldbegehungen setzte ich einen Schritt vor den anderen, jedoch in sehr kurzem Abstand.

Bei all den Arten des Suchens war die Langsamkeit entscheidend, die Selbstbeherrschung, nicht möglichst schnell und gierig Funde machen zu wollen, sondern einen Fleck Erde in genauen Augenschein zu nehmen. Eine enorme Vielfalt breitete sich vor jedem Blick aus: Die Farbnuancen des Bodens waren durchsetzt von Kieseln, Steinsplittern, von Wurzelwerk, Blättern, Zweigstücken. Es gab Fraßspuren von Würmern, Schwemmkonturen vom Regen. In dieser Formenvielfalt galt es einen Sinn für das Material und die Form zu entwickeln, die wir suchten. Dabei war ein Arsenal an Vorstellungen von zu erwartenden Funden notwendig, die an einer bestimmten Stelle, für eine bestimmte Kultur überhaupt auftreten konnten. Oftmals schränkte ich dieses innere Arsenal ein, konzentrierte mich auf Silex, dieses harte, meist weißliche Steinmaterial, aus dem Steinwerkzeuge wie Klingen, Schaber, Bohrer, Pfeilspitzen hergestellt worden waren. In jüngeren Siedlungen richtete ich die Aufmerksamkeit mehr auf Töpferwaren, auf Gefäße, Webgewichte, Spinnwirtel. Oder ich legte das Hauptgewicht auf Metalle, in der Hoffnung, einen Gegenstand aus Bronze zu finden.

Begleitet war das »Suchen und Finden« jedoch stets von Irrtümern und Enttäuschungen. Statt eines Silexwerkzeugs hob ich einen Kalksteinsplitter auf, eine Scherbe erwies sich als ein Stück Rinde, und was wie Bronze oder Eisen ausgesehen hatte, war eine Flechte, ein Moos, ein Stück von einem Zweig. Hielt ich jedoch in der Hand, was ich im ersten Anblick vermutet hatte, erfasste mich eine Aufregung, die mich rasch die Erdreste von dem Gegenstand wegreiben ließ. Ich eilte zu Fredi, er jeweils zu mir. Gemeinsam beugten wir die Köpfe über den Fund, begutachteten und beurteilten ihn, spürten jeweils auch den Neid auf das Glück des anderen und setzten dann unser Suchen mit neuem Schwung fort.

Bei all den Exkursionen war Fredi derjenige, der mehr wusste, kannte, gelesen hatte und dem ich als meinem Führer in die archäologischen Schichten folgen konnte.

Ihm ging es während unserer gemeinsamen Zeit des Forschens vermehrt um Wissenschaftlichkeit, er war ehrgei-
zig, kannte die Merkmale, anhand derer sich Funde einer bestimmten Kultur zuordnen ließen. Er richtete in
den Kellerräumen seines Elternhauses ein Museum ein,
das in der Darstellung der aufeinanderfolgenden Epochen
und in der Schönheit der Exponate manche Ausstellung in
Museen übertraf: Für fünf Franken das Stück hatte Fredi
ausgemusterte Schaukästen des Naturhistorischen Muse-
ums gekauft, in denen er seine Sammlung präsentierte.

Im Vergleich dazu nahm sich meine Beschäftigung mit
der Urgeschichte sehr viel unklarer aus. Mir bedeuteten
die Fahrt zu den Siedlungsplätzen, deren Lage über einem
Felsband oder am Ufer eines Sees ebenso viel wie die
Funde, die ich an dem jeweiligen Ort machte: Die aufge-
hobene Pfeilspitze verband sich mit den einfallenden Sonnenstrahlen in den Weiden des Seeufers, an der grob ge-
körnten Scherbe haftete noch der Blick vom Juragrat auf
die Ebene hinab. Ich liebte die Landschaft, das Licht auf
den Felsen, das Dunkel in der Höhle. Zugleich versuchte
ich aus der Lage des Ortes und seiner Umgebung heraus-
zuspüren, durch welche Überlegungen und Umstände die
Menschen vor ein paar tausend Jahren gerade an der Stelle
zu rasten oder ihre Behausungen aufzuschlagen beschlossen hatten, versuchte ihr Lebensgefühl nachzuempfinden.

Über eine Erfahrung aber sprach ich nie, weder mit
Fredi noch mit sonst jemandem. Sie machte ich an einem
Nachmittag im Käsloch, einer Höhle in den Kalkfelsen
über der Aare. Im feucht lehmigen Boden fand ich einen
Stichel-Bohrer des Magdalénien, fünfzehntausend Jahre

vor Christus, ein fein gearbeitetes Instrument. Im Halbdunkel der Höhle hielt ich es in der Hand, und mich überwältigte die Gewissheit, hier und jetzt, nach all den Tausenden von Jahren, der erste Mensch zu sein, der dieses perfekt geformte Werkzeug wieder berührte. Ich fühlte, dass ich dadurch auf eine mir unverständliche Art mit jener fremden, fernen Hand verbunden war, der das Instrument zuletzt entglitten war.

9

An einem Herbsttag, rund ein Jahr nach unserer ersten Exkursion nach Vindonissa, schob ich die Pulte von mir und meinem Bruder zusammen und erklärte, ich wolle in unserem Zimmer eine Ausstellung meiner Funde machen. Ich legte Leintücher aus und grenzte mit blauen Wollfäden die Fundplätze voneinander ab, mit doppelten roten Fäden die verschiedenen Epochen. Auf Vaters Schreibmaschine tippte ich die Beschriftungen: Neolithikum, Pfahlbau Seematt, legte zu einem gelblichen Silexabschlag die Bezeichnung »Klinge«. Und diese trug eine von mir mit Tusche angebrachte Nummer, die auf ein Heft verwies, in dem verzeichnet stand, wo und wann ich den Fund gemacht hatte, von welchem Typus und welcher Eigenart er war.

Meine Eltern standen ein wenig ratlos vor den in Reihen ausgelegten Keramikscherben, Steinwerkzeugen, Nägeln, Wurfsteinen, Knochen- und Hornstücken wie vor einem Text in fremder Schrift. Ihre Zeichen blieben für Mutter stumm, und Vater las aus den Zeilen ausgelegter Funde einzig die Befürchtung, ich könne später einmal Archäologie studieren wollen, eine »brotlose Sache«, wie er sagte. Verwandte kamen zu Besuch, schauten sich die Keramikscherben und Werkzeuge flüchtig an, heuchelten Interesse

74

oder zeigten offen ihre Belustigung über dieses Sammel-
surium. Onkel Curt fand, ich hätte Müll zusammengetragen, den ich in kindlicher Verblendung für Altertümer
hielte, und beim Kaffee waren sich alle einig, dass es unmöglich sei, das Alter einer Scherbe zu bestimmen. Was
ich vorbrächte, seien Behauptungen, und auch mein Aufsatz in der Schule über ein Vasenbild des Exekias kam un-
korrigiert mit dem Vermerk zurück, das hätte nicht ich geschrieben, sondern meine Eltern.

Die Reaktionen kränkten mich, gleichzeitig verachtete
ich das Unwissen, das sich mir in den Argumenten der Erwachsenen zeigte. Weder meine Eltern noch Onkel Curt
wussten, wovon sie redeten. Sie hatten keine Ahnung von
Archäologie, waren Ignoranten, und ich fühlte mich durch
ihre Einwände in meiner urgeschichtlichen Beschäftigung
eher bestärkt als verwirrt. Ich hatte ihnen einen Einblick in
die Gedanken- und Erlebniswelt meiner Exkursionen geben wollen. Durch ihre Ablehnung und den Spott, die ich
während der Ausstellung erfuhr, gehörte die Urgeschichte
nun ausschließlich mir allein. In sie zog ich mich zurück,
und ich tat dies umso öfter, als ich wiederum Schwierigkeiten in der Schule bekam. Seit jenem Mittag, als ich zufällig beobachten musste, wie Vater hinter der Frontscheibe
von Großvaters Auto zusammenbrach, begannen sich die
Buchstaben sowohl beim Lesen wie beim Schreiben zu
verwirren. Wurde ich aufgerufen, um einen Abschnitt aus
dem Lesebuch vorzulesen, stockte ich, erkannte nur mühsam die Wörter, verstand kaum etwas von dem, was ich las.
Beim Schreiben hielten sich die Buchstaben nicht mehr an
die ihnen von der Orthographie vorgeschriebenen Plätze.

Sie vertauschten sich, ohne dass ich es merkte. Und wenn Lehrer Zeller, bei dem ich die vierte und fünfte Klasse besuchte, einen unvorbereiteten Abschnitt aus dem Lesebuch diktierte, wurde aus den langsamen und überdeutlich gelesenen Sätzen ein Lautbrei in meinen Ohren, der keinerlei Sinn ergab und in meinem Kopf ein wirbelndes Durcheinander anfachte. Rüstete ich jedoch am verabredeten Nachmittag den Silberblitz mit Werkzeug, Papiersäcken und Proviant aus, fühlte ich mich unbeschwert, ließ die schulischen Schwierigkeiten und familiären Irritationen hinter mir und brach mit Fredi neugierig und voller Vorfreude in meine mir allein gehörende Welt auf. Meinen Eltern erzählte ich nur das Nötigste, wohin ich mit Fredi fuhr beispielsweise, doch ich zeigte ihnen weder die neuen Funde noch gab ich ihnen einen Einblick in das, was mich augenblicklich beschäftigte. Fachausdrücke wie Neolithikum, Terra sigillata oder Retouche benutzte ich als Zugangssperren zu dem allein mir gehörenden Wissensgebiet, Begriffe, die meine Eltern nicht kannten. Ich jedoch verwendete den wissenschaftlichen Wortschatz mühelos, und das nicht nur in Diskussionen mit Fredi. Schon zu Beginn meiner Beschäftigung mit der Archäologie hatte ich an Dr. Bosch, den Kantonsarchäologen, geschrieben. Ich bat ihn um Auskunft über eine Höhensiedlung. Mir war nicht klar, welche Umstände die Menschen damals bewogen hatten, sich aus der Ebene in einen so beengten, durch Wall und Graben gesicherten Ort auf einem Hügel zurückzuziehen. Die umgehend eingetroffene Antwort, die meine Frage ernsthaft erläuterte, ermutigte mich, Dr. Bosch zu besuchen. Fredi und ich fuhren an seinen

Wohnort, an dem dieser freundliche Herr in dunklem Anzug eine Steinzeitwerkstatt in einer alten Schmiede eingerichtet hatte. Dort zeigte er uns die Techniken der Silexbearbeitung, führte vor, wie Serpentin in der Jungsteinzeit gesägt und geschliffen oder das Loch in einer Doppelaxt gebohrt worden war. Er gab mir Hefte der »Historischen Vereinigung Seetal« mit, machte mich auf die Zeitschrift »Die Urschweiz« aufmerksam, die von der Schweizerischen Gesellschaft für Urgeschichte herausgegeben wurde. Die Publikationen enthielten Grabungsberichte, Literaturhinweise und Besprechungen. Das Jahrbuch der Gesellschaft listete zudem alle Meldungen von Funden und neu entdeckten Siedlungen auf, eine Rubrik, die Fredi und ich besonders genau studierten. Durch sie erfuhren wir von uns unbekannten Fundplätzen.

Als Schüler der vierten und fünften Klasse begleiteten wir Dr. Bosch auf Ausgrabungen, und mit zunehmender Kenntnis von Grabungsmethoden, Fundauswertung und der Interpretation freigelegter Reste von Bauten, die wir uns durch die Besuche auf Grabungsstätten erwarben, verschob sich unser Interesse vom »Suchen und Finden« von Streufunden auf Äckern und an Seeufern zum »Entdecken und Ausgraben« unerforschter Siedlungen. Auf dem Kartenausschnitt der Landestopographie 1 : 25 000 studierten wir die Höhenkurven, suchten nach Orten, die durch ihre Lage und die sie umgebenden Bedingungen, wie zum Beispiel die Verteidigungsmöglichkeit oder die Wasserversorgung, eine urgeschichtliche Besiedlung als wahrscheinlich erscheinen ließen. Wir stiegen auf Anhöhen hinauf, untersuchten Erdaufschlüsse durch frisch angelegte Waldwege oder Rutschungen am Steilhang eines Hügelsporns, hielten auf den Radtouren auch spontan bei einer Baugrube, die eben ausgehoben wurde, sahen nach, ob es in der Erdwand eine Verfärbung gab, die auf eine Kulturschicht schließen ließ. Die Entdeckungen neuer Fundstellen fasste Fredi in Berichten zusammen und schickte sie an das »Jahrbuch der Schweizerischen Gesellschaft für Urgeschichte«. Er hatte mit Schreiben keinerlei Schwierigkeiten, war von uns beiden auch der Belesenere, da er leichter und schneller lesen konnte, als ich mit meiner legasthenischen Behinderung.

An einem Nachmittag rief mich Fredi an, ich solle so bald als möglich zu ihm kommen, er habe in einer Baugrube auf halber Höhe eines lang gezogenen Hügels eine Entdeckung gemacht. In der hügelseitigen Erdwand sei eine Steinsetzung mit aufgelagerter Lehmschicht und Kohleverfärbung beim Ausbaggern angeschnitten worden. Fredi hatte bereits den Kantonsarchäologen benachrichtigt, die Bauarbeiten waren gestoppt worden, und nachdem Doktor Bosch die Fundstelle untersucht hatte, gab er uns die Erlaubnis, die Steinsetzung freizulegen. Für die Grabungsarbeiten bekamen wir zwei Arbeiter zugeteilt, und Fredi und ich, Bezirksschüler von dreizehn und vierzehn Jahren, verbrachten unsere Schulferien mit Hacke und Spachtel, mit Pinsel, Planraster und Messstab auf der Grabungsstelle, führten ein Tagebuch und arbeiteten uns Schicht um Schicht in die Tiefe. Unter der Plane, die gegen das Austrocknen der Erde über das Grabungsfeld gespannt war, hockte ich mit Spachtel und Pinsel, schabte und wischte eine längst vergangene Struktur aus der Erde heraus: Ein Wiederherstellen der Lehmschicht über der Steinsetzung, wie sie einstmals gewesen war, eine gelbe, speckige Schicht. Einzelne darauf liegende Funde legte ich plastisch frei, ließ sie durch den Ortsfotografen dokumentieren, präparierte danach die gesetzten und zu einer Wand hochgezogenen Steine frei. Ich war mit meinen zittrigen, nervösen Händen nie besonders geschickt gewesen, und wenn ich meine Kameraden aufs Feld zum »Helfen« begleitet hatte, lobten ihre Eltern mehr die gute Absicht als meinen Beitrag zur Arbeit. Ich vermied deshalb, wann immer möglich, auch nur einen Nagel einzuschlagen. Doch nun begeisterte mich das feine, vorsichtige Präparieren der Grubenwand. Die Arbeit mit Spachtel und Pinsel empfand ich als ein Herantasten. Ich müsse, stellte ich mir vor, die Grenzlinie zwischen dem Herausmodellieren der Steine und dem Unberührtbleiben der sie umfassenden Erde finden. Dies habe in einer Art Zwiesprache zu geschehen, die meine Vorstellung der Steinschichtung mit der hervortretenden Form in Übereinstimmung brächte. Das Schaben, Kratzen, Pinseln und Modellieren bereitete mir ein solches Vergnügen, dass ich Fredi gerne überließ, den zahlreichen Besuchern, die mit verständnislosen Gesichtern ins Grabungsfeld herabsahen, die Bedeutung der freigelegten Grube zu erklären.

Schon vor dieser Grabung, die fünf Wochen dauerte, hatte es Reportagen über Fredi und mich in Zeitungen und Zeitschriften gegeben. Durch die Veröffentlichung eines Berichts von Dr. Bosch über unsere Entdeckung, die später zum Auffinden eines jungsteinzeitlichen Gräberfeldes von nationaler Bedeutung führen sollte, fand unsere Grabung auch in der Fachwelt Beachtung. Fredi und ich wurden in die Schweizerische Gesellschaft für Urgeschichte als die jüngsten Mitglieder aufgenommen, und ein paar Wochen später fuhren wir zur Jahrestagung nach Brugg. Vor Eröffnung der zweitägigen Veranstaltung besuchten wir das Vindonissa-Museum. In den Ausstellungsräumen machten wir die Bekanntschaft eines Professors aus Basel, eines vornehmen Herrn und Spezialisten für historisches Leder. Er entsprach ganz und gar dem Bild des Privatgelehrten, das ich mir zu Beginn unserer archäologischen Exkursionen als Teil einer mir gemäßen Rolle gemacht hatte: Professor Gansser war ein Gentleman alter Schule, der ganz seinen eigenen Interessen lebte und dazu auch die finanziellen Mittel besaß. Er bewohnte eine Villa im Sevogelquartier, an der mein Schulweg vorbeigeführt hatte, und während des Rundgangs durch das Museum behandelte er uns mit Respekt und einem nachsichtigen Lächeln über unsere fachsimplerischen Kommentare zu einzelnen Ausstellungsstücken. Im Biergarten des Restaurants, in dem die Tagung stattfinden würde, versammelten sich die Teilnehmer zu einem Umtrunk unter den Kastanienbäumen. Wir wurden von Herrn Professor Gansser einigen Herren vorgestellt, und es war ein jüngerer Mann in einem wollenen, abgetragenen Jackett, der mich ansprach, zwei, drei Scherben aus der Rocktasche zog und mich mit leicht spöttischem Ton aufforderte, die Stücke zu datieren. Ich hatte keine Ahnung, sah auf die mit Quarz durchsetzten Tonstücke, wusste nicht so recht, was ich antworten sollte, und dieser bullige, etwa vierzigjährige Mann fixierte mich mit grauen Augen. Schließlich nannte ich eine Epoche, nur um etwas zu sagen. Der Mann nickte, sein Mund in dem von schnittartigen Falten durchzogenen Gesicht krümmte sich abschätzig. Er steckte die Scherben ein, wandte sich wortlos ab und schritt zu einem der Tische.

Zur Eröffnung der Jahrestagung sprach Bundesrat Etter die Grußworte der Regierung, ein altgedienter Magistrat, der sein Amt schon während der Kriegsjahre innegehabt hatte und hohes Ansehen genoss. Er bat Fredi und mich nach vorne, lobte unsere Begeisterung für die Urgeschichte, sagte, dass sich unser Land keine Sorge um die künftige Generation zu machen brauche, drückte uns beiden Bezirksschülern die Hand und bat um Applaus.

Der Nachmittag war den Vereinsgeschäften gewidmet, es ging um Protokoll, Finanzen und Wahlen. Erst am Sonntag waren verschiedene Veranstaltungen vorgesehen, darunter ein Vortrag des Direktors des Landesmuseums und ersten Lehrstuhlinhabers für Archäologie an der Universität Zürich. Ich hatte Professor Vogt schon zuvor kennengelernt, hatte ihn im Landesmuseum besucht, da er Interesse an einem Silexdolch aus der vorrömischen Eisenzeit zeigte, den ich in einer Höhensiedlung gefunden hatte: Es war das einzige bisher bekannte Stück der Schweiz. Professor Vogt hatte das idealisierte Bild der Pfahlbauten an den Schweizer Seeufern durch Untersuchungen als eine romantische Verklärung des 19. Jahrhunderts entlarvt. Seinen Vortrag über die neuesten Ergebnisse archäologischer Forschung wollte ich auf keinen Fall verpassen. Fredi und ich saßen im nahe gelegenen Kinosaal in einer der vorderen Reihen, als der schlanke, hochgewachsene Professor

die Bühne betrat. Er begann über den Wandel der Archäologie von der Altertumsbegeisterung eines Schliemanns zu
einer exakten Wissenschaft zu reden, schob sein Manu-
skript zur Seite, neigte sich über das Rednerpult und zeigte
mit ausgestrecktem Arm auf uns zwei Schüler: Genau die
beiden, die man hier ehre, seien Beispiele für dilettantische
Pfuscher, die mit ihrer Sammlerwut wichtiges Fundmate-
rial der Wissenschaft entzögen, ja es für die Forschung un-
brauchbar machten, was vermehrt noch für Grabungen zu-
treffe, die ohne akademische Fachkompetenz durchgeführt
würden. Er redete sich in Wut, sein Gesicht war hässlich
verzerrt, und ich saß neben Fredi im Sessel, eingeschlossen in der Reihe, den Anwürfen dieses Mannes schutzlos
ausgesetzt.

Fredi zuckte die Schultern, es gäbe auch Fachleute wie
Professor Gansser, die Vogts Meinung nicht teilten, sagte
er, als wir nach dem Vortrag draußen auf der Straße standen. Es gehe um einen Streit um die künftige Ausrichtung
der Archäologie als akademische Disziplin. Doch das in-
teressierte mich nicht. Eine Autorität maßte sich an, in
meiner Welt bestimmen zu wollen, was ich zu tun und
zu lassen hatte, verurteilte meine Beschäftigung mit der
Urgeschichte. Das lautstarke Herabsetzen kannte ich zur
Genüge von meiner väterlichen Familie her. Mit einer Archäologie, in der es wie bei den Besuchen in Aarau nur
darum ging, wer recht und wer das Sagen hatte, wollte
ich nichts mehr zu tun haben. Ich holte mein Gepäck im
Hotel, überquerte die Straße zum Bahnhof und fuhr nach
Hause.

In den folgenden Wochen löste ich meine Sammlung

auf, gab einige Funde ins Museum, den Rest Fredi. Ich hatte Vogt bewundert, nun verachtete ich ihn. Ein Professor, der Schüler vor versammeltem Fachpublikum abkanzelte, besaß keine Größe. Und wenn er durch seinen Angriff in Brugg auch die Urgeschichte als mein Rückzugsgebiet zerstört hatte, erleichterte er mir dadurch doch einen Schlussstrich unter die Jahre urgeschichtlichen Forschens zu ziehen. Ich wendete mich einem Gebiet zu, das ich vor einiger Zeit entdeckt hatte, in dem nicht Vogt das Wort führte, sondern ich, und Leute wie er mir zuhören sollten.

TEIL 2

Die beleuchtete Höhle

1

Deutsch wurde an der Bezirksschule von einem Lehrer
unterrichtet, der Stirnemann mit E im Namen hieß und
auch sonst nichts mit jenem Lehrer Stirnimann in Basel
gemeinsam hatte. Er war ein noch junger, beinahe kahl-
köpfiger Mann mit einer spitzen Nase, einer korrekten
und etwas pedantischen Art, dem alles Militärische abging.
Hinter der zur Schau getragenen Ernsthaftigkeit verbarg
sich ein Sinn für Humor, der überraschend hervorbrechen
konnte, und er lachte, ohne dass uns Schülern klar geworden wäre, was ihn an einer Formulierung erheiterte, auch
wenn er sie zwei, drei Mal vorlas und sich dabei die Augen
mit dem Taschentuch wischte.

Eine Unart besaß er allerdings, nämlich die korrigier-
ten Aufsatz- und Diktathefte in der Reihenfolge abstei-
gender Noten zurückzugeben, und während die meisten
meiner Kameraden sich bereits entspannt in den Bänken
zurücklehnten, war mein Name noch immer nicht gefallen.
Orthografie! stand in Stirnemanns korrekter Schulschrift
unter meinen verdrehten Wörtern und durchgeschüttelten
Sätzen, und meine Heftseiten waren ein von roter Tinte
durchwobenes Gekritzel. Entsprechend lang fielen meine
»Verbesserungen« aus, die wir angehalten waren, nach den

Korrekturen des Lehrers zu schreiben. Sie umfassten in meinem Fall praktisch das ganze Diktat oder den Aufsatz, und ich trat stets als einer der Letzten an Stirnemanns Pult, um ihm mein Heft vorzulegen. Über seinen blanken Schädel sah ich auf die sommersprossigen Hände, folgte dem sorgfältig mit einem Messer gespitzten Rotstift, der Wort um Wort vorrückte. Unter fünf Buchstaben hielt er inne, die rote Spitze fuhr heftig durch ein E, und Stirnemann sagte verärgert: »Gibt schon wieder mit IE!« – und ich, einem Einfall folgend, von dem ich nicht wusste, wie er in meinen Kopf kam, antwortete, auch Goethe habe »giebt« mit IE geschrieben. Mit verblüffender Behändigkeit verpasste mir Stirnemann eine Ohrfeige, doch trotz dieser ebenso spontanen Reaktion brachte mir meine Bemerkung die amüsierte Sympathie meines Deutschlehrers ein. Ich hatte an seine Leidenschaft für die Dichtung der Goethe-Zeit gerührt, die im Unterricht immer wieder zum Durchbruch kam. Dann stand vor der Klasse ein entfesselter Rezitator. Er trug »Der Zauberlehrling« oder »Die Kraniche des Ibykus« vor, und dieser kleingewachsene Mann, der mit Gummibändern die zu langen Ärmel seines Hemdes gerafft hielt, strahlte Größe aus. Die Sprache einer Zeit, die »giebt« noch mit IE geschrieben hatte, ließ mich dank Stirnemanns Vortragskunst unbekannte Landschaften sehen, die voll von dramatischem Geschehen waren. Meine Helden lösten sich von den griechischen Vasenbildern, traten aus ihren tönernen Schattenrissen, stiegen aus den archäologischen Grabungsfeldern, wurden farbig und begannen in Brustpanzer und Harnisch zu handeln. Aus ihren Gesten und Worten strömten erhabene Gefühle, die sie leuchtend aus der opaken, melancholischen Grundierung alltäglicher Unzulänglichkeiten heraushoben. Diese Menschen waren edel, hilfreich und gut, und ihre Gesänge öffneten noch viel größere Räume, als die urgeschichtlichen Funde es vermocht hatten, verwandelten meine über Jahre mit mir herumgetragenen prähistorischen Vorstellungswelten in einen hellen, reinen Klang:

> *Zum Kampf der Wagen und Gesänge,*
> *Der auf Korinthus' Landesenge*
> *Der Griechen Stämme froh vereint,*
> *Zog Ibykus, der Götterfreund.*
> *Ihm schenkte des Gesanges Gabe,*
> *Der Lieder süßen Mund Apoll,*
> *So wandert' er, an leichtem Stabe,*
> *Aus Rhegium, des Gottes voll.*

Und nicht allein meine Helden, ich selbst war es, der beim Zuhören »mit frommem Schauder« in »Poseidons Fichtenhain« trat, gelangte auf eine neue und ganz andere Art in wunderbare, mich faszinierende Szenerien, und mir winkte »auf hohem Bergesrücken«, dank Lehrer Stirnemanns Vortragskunst, »Akrokorinth des Wandrers Blicken«. Zu Hause las ich die Balladen nach, langsam und umständlich, doch ich hörte dabei Lehrer Stirnemanns Stimme, begann erst leise, dann lauter und mutiger seine Sprechmelodie nachzuahmen. Ich lernte die Texte auswendig, berauschte mich mehr und mehr am Klang der »Lieder süssen Mund«, und machte dabei die Entdeckung, dass die Wörter mich verwandelten: Aufrecht und stolz, erfüllt von Selbstbewusstsein, stand ich in meinem Zimmer, wenn ich als Polykrates »auf das beherrschte Samos« sah. Stellte mich kämpferisch gegen die Gewalt des Erlkönigs, umdüstert von Moder- und Moorgeruch. Und diese wortmächtigen Gestalten, als die ich mich fühlte, gaben mir den Mut, mich in der Deutschstunde zu melden und vor die Klasse zu treten. Ich hatte mir Stirnemanns »Wort und Werke und den Brauch« gemerkt, und wusste, mit Goethes »Geistesstärke / Tu ich Wunder auch«. Ich spürte, wie mein Vortrag des »Zauberlehrlings« meine Mitschüler beeindruckte, wie erfreut Lehrer Stirnemann lächelte. Nicht nur ließen sich meine schwachen schriftlichen Leistungen durch den »mündlichen Ausdruck« etwas ausgleichen. Die neu entdeckten Sprachräume wirkten viel unmittelbarer auf meine alltägliche Umgebung ein, als es die Zeitungsartikel über unsere prähistorischen Funde getan hatten. Beim Vortrag meiner Lieblingsballaden entging mir nicht, wie die Gesichter der Zuhörer sich nach innen wandten, sie mir durch die Klänge und Bilder folgten, um zum Schluss erstaunt oder gar bewundernd aufzublicken. Kein Familienfest, kein Geburtstag blieb von meinen großartigen Sprachgesten verschont, und ich richtete mein Selbstwertgefühl ganz ungeniert an den Meistern der Dichtung auf. Schließlich schrieben wir beide, Goethe und ich, »giebt« mit IE.

Mein neu entdecktes Vortragstalent reichte jedoch nicht aus, meine schulischen Leistungen dauerhaft im Gleichgewicht zu halten. Mehr und mehr nahmen sie ab. Zu der durchschnittlichen Deutschnote kam eine ungenügende in Mathematik, mein Französisch blieb in einem knapp behaupteten Mittelfeld zurück und Latein musste ich, wie zuvor die Römer beim Vordringen in die Urgeschichte, ganz verlassen. Nach brillanten Anfängen sorgte ein neuer Lateinlehrer für die drastische Verkleinerung der Klassengröße, und dabei hatte es auch nicht geholfen, dass ich während der Ferien bei Großmama in Basel auf der Chaiselongue lag und die unregelmäßigen Verben büffelte – zumal mich die rumänischen Teller, Stoffe und Fotos mehr interessierten als die Konjugationen. Die Chaiselongue, wie auch der Tisch, die Stühle, das Sofa hatten alle in dem Haus in Bukarest gestanden und stammten zu einem Großteil aus dem vornehmen Stammhaus der mütterlichen Vorfahren in Köln. Großmama kochte rumänische Gerichte, ich sah ihr zu, wie sie uns türkischen Kaffee auf der Gasflamme zubereitete, und nachdem sie mich ein paar Verben abgefragt und auf Ähnlichkeiten mit rumänischen Vokabeln hingewiesen hatte, setzte sie keck ihren Hut auf. Es sei nun genug gelernt, sagte sie, wir gingen ins Kino. Mit der Straßenbahn fuhren wir zum Marktplatz ins Ciné Miroir. Großmama liebte die alten französischen Filme.

In den Wochen bei Großmama ließ es sich sehr angenehm in den abgedunkelten Zimmern, zwischen alten Möbeln und nachwirkenden Filmszenen, von einem vergangenen Dasein träumen. Ich ahnte, in welche Erinnerungen sich Mama jeweils zurückzog, wenn sie die dörfliche Umgebung nicht mehr ertrug, zu der gehörte, dass der Nachbar seinen Gemüsegarten jeden Samstag mit der eigenen Jauche begoss. Die freundlich über den Zaun gereichten Salatköpfe wanderten alle auf den Müll, und ich teilte Mamas Abscheu einer Welt gegenüber, die nicht nur Ausscheidungen hervorbrachte, sondern diese auch noch zum Gedeihen von Salatköpfen verwendete.

Seit ich Balladen rezitierte, mit »König Gorm« über Dänemark herrschte und als Polykrates »auf das beherrschte Samos« sah, war ich ebenso wie Mama der Ansicht, der Körper sei einzig für die Haltung zuständig, und die hatte gerade, beherrscht und unnahbar zu sein. Alle anderen Funktionen gehörten in den Bereich des Unaussprechlichen. Da wir beide bedeutende Ahnen hatten, sie aus Köln und ich aus den Büchern, waren wir uns und anderen gegenüber die straffe Haltung schuldig. Doch mein neu entdeckter, aufrecht gehaltener, stolzer Körper zeigte vermehrt äußerst befremdliche, wenn auch durchaus lustvolle Bedürfnisse. Er drängte mir Phantasien auf, die sich mit dem »Kampf der Wagen und Gesänge« schwer vereinbaren ließen, jedoch auch keine harmlosen Schelmengeschichten mehr waren, wie ich sie als »Hörspiele« meinem Bruder in Basel erzählt hatte. In meinen Einschlafgeschichten tauchte seit Kurzem eine Gestalt auf, die ich selber war und gleichwohl nicht sein konnte. Sie ähnelte einem Steinzeitjäger, hatte jedoch das alte, gefurchte Gesicht von Red Cloud, dem Häuptling der Oglala-Indianer. Ich kannte es von einer Fotografie: Züge einer vollkommenen, in sich ruhenden Selbstversunkenheit. Und dieser Red Cloud meiner Einschlafphantasien wohnte am Waldrand von Suhr, in einer unterirdischen Höhle. Er tauchte auf seinem Pferd im Dorf auf, wann immer ein Unrecht geschah. Er besaß einen magischen Bogen, der die Mächtigen mit seinen Pfeilen in Schach hielt. Die Gesichtszüge ruhig und beherrscht trat er Vaters Feinden gegenüber, und diese hielten seinem Blick nicht stand. In der Maske Red Clouds war mir keiner gewachsen, und mit meinem erwachten Interesse an den Mädchen waren es immer mehr sie, die aus Gefahren gerettet sein wollten: Dankbar ließen sie sich in die Höhle am Waldrand führen, in der sie vor Verfolgungen sicher waren. Denn ich gehörte dem Ideal reiner Ritterlichkeit an, war »edel, hilfreich und gut« und schaffte es damit doch noch, eine Verbindung zu den Balladen und des »Gesanges Gabe, der Lieder süssen Mund Apoll« herzustellen. Bei allem Begehren zog ich mich nach meinen Heldentaten stets vornehm zurück, wurde dafür in den Einschlafphantasien mit der Bewunderung der Geretteten belohnt. Auf dem Pausenplatz, während der Fahrradfahrten vor und nach der Schule erwies sich meine Zurückhaltung jedoch nicht als annähernd so attraktiv wie in den Einschlafphantasien. Die jeweils angebeteten Mädchen merkten noch nicht einmal, mit welch vornehmer Zurückhaltung, die ihnen schmeicheln sollte, ich sie verehrte. Sie balgten sich lieber mit Jungs, die Witze rissen, über die sie verschämt lachten, Witze, die ich noch immer nicht verstand.

2

In meinem Zeugnis stand am Ende des dritten Schuljahres ein »prov.«, was bedeutete, dass ich lediglich auf Zusehen hin in die letzte Klasse der Bezirksschule versetzt wurde. Ich war nicht wirklich beunruhigt, auch wenn mir dieser Makel ans Ehrgefühl ging. Tröstlich für meine Eltern war, dass sich ihre lang gehegte Furcht, ich könnte später etwas so Nutzloses wie Archäologie studieren, als unbegründet erwies. Mit meinen augenblicklichen Leistungen war an den Besuch einer höheren Schule nicht zu denken. Ich müsste wie mein Bruder eine Berufslehre beginnen, und auf Vaters Frage beim Mittagstisch, wofür ich mich am Ende der Schulzeit entscheiden wolle, blieb ich stumm. Ich hatte an die Zukunft noch nie gedacht. Sie gab es bisher nicht, und mein mit Vorstellungen vergangener Größe angefüllter Kopf war in Bezug auf einen künftigen Beruf so leer wie eine geräumte und besenreine Wohnung. Von ihren Wänden hallte jedoch ein Wort, das Mutter nach meinem Schweigen leise und mit einem Achselzucken gesagt hatte: Banklehre, und aus dem Hall des Wortes wuchsen in die leere Zukunft hinein Granitsäulen, Portale und Schalterhallen, hinter denen Büros mit Spannteppichen lagen, gedämpfte, klimatisierte Räume, in denen selbst

Zimmerpflanzen kaum überlebten. Meine Tage in solchen Räumen zu verbringen, schien mir undenkbar. Sie hatten nichts, gar nichts mit den Zeiten und Welten zu tun, die sich mir in den Balladen und Gedichten geöffnet hatten. Eher würde ich, wie in der Ballade »Die Bürgschaft«, als Möros zu Dionys dem Tyrannen schleichen, den Dolch im Gewande, als jemals hinter einem Bankschalter stehen. Und ganz gewiss würde über mich nicht in der Art bestimmt werden, wie es bei meinem Bruder geschehen war, der auf Großvaters Beschluss hin statt die Kunstgewerbeschule zu besuchen und Maler zu werden, eine Lehre als Maschinenzeichner machen musste. Ich hatte zwar keine Ahnung, was ich nach der Schule tun wollte, doch mit Geld und Geschäft, den Domänen meiner Familie, wollte ich nichts zu tun haben.

Trotzig und verstockt nahm ich das Mittagessen ein, das mit Vaters Ermahnung endete, ich solle mich mit der Frage nach meiner beruflichen Zukunft beschäftigen, auch wenn noch Zeit bliebe, mich zu entscheiden.

Statt an der Hauptstraße entlang, fuhren wir von der Schule zur Abwechslung auch mal durch die Wässermatten nach Hause. Der weiß staubige Weg führte unter den bewaldeten Hängen dem Dorf zu, hinter dessen Dächern auf rundem Hügel die Kirche stand. Meistens warteten wir bei den Fahrradständern aufeinander, um gemeinsam nach Hause zu radeln. Doch an jenem Nachmittag war ich allein, und ein sommerliches Licht lag über der Ebene. Vor mir entrollte sich die Fahrspur zwischen dem Grasbewuchs, die Reifen knirschten im sandigen Staub, einzelne Steine und ausgefahrene Löcher gaben Schläge auf meine Lenkstange, und gleichmäßig trat ich in die Pedale. Auf halbem Weg bremste ich, dass die Reifen einen Strich in den Staub zogen, stieg vom Rad, stand eine Weile einfach da, inmitten der Felder. Ohne darüber nachgedacht zu haben, war mir in eben dem Augenblick klar geworden, was ich am Ende der Schulzeit tun wollte: Ich würde die Aufnahmeprüfung an das Lehrerseminar Wettingen versuchen, um später Schauspieler zu werden.

Beim Abendbrot eröffnete ich meinen Eltern, ich wüsste, was ich nach der Bezirksschule tun wolle. Vater sah mich von der Seite überrascht, auch ein wenig misstrauisch an, während Mutter ungerührt weiteraß. Ich hätte mich entschlossen, das Lehrerseminar zu besuchen. Von meinen Theaterplänen schwieg ich, bat jedoch Mutter, mich von nun an jeden Morgen um fünf Uhr zu wecken. Ein dreiviertel Jahr bliebe mir Zeit, meine Defizite in Mathematik, Französisch, Deutsch auszugleichen.

Lehrer, damit ließe sich leben, fand Vater, das bedeute eine sichere Existenz, und bereits am nächsten Morgen quälte ich mich aus dem Bett. Mutter im Schlafrock hatte mich wachgerüttelt, ich saß mit schwerem Kopf über den von blendendem Licht erhellten Buchseiten, während sie in der Küche Porridge kochte, damit ich bei Kräften bliebe. Doch als es darum ging, wer von der Schule nun tatsächlich zu den Prüfungen angemeldet würde, fehlte mein Name: Nein, eine Anmeldung käme bei meinen schulischen Leistungen nicht in Frage, wurde mir gesagt, die Entscheidung sei im Lehrergremium getroffen worden und definitiv.

Zu der Zeit hatte Vater geschäftlichen Erfolg, war etwas füllig geworden, trug einen Maßanzug, dazu elegante Lederschuhe und hatte den Filzhut leicht schräg aufgesetzt. So schritt er an einem Morgen, während der großen Pause, über den Platz, eine auffällige Gestalt im nebligen Frühlicht, die meine Schulkollegen fragen ließ, wer dieser Mann sei. Vater schritt zielstrebig und ohne sich nach mir umzusehen zum Rektor, der, einen Apfel in der Hand, die Aufsicht führte. Dieser mittelgroße Mann mit dünnem Haar, dunklen Augen und ernsten, strengen Zügen war wegen seines cholerischen Charakters gefürchtet. Er verlangte, dass wir von den Bänken aufsprangen und »Habt-Acht-Stellung« annahmen, wenn er durch die Schulhausgänge schritt, putzte die Säumigen im Kasernenton herunter. Und ich fürchtete im nächsten Moment einen Zusammenstoß zwischen den beiden Männern, die eben aufeinandertrafen: Vater, der von arroganter Heftigkeit sein konnte, in großväterlich drohendem Ton befahl, wie die Dinge seiner Ansicht nach zu sein hatten, und dieser gestrenge Lehrer, der auf Disziplin und Ordnung hielt und in Wut geriet, wenn seine Weisungen missachtet wurden.

Die Begegnung war kurz und auch für meine Kollegen, die sie mit seitlichen Blicken beobachtet hatten, verblüffend verlaufen: Der Rektor schrumpfte vor Vater ein, zog den Kopf zwischen die Schultern, nickte ein paar Mal, in der Hand den Apfel. Vater wandte sich abrupt ab. Er ging, ohne mich zu beachten, quer über den Pausenplatz zu seinem Wagen, stieg ein und fuhr weg. Nein, auch ich wusste nicht, worum es bei der kurzen Unterredung gegangen war, aber ich freute mich über die Genugtuung meiner Mitschüler, dass offensichtlich der Rektor einen Rüffel bekommen hatte.

Beim Mittagessen sagte mir Vater, er sei nach dem Besuch in der Schule zu einem Gespräch mit dem Erziehungsdirektor gefahren, einem Regierungsrat, zuständig für das kantonale Schulwesen. Er habe ihn gebeten, eine Lehrerschaft, die nur an den Wettbewerb unter den Bezirksschulen denke und deshalb lediglich »sichere Kandidaten« zur Prüfung anmelden wolle, zur Räson zu bringen.

Am Tag der Aufnahmeprüfung ans Lehrerseminar fuhr mich Vater im Ford Fairlane, einem »Ami-Schlitten« mit spitzen Flügeln, crèmefarben lackiert, zur Klosteranlage, in der die Schule untergebracht war. – Mach's gut! sagte er, und ich ging den Weg am Langbau entlang zum Eingang in den Innenhof des ehemaligen Klosters, einen Weg, den ich in den folgenden vier Jahren beinahe jeden Tag gehen sollte.

In den Sommerferien vor den Prüfungen, im letzten Jahr der Bezirksschule, fuhr ich mit meinem Schulfreund Viktor nach Neuchâtel, um in einem dreiwöchigen Kurs an der École de Commerce meine Französischkenntnisse zu verbessern. Wir wohnten in einer Pension bei »Madame«, besuchten am Morgen die Lektionen und verbrachten die Nachmittage mit Baden im See, dem Schlendern an den Quais entlang oder machten Ausflüge in die Umgebung. Ich fühlte mich an Mamas Erzählung von ihrer Zeit in Lausanne erinnert, als sie, aus Bukarest zurückgekehrt, bei Tante Anna im Montbenon wohnte, die Handelsschule

besuchte und den Vergnügungen einer »Jeunesse dorée«
mit Studenten aus unterschiedlichsten Ländern nachging.
Auch ich schloss mich einer Gruppe persischer Studenten
an, die zur Zeit des Schahs aus begüterten Häusern stammten, trug wie sie nur noch weiße Hemden, den Kragen als
eine Art Erkennungszeichen unserer Exklusivität hochge-
klappt. Ich saß abends mit den Jungs in der Bar, kam mir
dabei sehr erwachsen vor, ohne mir die leichte Langeweile
einzugestehen, die sich mit vorrückender Nachtzeit ein-
stellte. Ich ging neben Mädchen her, ein ständig fröhliches
Lächeln im Gesicht, ohne die geringste Ahnung zu haben,
wie ich ihnen näherkommen konnte. Und doch fühlte ich
mich dieser leichtlebigen Gesellschaft zugehörig, die genügend Geld besaß, um tun und lassen zu können, was
ihr gefiel, und das heiße, schöne Wetter machte die Tage
leicht und die morgendlichen Unterrichtsstunden erträg-
lich. Doch dieses mir so angenehme Wetter schlug um, aus
den Sommerwolken mit ihren gleißenden fraktalen Rändern wurde eine schwarze Wolkenfront, aus der Blitze
zuckten. Ein heftiges Gewitter entlud sich, und während
ich auf dem Balkon meiner Herberge am Geländer lehnte,
hinaus auf den dunklen, von weißen Schaumkronen ge-
rippten See schaute, sagte ein Berliner Student, der neben
mir am Tisch gearbeitet hatte, den ich im Übrigen kaum
kannte und ein paar Jahre älter war:

– Das musst du lesen.

Er schob mir ein Taschenbuch mit rot-schwarzem Umschlag zu: Arthur Miller »Der Tod des Handlungsreisenden«. Ich könne es behalten, sagte er. Nach dem Abendessen schlug ich das Buch in meinem Zimmer auf und las

mich mit Millers Stück aus der Welt meiner Mutter in die meines Vaters hinein, während das Gewitter vor dem Fenster in einen Dauerregen überging.

3

Mit jeder Seite, die ich las, drang ich tiefer in eine Geschichte ein, die zwar Vaters, aber auch meine war. Nicht, dass die Einzelheiten in »Der Tod des Handlungsreisenden« mit denen meiner Familie übereinstimmten. Die Handlung spielte in Amerika, im Schatten von Hochhäusern, und die Figuren waren keine Abbilder meiner Eltern, meines Bruders oder mir, und doch zeigte mir Miller die Geschichte einer Familie, in der ich all das wiederfand, was ich in den letzten Jahren erlebt hatte und noch erlebte: Die beruflichen Krisen Vaters, sein Techtelmechtel mit einer jüngeren Frau, der Autounfall nach einer Kündigung, die Auseinandersetzungen mit meinem Bruder und mir, seinen Söhnen, von denen er sich nicht geliebt glaubte. In Millers Dialogen hörte ich unser eigenes Reden. Unsere Wörter kamen wie die von Willy Loman, seiner Frau Linda, Biff und Happy aus der gleichen Enttäuschung, die nicht eingestanden wurde, aus einer Ermüdung, die man mit einer großartigen Geste wegwischte. Durch Willy Loman begriff ich, wie einsam Vater sein musste, der herumreiste, um seine Baumaschinen zu verkaufen, merkte an Linda, wie sehr Mutter ihn liebte, die mit ihm nach einer weiteren Krise von Baustelle zu Baustelle fuhr, damit er nicht allein war. Die Lektüre ließ mich eine Nähe zu Vater und Mutter spüren, die es zuvor nicht einmal in Basel gegeben hatte. Ich sah, wie mühevoll sich Vater nach Vertragsbrüchen und Betrügereien seiner Partner wieder aufrappelte. Aber ich sah auch mich und meinen Bruder. Wie Biff und Happy, die Söhne Willy Lomans, erfüllten auch mein Bruder und ich nicht die in uns gesetzten Erwartungen. Mein Bruder wollte ein »Prolet und Büezer« sein, nachdem man ihn zu einer Lehre als Maschinenzeichner gezwungen hatte, und mir mangelte der Sinn für Geld und Geschäft, und ich zeigte einen Hang zu »brotlosen Beschäftigungen«. Ich hatte zwar Großvater und meine Eltern mit der Aussicht, Lehrer zu werden, beruhigt, doch das war eine Lüge. Das Lehrerseminar sollte mir einzig zur Vorbereitung dienen, um Schauspieler zu werden, und nach der Lektüre von Millers Stück war ich endgültig überzeugt, dazu berufen zu sein. Ich kam, wie ich jetzt begriff, aus einer Familie, deren Geschichte ein dramatischer Stoff war, wichtig genug, in einem Buch aufgeschrieben zu werden. Folglich würde ich mich als eine dramatische Figur auch in anderen Theaterstücken wiederfinden, in Rollen, die auf mich zugeschnitten wären. Neben der Vorbereitung auf die Prüfung wollte ich weitere Stücke lesen. Doch mit dem Schlusssatz in »Der Tod des Handlungsreisenden«: »...der Vorhang fällt«, wusste ich nicht, was ich mir als Nächstes vornehmen sollte. Die Lektüre von Millers »Hexenjagd«, das als zweites Stück in dem Taschenbuch abgedruckt war, neigte sich ebenfalls dem Ende zu, als ich von Neuchâtel nach Hause fuhr. In der schmalen Bibliothek meines Elternhauses ließ sich kein Theaterstück finden, doch ich nahm mir vor, neben den Prüfungsvorbereitungen jede Woche ein Theaterstück zu lesen: Bei meiner Lesegeschwindigkeit ein beachtliches Pensum.

Zu Beginn meiner Beschäftigung mit Archäologie war ich mit Fredi in einem Antiquariat im Zürcher Niederdorf gewesen. Damals hatten wir uns römische Münzen angesehen, nun forschte ich in den Buchantiquariaten nach Dramen. Die Ladengeschäfte kamen mir dabei wie seltsame, in die Betriebsamkeit der Stadt eingelassene Labyrinthe vergangenen Erzählens und Nachdenkens vor. Es roch nach Papier, Staub, Zigaretten – und nach dem Klingelton der Tür schaute im Halbdunkel des Raums ein Gesicht auf, blass über aufgeschlagenen Büchern, das auf mein schüchternes »Ich möchte mich umsehen« hin nickte. Mit diesem Satz hatte ich den »Schlüssel« zu den Gängen und Kammern gefunden, um mich langsam und unbeachtet an den Regalen entlangbewegen zu dürfen.

Das Suchen und Finden des »richtigen Buches« erinnerten mich an das geduldige Schürfen an urgeschichtlichen Siedlungsplätzen, und einige der Antiquariate, die ich in Altstadthäusern ausfindig machte, hatten etwas von Höhlen, deren Wände zwar nicht mit Jagdszenen des Magdalénien bedeckt waren, sondern mit farbig oder golden beschrifteten Buchrücken. Rasch merkte ich, dass die untersten Regale ergiebige Fundschichten waren, da die meisten Mitkonkurrenten um das »richtige Buch« sich nicht bücken mochten, ich jedoch von den Grabungen her im Niederhocken geübt war. Darauf kam es nämlich bei den Streifzügen durch die Antiquariate an: Durch Stöbern das Buch zu finden, das ich nicht kannte, mir jedoch wie

Millers »Der Tod des Handlungsreisenden« neue Einsichten in meine Herkunft und die Eignung zum Theaterberuf gaben.

Dieses Buch habe ich bei meinem ersten Besuch in einem Antiquariat gefunden und gekauft. Es war ein schäbiger Band, graues Leinen mit Goldprägung und jugendstilartiger Titelumrahmung, arg zerlesen: Henrik Ibsen, Sämtliche Werke in deutscher Sprache, Band 7. Ich kannte weder den Autor noch die Stücktitel. Am Einband, an den vergilbten Seiten mit Frakturschrift und dass der Band im Eigentum eines Herrn Walter Kühn gewesen war, der die Stücke, wie er vermerkte, 1902 und 1904 gelesen hatte, konnte es nicht gelegen haben, dass ich den Band kaufte. Der Preis war mit 3.50 damals nicht eben niedrig gewesen, doch bekam ich dafür gleich drei Theaterstücke, nämlich »Gespenster«, »Ein Volksfeind« und »Die Wildente«. Mit Ibsens Hilfe drang ich tiefer in meine Familiengeschichte, zur Generation meiner Großeltern, vor. Das Thema der Lebenslüge glaubte ich sowohl von der mütterlichen wie der väterlichen Familie her zu kennen: Der uneingestandene soziale Abstieg meines Großpapas, des sich vornehm gebenden Großbürgers, zum verarmten, alten Mann; das Schweigen Großvaters, des einflussreichen Industriellen, über seine Herkunft als Kind von Armenhäuslern. Sie beide wahrten einen Schein vornehmer oder solider Bürgerlichkeit, und in beiden Familien wurde die Vergangenheit zum einen groß geredet, zum anderen klein geschwiegen. Wie ich in der Urgeschichte von jüngeren zu älteren Epochen vorgedrungen war, so las ich mich in der dramatischen Literatur in frühere Zeiten zurück. Von der Gegenwart Willy Lomans kam ich über Ibsen und Hauptmann zu den Dramen von Schiller, Goethe, Büchner und Kleist, stieß unweigerlich auf Shakespeare, diesen kontinentalen Fels des dramatischen Schaffens. Band für Band ließ ich mir die Gesamtausgabe schenken, aus Unkenntnis in der modernen Übertragung von Hans Rothe, las mich danach gleich ein zweites Mal durch die Übersetzungen von Schlegel-Tieck in den Reclam-Ausgaben, Heftchen, die ich wie Dokumente einer eigenen, künftigen Bedeutung in der Rocktasche mit mir trug.

4

Am Ende der Bezirksschule wurden wir in der Turnhalle verabschiedet. Im Geruch jahrzehntealten Schweißes gab der Rektor vor Eltern und Schülern den Rang bekannt, den die Schule im Kanton durch die Anzahl bestandener Prüfungen erreicht hatte. Er gratulierte mit namentlicher Aufzählung jenen Schülern, die nun eine höhere Schule besuchen durften, und schloss mit der Bemerkung, sogar der Haller habe die Prüfung ans Seminar geschafft.

Ich freute mich darauf, nach den Ferien in bedeutendere und noch ungeahnte Kenntnisse eingeweiht zu werden, gemeinsam mit neuen Mitschülern aus dem ganzen Kanton, die ebenso begierig auf die Erkundung geistiger Welten wären wie ich.

Das Seminar war in den Gebäuden eines ehemaligen Zisterzienserklosters untergebracht, und am ersten Schultag hatten wir uns in der Klosterkirche zur Begrüßung einzufinden. Außer in Italien, während einer Ferienreise, war ich noch in keiner katholischen Kirche gewesen, saß umfangen von der gedämpft düsteren Atmosphäre barocker Ausschmückung in einer Holzbank, hörte der Rede des Seminardirektors zu. Die Wörter hallten in dem hohen, mit Deckenmalereien verzierten Raum, und der rundliche

Herr auf der Kanzel, in grauem Anzug, mit angenehm ver-schliffenen Zügen und einer Goldbrille vor den sichelför-migen Augen, sprach von den Aufgaben, für die wir an der Schule vorbereitet würden. Er redete von der Kunst der Pädagogik, dass aber auch Gartenbau und Buchhaltung zu den Kenntnissen gehörten, die wir als künftige Lehrer zur Anleitung der Bevölkerung und zum Führen von Verei-nen benötigen würden: »Viele von Ihnen werden später einflussreiche Positionen in Staat, Wirtschaft und Gesell-schaft einnehmen, Sie werden weitreichende Entscheidun-gen mit gesellschaftlicher Auswirkung treffen müssen«, und der Direktor schloss mit der Erklärung, wir träten heute ins aargauische Lehrerseminar ein, um die künftige Elite des Kantons zu werden.

Als ich durch das Kirchenportal hinaus auf den Kiesplatz unter die Bäume trat, war mir bang. Offenbar gab es an der Schule feste Vorstellungen von dem, was wir zu werden hatten. Der Unterricht diente weniger dazu, mich durch neue Kenntnisse näher an meine Bestimmung heranzu-führen, als mich für eine Führungselite auszubilden. Ich jedoch wollte keine »Persönlichkeit in Staat, Wirtschaft und Gesellschaft« werden, sondern Schauspieler, der mit Don Carlos von eben diesen Leuten »in einflussreichen Positionen« Gedankenfreiheit forderte. Davon war in der Ansprache des Direktors nichts zu hören gewesen. Im Ge-genteil! Wir sollten für eine Elite geschult werden, die sich in Verbindung mit Wörtern wie Dorf, Verein, Buchhaltung in meinen Ohren mehr als bescheiden ausnahm und mir in ihrer Eingrenzung auf den Kanton Aargau als geradezu lächerlich klein in ihrem Wirkungskreis erschien. Ich hatte

Verwandte in New York, in London, in Rom, meine mütterlichen Vorfahren kamen aus Köln, Vater hatte als junger
Mann in Brüssel gelebt, und Mama war in Bukarest aufgewachsen. Noch nicht einmal Basel fand in dieser Elite
einen Platz, und was »Dorf und Verein« betraf, wusste ich
von Suhr her nur zu gut, dass griechische Vasenbilder und
prähistorische Kulturen dort keinerlei Bedeutung hatten
und Theater eine jährliche Veranstaltung des Turnvereins
war.

Ich fürchtete, mit großer Anstrengung an den falschen
Ort gelangt zu sein. Wie würde ich hier vier Jahre durchhalten, müsste ich tatsächlich Buchungstexte für Vereins-
kassen schreiben lernen, statt mich mit den Monologen
der Theaterliteratur zu beschäftigen, diesen wuchtigen,
das Leben umstülpenden Reden, die ich eben begonnen
hatte, auswendig zu lernen?

Ich fühlte Stolz und den unbeugsamen Charakter Wallen-
steins, wenn ich einen Monolog aus Schillers Stück in meinem Zimmer vor mich hin sprach, sagte aus tiefstem Her-
zen, dass die Jugend schnell fertig sei mit dem Wort, »das
schwer sich handhabt, wie des Messers Schneide«. Doch
nicht minder stark empfand ich die Unsicherheit und das
Zögern in Hamlets Reden, den Todeswunsch und seine
Furcht, »was in dem Schlaf für Träume kommen mögen«.
Und während ich die großen Worte im einfallenden Licht
des Fensters sprach, vor dem ein Apfelbaum seine alten,
brüchigen Äste ausbreitete, war ich tatsächlich jener däni-
sche Prinz oder der Heerführer aus dem Dreißigjährigen
Krieg. Ich erlebte eine Verwandlung in eine andere Zeit

und fühlte mich gleichzeitig von mir und meinen augenblicklichen Problemen befreit. Mich faszinierte die Fähigkeit, mich in andere Wesen und Zeiten zu versetzen, und es war an einem Mittag, als ich nach dem Kaffee noch eine Weile auf dem Sofa sitzen blieb, während Mutter in der Küche den Abwasch besorgte. Ich betrachtete Tobias, unseren Rauhaardackel, der in einem Stück Sonne auf dem Teppich lag, den Kopf auf den Pfoten. Wenn es mir gelang, mich in die Gestalten früherer Zeiten zu verwandeln, müsste ich mich nicht auch in unseren gealterten Jagdhund versetzen können? Ich rollte mich auf dem Teppich zusammen, legte den Kopf auf die Hände, schaute auf, um durch die Gartentür hinaus auf den Rasen und die Blumenbeete zu sehen, stellte mich gemächlich auf vier Beine, witterte, die Nase vorgestreckt, machte zwei, drei kurze Schritte. Der Garten verzerrte sich auf ein Gebüsch hin, ein drängender Schacht tat sich auf, an dessen Ende sich Nachbars Perserkatze duckte. Und für einen Moment lang war ich unser Rauhaardackel, spürte dessen Jagdfieber, während mich gleichzeitig eine panische Furcht durchschoss, aus der Hundewelt nicht mehr zurückzufinden, für immer in ihr bleiben zu müssen.

Seit jenem Mittag wusste ich um die Fähigkeit, mich nicht allein durch die Sprache, sondern auch durch Gesten und das Nachahmen von Körperhaltungen in jemand anderen einfühlen zu können: So nahm ich während der Schulstunden oder Pausen wie beiläufig die Haltung eines Lehrers an. Ich hoffte dadurch zu erfahren, wie dieser gelaunt war, ob es ratsam war, sich in der folgenden Stunde möglichst unauffällig zu verhalten. Mir war rasch klar geworden, dass wir Schüler einer Vorstellung zu entsprechen hatten, wie ein Seminarist sein sollte und was für Eigenschaften er haben musste. Diese Vorstellung wurde jedoch nie klar ausgesprochen, fand im Gegenteil – so empfand ich es – eine je nach Situation neue und willkürliche Interpretation. Ich war mir nie sicher, was an korrektem Verhalten gefordert war, wie und was wir zu denken hatten. Ich war verunsichert, litt unter dem Gefühl, bedroht durch undurchschaubare Machenschaften zu sein. Weshalb wurde ein Banknachbar von einem Tag auf den andern von gewissen Lehrern schikaniert? Stimmt es, dass ein anderer Junge tatsächlich relegiert wurde, weil sein Vater ein Bauarbeiter und Säufer war, wie gemunkelt wurde? Wie war es möglich, dass die Schulleitung, trotz Entschuldigungsschreiben der Eltern, die Semesterarbeit eines mir befreundeten Schülers an das kriminologische Institut zur Tintenprobe schickte, weil er angeblich noch während der Krankheit an seiner Arbeit geschrieben hatte? Ich empfand ein Klima des Misstrauens, des Diktats und bekam die Willkür, mit der Druck auf uns ausgeübt wurde, selbst zu spüren. Während einer Skiwoche qualifizierte mich der Leiter des Lagers als »Bubi und Weichling« ab, »der nicht an unsere Schule gehört«. Wegen Fieber hatte ich nicht ausrücken wollen, bekam Hausarrest und musste mich jeden Morgen für meine mangelnde Härte entschuldigen.

Die Wochen während des Semesters lief ich bedrückt durch die Flure des Klosters, bemüht, den Ansprüchen der Schule zu genügen. Ich sagte mir, dass ich Schauspieler werden und an Theatern die großen Rollen spielen würde, versuchte durch das Rezitieren von Monologen, Gedichten, Balladen mir etwas Sicherheit zu geben, zumal mich noch eine andere Frage zu beschäftigen begann: Wer war ich selber? Die Theatertexte verlangten stets wechselnde Identitäten, die Schule forderte ein mir unklares Verhalten, und ich selbst wusste nicht, ob ich mir eher das vornehme Benehmen der mütterlichen Familie aneignen oder doch besser versuchen sollte, mich mit der polternden Art meiner väterlichen Familie durchzusetzen. Doch weder das eine noch das andere schien mir zu genügen, und der Schauspieler, der ich sein wollte, war ich noch nicht. Mein Rezitieren, das ich mir als einen eigenen Wirkungsraum geschaffen hatte, fand einzig und allein in meinen vier Wänden statt. Von Bestätigung, Zuspruch oder gar einem Publikum konnte keine Rede sein. Ich hatte noch nicht einmal meine Klasse als Zuhörerschaft wie an der Bezirksschule. So blieben auch die Fragen unbeantwortet, ob meine Begabung tatsächlich ausreiche, um auf einer Bühne und vor einem Publikum zu bestehen? Ob ich genügend Mut zu einem öffentlichen Auftritt hätte?

5

Stufen führten zur Bühne einer Vergnügungsbahn, deren Wagen an Stangen um die Achse wirbelten, hinterfasst von einem Prospekt gemalter Schneefelder und Gletscher. In blinkenden Lettern stand darüber »Himalaya-Bahn«, und zum Aufheulen aus den Lautsprechern, das die Berg- und Talfahrt begleitete, drehte sich eine Spiegelkugel, tönten die ängstlichen und freudigen Rufe der vorbeifliegenden Gesichter, und dort oben, vor den hoch- und runterdonnernden Wagen stand, der Fahrt halb zugewandt, ein schlankes, hochgewachsenes Mädchen. Das eng anliegende Oberteil ihres Jugendfestkleids, über das es eine kurzgeschnittene Jacke trug, ging in der Taille zu einem glockigen Rock über, der noch das Knie und die braun gebrannten Waden sehen ließ. Es blickte umher, als erwarte es jemanden, ein Lächeln um die Lippen, und ich stand im Gras vor den Stufen, sah zu dem Mädchen hoch – erkannte, dass dort oben auf der Bühne eine Figur aus meinen Innenwelten stand, und fürchtete, diese verschwände mit dem Anhalten der Bahn, deren Wagen bereits langsamer drehten, würde unansprechbar durch das Hinzutreten einer Freundin oder eines Freundes. Und ich sah mir zu, wie ich die Stufen hinaufstieg, sah von sehr hoch oben, wie ich dort tatsächlich an das Mädchen herantrat. Ich musste es gefragt haben, ob es mit mir eine Fahrt auf der Himalaya-Bahn machen würde, durchlebte den Schrecken einer möglichen Ablehnung, verspürte schon die aufkeimende Scham, wurde freudig hochgehoben durch das »Ja« und sackte in ein ängstliches Verstummen, bis endlich die Wagen hielten. Wir stiegen ein, ich auf der Innen-, sie auf der Außenseite, und da saß ich nun also auf dem roten Polster, Musik plärrte aus den Lautsprechern, dazwischen forderte eine Stimme das Publikum auf, einzusteigen und Platz zu nehmen, während sich langsam der Wagen auf eine erste Anhöhe schob, dann im Schritttempo hinunterglitt und auf einen dunklen Tunnel im hinteren Teil der Bahn zurollte. Ich sah gerade aus, getraute mich nicht wirklich, das Mädchen neben mir anzusehen, spürte die Nähe, den nackten Arm an meiner Seite, war erregt vom Dunkel, das uns plötzlich umfing, als forderte das fehlende Licht mich zu etwas mir Unbekanntem heraus, doch bevor ich mir darüber klar werden konnte, ging ein Ruck durch den Wagen. Er zog an, drückte mich in den Sitz, das Heulen aus den Lautsprechern schwoll an, mit ihm die rasende Berg- und Talfahrt.

Ich umklammerte die Haltestange, hielt mich krampfhaft daran fest, je stärker die Fliehkraft wurde. Sie drohte mich gegen das Mädchen zu pressen, und obwohl das die eigentliche Attraktion der Bahn war, löste die Vorstellung, es möchte sich dadurch belästigt fühlen, einen panischen Schrecken aus. Ich verharrte in einem unentschiedenen Zustand zwischen dem Wunsch nach Nähe und der Furcht vor einer Zurückweisung, der in zunehmend schmerzenden Armen seinen Ausdruck fand. Erleichtert, aber auch stolz, ließ ich nach der Fahrt das Mädchen aussteigen, trat auf die Bühne vor die wartenden Menschen unten im Gras, fühlte mich als der rücksichtsvolle Gentleman, dem sich ein Mädchen anvertrauen durfte. Ich lud es zum Tanzen auf die Bühne der Kantonsschule ein, ließ damit durchblicken, dass ich eine höhere Schule besuchte, und während wir die Straße hinauf zur Schanz gingen, gab ich zu erkennen, es sei auch in Begleitung eines zukünftigen Schauspielers. Der Eindruck, den diese Mitteilung auf die Bezirksschülerin – sie hieß Veronique – machen musste, stellte ich mir überwältigend vor: Ein Glanz von Bewunderung käme in ihre bezaubernden Augen unter den Stirnfransen, auch wenn es eher Unverständnis war, das in ihrem Blick aufblitzte. Wir tanzten, bis Veronique nach Hause fahren musste. Ich begleitete sie durch den Park des Regierungsgebäudes zum Bahnhof, fasste ihre Hand, ließ mich wie ein Kind führen und wurde nach Abfahrt des Zuges von einem Gefühlstaumel überwältigt, den ich mir ungestört bewahren wollte, indem ich zu Fuß durch die Nacht nach Hause lief.

Mit dem Jugendfest hatten die Ferien begonnen. Veronique fuhr mit ihren Eltern in die Berge, ich bekam kurzfristig eine Einladung nach Helgoland, gemeinsam mit meinem Kusin. Onkel Wilhelm, der Schwager seiner Mutter, war Besitzer einer Firma, die auf das Heben und Verschrotten gesunkener Schiffe spezialisiert war. Ihr Ferienhaus bestand aus einem Deckaufbau, der von einem Wrack abgetrennt und unter die hohen Felsen der Insel gebracht

worden war. Die Kajüte war bequem und großzügig eingerichtet und gab ein Gefühl, vor den weiten, dunklen Was-
sermassen unter wolkenverhangenem Himmel geschützt
zu sein. Auch wenn wir nicht in der Kajüte schliefen, so
hielten wir uns doch täglich darin auf, und die Kargheit
der Insel war wie ein Nachhall der monochromen, grauen
Welt meiner Kindheit, auch wenn die Felsen rötlich
schimmerten, Gras zwischen den Steinen wuchs und einzelne Häuser einen roten oder blauen Farbanstrich hatten.
Ich spazierte auf der Mole im Sturm, sah zu, wie die dunklen Wogen an den Steinbrocken donnernd zerschlugen.
Die Gischt schoss hoch, klatschte in einem Schauer nieder,
und aus den Steilfelsen und dem grauen Himmel schossen
die Möwen herab, die dort in den Felsbändern ihre Nes-
ter hatten, griffen mich eine nach der anderen im Steil-
flug an, dass ich den Kopf einzog, mich duckte, bis ich auf
dem nassen Betonboden kauerte und schließlich die Flucht
ergriff. Mein Kusin und ich aßen mit Arbeitern und See-
leuten in einer Kantine Labskaus, ein Gericht, das Onkel
Wilhelm empfohlen hatte, mir vor allem aber deshalb
schmeckte, weil ich mit dem Löffeln des rötlichen Breis
zum wetterharten Kerl auf dieser felsigen Insel wurde. Ich
fühlte mich seemännisch beim Fischen oder Klettern in
den Klippen, stand am Pier, wenn die Schiffe kamen und
wieder ablegten, sah aufs dunkle Wasser, das salzig roch.
In dieser wie in Kupfer gestochenen Seeromantik meiner
Phantasie gab es allerdings eine Art Bullauge, durch das
ich auf ein Mädchen und eine Drehbahn in der Ferne meiner Erinnerung sah. Von ihm ging eine Unruhe aus und
drohte, die felsig grauen Bilder aufzusprengen: Die Stun-

115

den mit Veronique waren als farbig erregendes Erlebnis
stets gegenwärtig, auch wenn es sich mit meinem Insel-
dasein nicht wirklich in Einklang bringen ließ. Ich hatte
Veronique beim Abschied versprochen, zu schreiben, trug
die Adresse ihres Bergaufenthaltes bei mir und fühlte mich
doch außerstande, ihr ein paar Zeilen zu schicken. Ich
wusste nicht, was oder worüber ich ihr hätte schreiben sollen. Ich war mit dem Erleben der Tage in der mir fremden
Umgebung allzu sehr beschäftigt, um darüber berichten zu
können. Auch redete ich mir ein, schreiben ließe sich nur
über Vergangenes, nicht aber über das, was gerade geschah
und womit ich mich erst noch auseinandersetzen müsste.
Was ich Veronique jedoch wirklich hätte sagen wollen und
von den Farben erinnerter Gefühle und Eindrücke durch-
wirkt war, getraute ich mich nicht aufs Papier zu bringen.
So schob ich das Schreiben auf, Tag für Tag, doch je länger
ich damit zuwartete, desto verwischter wurden die erinnerten Farben und Gefühle, und ich machte mich glauben,
Veronique wolle sowieso nichts mehr von mir wissen, da
ich mein Versprechen nicht gehalten und sie mit meinem
Schweigen enttäuscht hatte.

Am letzten Tag vor der Abreise krakelte ich doch noch ein
paar Zeilen auf die Rückseite einer Schwarz-Weiß-Auf-
nahme der »Langen Anna« und setzte in der untersten
Ecke, klein und schräg, »je t'aime« hinzu. »Ich liebe dich«
wäre mir zu direkt, zu aufdringlich gewesen, es hatte einen
zu schweren, schmiedeeisernen Klang, während das Fran-
zösische leicht war, einen bohemhaften Anflug von Béret
basque, Zigaretten und Wein hatte, und außerdem behielt

»je t'aime« eine Spur von Unverbindlichkeit durch die Fremdsprache.

Zu Hause angekommen, wollte ich Veronique möglichst bald sehen. Ich rief sie an, und wir verabredeten uns an einem Nachmittag in der Stadt. Ich sollte in ein Café kommen, das sie nach der Schule jeweils aufsuchte, und ich sagte zu, pünktlich dort zu sein. Doch trieb ein Problem mir den kalten Schweiß auf die Stirn: Ich hatte keine Ahnung mehr, wie das Mädchen aussah, mit dem ich Drehbahn gefahren und durch den Park des Regierungsgebäudes spaziert war. So sehr ich mich bemühte, ich erinnerte mich an kein Gesicht. Je näher der Tag unserer Verabredung rückte, desto peinigender wurden meine Phantasien. Wie würde es sein, das Café zu betreten, durch die besetzten Tische zu gehen und sie nicht wiederzuerkennen? Wie, wenn ich mich an einen freien Tisch setzte, Veronique mich längst gesehen hatte, mein Nichtbeachten als Ablehnung verstünde und sie sich zurückzöge, während ich nichts ahnend wartete. Vielleicht aber erkannte ich sie ja sofort, könnte auf sie zugehen, sie überschwänglich begrüßen, und es wäre eine Fremde, eine junge Frau, die Veronique nur gliche, während sie selber zwei Tische weiter säße und meinen Irrtum beobachtete.

Ängstlich betrat ich das Café, schloss die Tür hinter mir, stand einen Augenblick da. Ich sah in den rauchigen, von Lampen über den Tischen erhellten Raum, und es gab in mir diesen feinen Klack, als würden zwei Magnete aufeinanderprallen: Ich erkannte sie sofort, und es war wie damals beim Jugendfest, als unser Wagen auf der Himalayabahn sich langsam auf eine erste Anhöhe schob: Ich wurde hochgehoben, als trüge mich ein Pneuma in die Luft und ließe mich schweben. Eine nie gekannte Leichtigkeit hatte mich erfasst.

6

Wir trafen uns von da an regelmäßig an den Samstag-
nachmittagen, saßen im Café oder gingen auf der kleinen
Aareinsel beim Kraftwerk spazieren. Veronique erzählte
von ihren Erlebnissen in der Schule. Sie hatte sich in den
letzten Monaten mit zwei Mädchen befreundet, die öfter
den Unterricht schwänzten, sich in der Stadt herumtrie-
ben, und Veronique berichtete von den Streichen, die sie
gemeinsam ausdachten. Beim Erzählen blitzten ihre Augen
vor Vergnügen.

– Emma will auch immer genau wissen, was du und ich
zusammen unternehmen. Und stell dir vor, diese Kuh hat
mir eine Postkarte geschrieben, sie könne sich haarklein
ausmalen, was wir zwei am Samstag zusammen getrieben
hätten. Ich müsse ihr unbedingt alle Einzelheiten erzählen. Mutter hat die Karte selbstverständlich gelesen, und
du kannst dir denken, was dann bei uns zu Hause los war.
Emma habe ihr sowieso empfohlen, mal wieder umzusat-
teln und mit einem anderen Jungen auszugehen. Die wisse
eben nichts von wahrer Liebe. Sie habe zwar schon öfter
Geschlechtsverkehr mit ihrem Bruder gehabt, doch noch
nie einen wirklichen Freund.

Veroniques Erzählungen lösten in mir einen Schmerz

und ein Bedrücktsein aus, die ich zu verbergen suchte. Ich stimmte mich auf ihren Ton ein, gab mich heiter und unbeschwert, obwohl ich es nicht war. Auch ich erzählte Anekdoten aus dem Seminar, wie wir heimlich im Refektorium rauchten und eine Technik besaßen, die Zigarette mit der Zunge in die Mundhöhle zu klappen, wenn ein Lehrer eintrat. Ich spielte Veronique die Mimik von Fritz vor, einem Mitschüler, der sich jämmerlich den Mund verbrannte, als er versuchte, mit der Zigarette im Mund zu beteuern, er habe noch nie geraucht. Doch unter dem Anschein von Heiterkeit blieb ein dumpfes, beschwerendes Gefühl, eine Angst, verlassen oder betrogen zu werden, und selbst Veroniques Beteuerungen, wie sehr sie mich liebe, weckten nur ein tieferes Misstrauen. Das verwirrte mich umso mehr, als ich mit Veronique Momente von großer Schönheit und Lebensintensität erlebte, wie an jenem Sonntagnachmittag bei den Pferderennen in Schachen.

Es war herbstlich kühl, und wir gingen unter all den Menschen an der Abschrankung der Rennbahn entlang. Ich blickte über die weite Rasenfläche, an deren Rand sich die Hügellehnen des Juras hinzogen. Einzelne Sonnenstrahlen fielen durch Wolkenlücken. Die weißen Stangen leuchteten im gestutzten Buschwerk der Hindernisse, und die Besucher promenierten, begrüßten sich in modischer Kleidung und Anzügen auf der Tribüne, winkten einander zu, während in der Koppel die Pferde fürs Rennen vorbereitet wurden. Die Jockeys saßen auf, die Pferde wurden am Zügel von einem Herrn in Schwarz oder einer Dame mit breitkrempigem Hut im Kreis geführt, und ich fühlte

mich nicht wie gewohnt als ein Beobachter, der nur zu-
schaute, was um ihn herum geschah. Ich nahm teil, gehörte zum sportlich-festlichen Anlass dazu, war einer in
der Vielzahl aufgereihter Zuschauer auf der Tribüne, verspürte die Erregung beim Aufspringen der Startschranken,
fieberte mit, als die Pferde nach der ersten Kurve in die
Außenbahn einbogen. Dunkel lagerten die Wolken über
den Jurazügen, machten die Reiter klein, die dort drüben
auf der Gegenbahn galoppierten. Lautsprecher plärrten
die Namen der Pferde, Zuschauer hatten sich erhoben,
blickten durch Ferngläser nach den Jockeys, die aus der
Kurve in die Zielgerade einbogen, gebeugte Gestalten, die
mit ihren Peitschen auf die Pferde einhieben. Die Stimme
im Lautsprecher wurde lauter, stieg höher, die Menschen
gerieten in Erregung, ihr Stimmengewirr schwoll an, und
Erdklumpen flogen von den Hufen. Ich legte den Arm um
Veronique, zog sie an mich, und es war, als kämen mir mit
Veronique auch die Tribüne, die Rennbahn, die im Galopp
weit ausgreifenden Pferde näher. Weggewischt war die
dumpfe Beschwernis. Ich fühlte mich nur einfach glücklich
dank dieses Mädchens, das sich im einsetzenden Regen an
mich schmiegte, lachte und schwatzte, und das ich schüch-
tern auf ihr Haar küsste.

Für Spaziergänge auf der Aareinsel war es zu kalt geworden, mit dem Spätherbst kamen Nebel und Regen. Uns
nur immer in Cafés treffen, wollten wir nicht, und so
schlossen wir uns Schulkollegen von mir an, die ebenfalls
eine Freundin hatten und Partys organisierten. Sobald bei
einem Kollegen die Eltern ausgingen oder gar verreist

waren, besorgten wir uns einen Plattenspieler, räumten in der Wohnstube eine Tanzfläche frei und suchten die Beleuchtung auf ein Dämmerlicht zu reduzieren. Wir tanzten, witzelten, führten Gespräche über Probleme in der Schule und hielten uns umschlungen. Doch Kibi, Asa, Gingg gingen irgendwie anders mit ihren Freundinnen um, selbstverständlicher oder auch weniger zurückhaltend als ich mit Veronique. Ich konnte mir jedoch nicht vorstellen, worauf dieser vertrautere Umgang beruhen konnte, und als Veronique mir schrieb, sie fände es schön, wir könnten bei einem geplanten Ausflug »eine ganze Nacht beieinander sein, so ganz allein und ungestört, Du verstehst doch«, verstand ich nicht wirklich. Das Undenkbare konnte unmöglich gemeint sein, und so fuhren wir jeweils mit dem letzten Zug nach Hause, trödelten noch am Bahnhof herum. Als Veronique nach einer Party allzu spät in ihr Zimmer schlich und dabei von ihrer Mutter erwischt wurde, wollten die Eltern mich kennenlernen.

Ich war zum Abendessen eingeladen, stand vor einem Haus mit Anbau und Garten. Ihre Mutter begrüßte mich unter der Haustür, eine eher kleine, zierliche Frau mit dunklen Augen, die mich hereinbat. Sie wirkte zerbrechlich und erschien mir im Gegensatz zum Vater, einem großgewachsenen, stämmigen Mann, bereits alt. Er strahlte Tatkraft aus und eine zupackende Gradlinigkeit, während sie sich in eine bewegliche, dämmrige Umgebung um ihn herum auflöste, doch von gewitzter Neugier war. Ich wurde taxiert und examiniert, und nach einer Konversation im Wohnzimmer, von dessen Einrichtung eine Atmosphäre zu Wohlstand gekommener Kleinbürgerlichkeit ausging, wurde ich in den Anbau geführt. Maschinen produzierten dort einen leichten, weißen Gegenstand. Obwohl ich öfter ein solches Ding in der Hand gehalten hatte, war mir nie in den Sinn gekommen, dass jemand dieses unbeachtete Teil erfunden haben musste: Der Haltestängel einer Eiskrem. Während dieser herkömmlich aus Holz hergestellt worden war und dem Eis zum Fruchtgeschmack noch einen letzten »holzigen Goût« beigefügt hatte, so wurde dieser Stängel aus Plastik gefertigt, einem damals neuen Werkstoff. Veroniques Vater hatte nicht nur die Idee, das Holz durch das geschmacksneutrale Plastik zu ersetzen, er kreierte eine Form, die sparsam im Materialverbrauch war, doch eine hohe Stabilität gewährleistete: Ein lang gestrecktes Rund wie ein antikes Stadion, die parallelen Bahnen durch drei Sprossen verbunden. Veroniques Vater hatte eine Maschine entwickelt, die diese Plastikdinger in unglaublicher Stückzahl produzierte und dem Erfinder des in alle Welt gelieferten Artikels ein ansehnliches Vermögen einbrachte. Dieser Umstand machte Veronique für meine Eltern zu einer passenden Bekanntschaft, und so wurde auch sie bei uns empfangen, saß im Wohnzimmer neben mir auf dem Kanapee, gegenüber von Mutter im kleinen Fauteuil und Vater im Lehnstuhl. Während Mama in strenger Damenhaftigkeit verharrte, eine kühle Unnahbarkeit ausstrahlte, war Vater, nachdem er erst einmal eine schulmeisterliche Autorität hervorgekehrt hatte, zu Scherzen und charmanten Anzüglichkeiten übergegangen und kehrte den Lebemann hervor, der er nicht war. Das gut gewachsene, schöne Mädchen gefiel ihm. Veronique hatte sich von seinem anfänglichen Aufplustern nicht beeindrucken lassen, wusste jedoch bereits ihren Charme einzusetzen.

So waren wir von unseren Eltern als ein jugendliches Paar akzeptiert. Veronique nahm an den sonntäglichen Ausflügen in den Jura oder die Seenlandschaften teil, die Vater liebte, ich war im Ferienhaus in den Bergen bei ihren Eltern zu Gast.

Wir schrieben uns wöchentlich Briefe, die Umschläge versiegelt, auf denen Vater es nicht unterlassen konnte, jeweils einen Kommentar hinzuschreiben: »Wo bleibt der klare Kopf« – Bemerkungen, in denen ich eine Spur Neid auf den Gefühlsüberschwang spürte, den er in unseren Briefen vermutete und von dem keine Rede sein konnte. Ich litt, war bedrückt, wusste nicht mit meinen Gefühlen umzugehen. Ich fand Veronique leichtfertig und oberflächlich, sie schrieb von Schulerlebnissen, Streitereien mit ihren Eltern, von Hausarbeit oder einem Spaziergang zu einer Buche (»die auch eine Eiche sein kann«). Sie konnte oder wollte nicht verstehen, was mich als Künstler, der ich werden wollte, beschäftigte. In »schwierigen Briefen«, wie ich meine Schreiben nannte, versuchte ich Veronique auseinanderzusetzen, dass nur Ernsthaftigkeit und der Verzicht auf seichte Vergnügungen zu Kunst und einer wahren Liebe führten.

»Ich habe einen Weg vor mir«, schrieb ich, »der schwierig sein wird. Das Theater erfordert die ungeteilte Aufmerksamkeit, es ist eine Berufung, die ich in mir spüre und der ich folgen muss, auch wenn ich weiß, dass sie ein bürgerliches Leben ausschließt. Dabei weiß ich nicht einmal, ob ich das Seminar durchstehen werde. Erst vorgestern hat mich der Musiklehrer während der Chorprobe angegriffen: Der Hallerli brauche nicht so saublöd zu grinsen, hat er zur Empore hinaufgeschrien. Weshalb? Keine Ahnung. Willkür. Doch so beginnen die Rauswürfe...«

Mit meinen Briefen wollte ich Veronique glauben machen, es sei nicht die Angst, ihre Liebe zu verlieren, die ein beschwertes, schmerzendes Gefühl in mir wachrief, sondern das Gewicht meiner Bestimmung, die Unsicherheit an der Schule, die hohe Anforderung der Kunst. Ich brauchte pathetische Worte, beschwor dabei eine wahre, eine absolute Liebe und wurde meine schwermütige Stimmung dennoch nicht los. Es war, als trüge ich ein dunkles Zimmer tief in mir, in das ich nicht sehen konnte, aus dem jedoch ein Dunst strömte, der meinen Alltag verdüsterte.

Es ging bereits auf den Frühling zu, als mir Veronique ein postkartengroßes Porträt schickte, auf dem sie, das Gesicht nach links gewandt, aus dem Bild blickte. Ihr Haar umschloss die Wangen, Fransen fielen seitlich in die Stirn, in die sich die Brauen hochgezogen wölbten. Um den Mund lag ein angedeutetes Lachen, das in den Winkeln eine kleine Falte vertiefte und die vollen Lippen über ihrem weichen, gerundeten Kinn straffte. Die Nase war gerade, wirkte jedoch durch einen Schatten, den die seitliche Beleuchtung hervorrief, unansehnlich breit. In ihrem Blick lag eine unterdrückte Belustigung, die nach dem Klick der Kamera in eine Heiterkeit ausgebrochen sein musste, deren Anlass verborgen blieb. Doch ich spürte in ihrem Unernst einen Hauch Koketterie, der mich beunruhigte und meine Aufmerksamkeit auf einen losen Knopf richtete. Er hing an einem Faden unter dem sorgfältig niedergelegten Kragen ihres Wollmantels, und dieser Knopf, lose, baumelnd, halb schon verloren, verdeutlichte das Biedere ihrer Kleidung. Etwas Unberührbares, Schmutziges war an dem Knopf, das mich abstieß und sich mit dem entstellenden Schatten um die Nase verband. Wie nur konnte ich dieses Mädchen lieben?

Ich setzte mich an mein Pult und schrieb Veronique, ich sähe für uns keine Zukunft, wir sollten uns eine Weile nicht mehr sehen, es sei Schluss mit uns beiden und unserer Freundschaft. Ich versiegelte den Brief, warf ihn ein, und glaubte, ich wäre von meinen schwermütigen Stimmungen befreit und könnte mich ganz der Lektüre von Theaterstücken widmen.

Doch Veronique schrieb:

»Dein Brief hat mich wie ein Schlag getroffen. Dass Du so etwas schreibst, hätte ich nie gedacht. Ich kann es einfach nicht begreifen und nicht fassen.«

Am folgenden Samstagnachmittag – zur Zeit, an der wir uns jeweils getroffen hatten – stand sie vor der Haustür, schlank, großgewachsen, ein trauriges Lächeln im Gesicht, dessen Nase sehr gerade und ohne Schatten war. Sie hielt mir einen Geschenkumschlag hin.

– Für Dich! sagte sie, drehte sich um und eilte davon.

Ich stand noch eine Weile unter dem gedeckten Eingang zu unserer Wohnung, dann ging ich in mein Zimmer, öffnete den Umschlag und hockte heulend vor dem Grammophon, spielte die Schallplatte ab, die mir Veronique eben geschenkt hatte: Edith Piaf »Non, je ne regrette rien«.

7

In der dritten Seminarklasse hatte ich meinen ersten tatsächlichen Bühnenauftritt. Ein ehemaliger Schauspieler, der den Ausbildungskurs zum Lehrerberuf besuchte, regte bei der Schulleitung an, Hugo von Hofmannsthals »Jedermann« im Innenhof des Schulgebäudes vor der Kulisse des Refektoriums aufzuführen. Das Stück sollte am Ende des Sommersemesters mehrere Male gespielt werden. Er übernahm die Regie, durch Vorsprechen wurden die Spieler bestimmt, und ich erhielt die Rolle des »Tod«. Eine Zeit begann, in der meine private Künstlerrolle zur öffentlichen werden sollte, und ich lief durch die Schulgänge und Straßen, das Textbuch in der Tasche, überzeugt, jedermann müsse mich als großen Schauspieler erkennen. Ich las das Stück vom Leben und Sterben des reichen Mannes, verlebte Stunden in einem historisierten Mittelalter, lernte meinen Text und entdeckte in der altertümelnden Sprache Klänge, die ich von Großvater her kannte, die unter der Wortbedeutung eine Unerbittlichkeit oder spöttische Überlegenheit spüren ließen. Zugleich nutzte ich den Stolz und den Hochmut in der Haltung meiner Mama für mein Auftreten als »Tod«, verband die unverträglichen Seiten meiner Familie in meiner Darstellung und kam aus dem Fahrradunterstand, in dem ich mich bis zu meinem Auftritt verborgen gehalten hatte, zur Bühne geschritten: Ein Skelett mit grinsend leerem Schädel und der wurde mir mit schwarzer und weißer Schminke aufs Gesicht gemalt. Ich trug ein schwarzes Trikot, auf dem in weißer Leuchtfarbe die Gebeine aufgetragen waren, verhüllt von einem schwarzen Umhang. Während ich gemessen durch die Zuschauer ging, begleitet vom Schicksalsklang meiner mit kleinen Eisen beschlagenen Schuhe, spürte ich, wie ein Schauder durch die Reihen lief, ein Erschrecken und sich Ängstigen. Doch käme dazu das Entsetzen bei meinem eigentlichen Auftritt auf der Bühne während Jedermanns Festgelage. Meinen Anruf: »Ei Jedermann! ist so fröhlich dein Mut?« ließ ich wie einen Peitschenhieb in die Szenerie und auf das Publikum niedersausen: Die ganze Boshaftigkeit Großvaters, so oft während der sonntäglichen Besuche gehört, legte ich in die paar Wörter, stand dabei in der aufrechten und abweisenden Haltung da wie Mama, wenn sie mit tiefer Verachtung Großvaters höhnischen Spott entgegennahm.

Und mich selbst befielen Furcht und Zweifel. Bis zur Aufführung des »Jedermann« war ich stets der einzige Protagonist in meinen Selbstinszenierungen gewesen. Doch nun war ich umgeben von anderen Spielern, solchen mit größeren und gewichtigeren Rollen. Die Hauptfigur wurde von einem Viertklässler gespielt, der außerordentlich begabt war und den genusssüchtigen, geldgierigen Lebemann eindrücklich und souverän spielte. Zur Konkurrenz rückte auch Fredi, mein Jugendfreund, auf. Er spielte den

Teufel. Angeregt von meiner Theaterbegeisterung wollte er ebenfalls Schauspieler werden und besaß ein etwas derbes, doch wirkungsvolles Talent. Dazu kam der Regisseur, der korrigierte, beurteilte, zurechtwies, eine Instanz, die Lob und Tadel austeilte. Ich begann an meiner Begabung zu zweifeln, fürchtete, Kritik und Misserfolg könnten wie beim Angriff von Professor Vogt auf unsere archäologischen Forschungen meine Theaterpläne vernichten. In meiner Not fragte ich den Spieler des Jedermanns, ob er mich für begabt halte, bettelte beim Regisseur um Bestätigung und machte während der Proben die Erfahrung, dass mir das Spielen die erhoffte Sicherheit gab. Sobald ich den Text sprach, fielen alle Ängste und Zweifel von mir ab: Ich war der, den ich spielte – und gegen den Tod kam niemand an, kein Mitspieler, kein Regisseur, kein Publikum, ja nicht einmal ich selbst mit meiner Unsicherheit.

Es war nach der zweiten oder dritten Vorstellung, an einem Morgen während der großen Pause. Das Sonnenlicht lag neben dem kühlen Schattenteil hell leuchtend auf dem hölzernen Aufbau der Bühne und verwandelte den Ort vor dem Portal des Refektoriums in eine grobschlächtige Zimmerei. Ich war im Begriff, den Hof zu überqueren, als der Deutschlehrer an mich herantrat. Dr. Hauser war noch nicht lange am Seminar tätig, ein junger Mann mit breitrandiger Hornbrille, der sein dünnes Haar seitlich gescheitelt trug. Sein Bartwuchs war so kräftig, dass trotz Rasur stets ein dunkler Schatten um sein Kinn und die Lippen lag, was ihm den Spitznamen »Bartli« eingetragen hatte. Er hatte über das Werk Gottfried Kellers promoviert, sprach leise, stets ein wenig gehemmt, und seinen Unterricht erteilte er in nüchterner Ernsthaftigkeit. Doch trotz seiner trockenen Art schätze ich Dr. Hauser. Er war einer der wenigen Lehrer, der sich an den Intrigen gegen Schüler nicht beteiligte. Dass er offen gegenüber anderen Ansichten als den eigenen blieb, gab mir und zwei, drei Mitschülern den Mut, uns bei der Lektüre von »Leben des Galilei« mit Bertolt Brecht und dem Florentiner Gelehrten gegen die Kirche zu stellen. Wir suchten nach haarspalterischen Argumenten, um Dr. Hauser zu verunsichern, oder stellten ihm die eine und andere Falle: Es heiße bei Benn doch sicher, »es gibt nur zwei Dinge, die Lehre und das gezeichnete Ich« und nicht etwa »die Leere und das gezeichnete Ich«. Auch in den Aufsätzen provozierte ich Bartli, ließ mich über die Nutzlosigkeit der Stoffvermittlung in der Schule aus, die eher Wissen verhindere als es zu fördern. »Gute Gedanken, aber zu kritisch und negativ« – diese oder eine ähnliche Bemerkungen standen in roter Tinte unter meinen Aufsätzen, kosteten mich eine halbe Note Abzug, gaben mir dafür ein Gefühl von rebellischer Eigenständigkeit.

Und nun trat an diesem Morgen, während der großen Pause, Dr. Hauser an meine Seite, schritt schweigend neben mir her, den Kopf gesenkt. Auf Höhe der Bühne, grell im Sonnenlicht, wandte er mir halb sein Gesicht zu, und mit einer Ernsthaftigkeit, in der bewundernde Gewissheit mitschwang, sagte er: »Haller«, wir wurden mit Nachnamen und Sie angesprochen, »Haller, Sie werden ein großer Schauspieler werden!«

Ich war verblüfft, geschmeichelt, doch auch befremdet. Vor ein paar Jahren, zur Zeit, da Fredi und ich mit unseren Ausgrabungen von der Presse entdeckt worden waren, hatte es eine ähnlich überraschende Aussage gegeben. Ich war im Haus meines Freundes gewesen, kurz vor Aufbruch zu einer weiteren Exkursion. Auf der Treppe, die von Fredis Museum hinauf zu den Wohnräumen führte, stand seine Mutter. Sie sah uns beide an, die wir die Treppe hochstiegen und bei ihrem Anblick innehielten. Es war dunkel. Nur ein schwacher Lichteinfall von oben erhellte das Gesicht der Frau, umriss ihre gedrängte Gestalt, die am seitlichen Geländer in einem einfachen Schürzenkleid lehnte. Ihre Augen blickten matt, als läge ein feiner Staub darauf. Das Kinn gegen die Brust gedrückt, musterte sie uns lange, mich, den blonden Jungen aus besserem Haus, Kind von Verwandten ihres Nachbarn, der Fabrikbesitzer und nicht nur Beamter war wie ihr Mann, und ihren Sohn, der bereits eine Anerkennung gefunden hatte, auf die sie stolz war. Ein Lächeln glitt über ihre Gesichtszüge, kurz blitzte ein Glanz in den dunklen Augen auf, und sie sagte: »Ich bin gespannt, wer von euch beiden der Berühmtere werden wird.«

Dieser Satz zerstörte auf einen Schlag die Unbefangenheit, die Fredi und mich verband und die sich auch nach Rangeleien um Siedlungsplätze oder wem welcher Fund zustand stets wieder eingestellt hatte. Wir begannen, Vergleiche zwischen uns anzustellen, wer mehr hatte und besser war, gerieten in einen Wettkampf um Anerkennung: Schon wenig später saßen wir nicht mehr gemeinsam am Esstisch in Fredis Elternhaus, um auf den Karten

131

die Lage möglicher Siedlungsplätze zu studieren, sondern um Gebiete abzutrennen, in denen der eine oder der andere das Vorrecht alleiniger Forschung hatte. Nun drohte Dr. Hausers Voraussage, ich würde ein großer Schauspieler werden, eine ähnliche Veränderung in meine Beschäftigung mit dem Theater zu bringen. Ich suchte zwar nach Bestätigung meiner Begabung, hatte jedoch bei der Rolle des »Tod« verstanden, dass die Gestaltung der Figur aus mir heraus zu geschehen habe, aus meinen Erfahrungen und durchlebten Gefühlen. Äußere Ziele wie Erfolg, so sagte ich mir, lenkten von der wahrhaftigen Darstellung ab, führten wiederum zu Vergleichen und brächten erneut einen Wettkampf hervor, den ich nicht wieder mit Fredi, auch mit keinem anderen Kollegen suchte. Und dennoch glaubte ich Dr. Hauser nur zu gern, war stolz und beinahe überzeugt: Ich würde ein großer Schauspieler werden.

8

Im Jahr der Aufführung des »Jedermann« kaufte Vater ein
Fernsehgerät, nachdem er zuvor wiederholt gesagt hatte,
so ein Ding komme ihm nicht ins Haus. Fernsehen sei für
die ungebildeten, einfachen Leute, nicht aber für uns. Es
war ein amerikanisches Modell, das in symmetrischer Konkurrenz zu Mamas Biedermeierkommode in der Wohn-
zimmerecke stand, fremd, wie von einem fernen Stern gefallen, ein Kasten auf dünnen Beinen. Das Gehäuse des
aschfarbenen, vorgewölbten Glases mit gerundeten Ecken
war aus Blech, das durch den Anstrich helles Ahornholz
vortäuschte und in krassem Gegensatz zum gedunkelten,
rissigen Holz von Mamas Kölner »meuble« stand. Da
Fernsehen noch ungewohnt war, das Schwarz-Weiß-Bild
öfter flimmerte oder sich gar zu einem schrägen Strei-
fenmuster verzog, was ein längeres Drehen an einem der
Knöpfe notwendig machte, lief das Gerät lediglich während der Tagesschau. Die Donnerstagabende, an denen
Aufzeichnungen von Stücken deutscher Bühnen gesendet wurden, gehörten mir, und ich saß allein in dem kleinen Fauteuil vor dem Bildschirm und schaute durch dieses
»Fenster« in die Bühnenwelten. Die Stücke waren hauptsächlich in der Totale aufgenommen, mit wenigen Schnit-

ten, waren wie einstmals die Darstellungen von Carolsfeld und die griechischen Vasenbilder monochrom, und ich lernte Stücke und die Namen großer Schauspieler kennen, schnitt die Besetzungslisten aus der Programmzeitschrift und klebte sie sorgfältig in ein Notizheft: In diesen flimmernden Schwarz-Weiß-Welten war ich in Gesellschaft bedeutender Schauspieler unterwegs gewesen.

Während Fredi und auch andere Mitspieler bei ihren Rollen in Hofmannsthals »Jedermann« Mühe mit der deutschen Aussprache hatten, die Sätze in Melodie und Färbung einen mundartlichen Klang behielten, sprach ich ein nahezu perfektes Hochdeutsch. Woher mir diese Sprache zugewachsen war, wusste ich nicht. Vater sprach Aarauer Mundart, Mutter ein mit Wörtern aus verschiedenen Dialekten und deutschen Wendungen durchsetztes Schweizerdeutsch. Während eines Besuches in Mannheim, es war kurz nach unserem Umzug nach Suhr, hörte ich Mutter das erste Mal Deutsch sprechen. Es war ein feines, elegantes Deutsch, das mich erstaunte und zugleich schockierte. Mama verwandelte sich beim Sprechen in jemanden, den ich nicht kannte. Ihre Bewegungen bekamen mit dem Klang der Wörter eine Leichtigkeit, sie drehte und wendete sich beim Gehen, ließ dabei Gesten spielen, die ihre schön geformten Hände zeigten. Doch am meisten verwunderte mich die Sprache selbst, die fein und zart klang, auch weil Mama in einer höheren Tonlage sprach, und ihre Sätze eine für mich fremdartige Melodie hatten.

Auch ihr Vater sprach mit uns Mundart. Er war ein hagerer, künstlerisch veranlagter Herr, vornehm in seiner

Erscheinung, der uns Kindern gern ein Lied vorsang. Er besaß eine weiche, wunderbar klare Stimme. Und wenn er sang, kam seine Vatersprache zum Vorschein, ein Deutsch, das seine Kölner Vorfahren gesprochen haben mussten.

Doch all das erklärte mir nicht, wieso ich Deutsch ohne die Schwierigkeiten meiner Mitspieler sprechen konnte. Ich war stolz auf meine Aussprache und dass ich die großen Monologe der dramatischen Literatur ebenso akzentfrei sprechen konnte, wie ich sie von den Schallplatten her kannte, die ich von meinem Taschengeld gekauft hatte: Will Quadflieg als Faust, Ewald Balser als Don Carlos oder Wallenstein, Walter Richter als Dorfrichter Adam in Kleists »Der zerbrochene Krug«. Selbstverständlich hörte ich auch Monologe oder Szenen von Schauspielerinnen, die ich bereits von der Bühne her kannte wie Käthe Gold, Maria Becker, Elisabeth Flickenschildt. Fredi und ich hatten nach den Aufführungen von »Jedermann« begonnen, gemeinsam, wie früher zu unseren urgeschichtlichen Exkursionen, nach Zürich zu fahren, um uns im Schauspielhaus die neuesten Inszenierungen anzuschauen. In einem Café gegenüber dem Theater aßen wir das billigste Menü und standen dann für eine Restkarte an der Abendkasse an. Wir erlebten die Uraufführungen von Frischs »Andorra« und Dürrenmatts »Physiker«, kannten im Restaurant »Pfauen« den Tisch, an dem die Schauspieler sich nach der Vorstellung trafen, setzten uns in ihre Nähe, als gehörten wir schon fast dazu. Angespornt durch die Theaterabende studierte ich zu Hause neue Rollen, sprach die Monologe vor mich hin, die ich mir auf meinen Schallplatten so oft angehört hatte, dass ich sie in Tonfall und

Pathos perfekt imitieren konnte und fühlte mich dabei wie ein alter, gestandener Schauspieler.

Es war die Zeit fortschreitender Medialisierung. Konnte ich dank des Grammophons die Stimmen berühmter Schauspieler anhören, ermöglichte nun das Tonbandgerät, mich selbst zu hören: Etwas bis dahin im wortwörtlichen Sinne »Unerhörtes«. Die Faszination war allgemein. Es gab kein Familienfest mehr, an dem nicht in einer Ecke ein Revox-Gerät seine Spulen drehte und die Reden und Tischgespräche aufzeichnete. Man nahm Hundegekläff und Vogelgesang auf, ließ die Kinder Blockflöte spielen, sprach mit großem Eifer einen selbst verfassten Text ins Mikrophon und war überwältigt von der Möglichkeit, sich via Spulen ersatzweise »ins Radio« zu bringen: Man klang beinahe wie ein Sprecher vom Landessender Beromünster. Mein Mitschüler Otto, Sohn eines Fotografen, mit dem ich oft im Zug zur Schule fuhr, besaß so ein Tonbandgerät, und an einem Samstagnachmittag verabredeten wir uns, bei ihm zu Hause eine Aufnahme zu machen: Ich würde einen »der großen Monologe« sprechen. Hamlets »Sein oder Nichtsein« schien mir das mindeste, was einer Tonbandaufnahme angemessen sei, zumal ich mich in das wütend-verzweifelte »Denn wer ertrüg' der Zeiten Spott und Geißel, Des Mächt'gen Druck, des Stolzen Misshandlungen« meinen ganzen Widerwillen gegen die bedrückende Atmosphäre im Seminar legen konnte. Über dem Fotoatelier, in der Wohnstube von Ottos Eltern, liefen gleichmäßig die Spulen, während ich die Worte Shakespeares in Höhen und durch Tiefen trieb, sie in flüsternder Verzweiflung ersticken ließ, um ihre Vokale dann in wütendem Trotz wieder hochtreiben zu können: Ich war in meinem Element, und von meinen und des Dänenprinzen großartigen Worten durchdrungen.

Otto hatte mich zwar gewarnt, und ich war darauf vorbereitet, »dass die eigene Stimme ganz anders tönt, als man sie selber hört«, und es war ein befremdendes Erlebnis, mein wohlgesetztes, mit langen Pausen gesprochenes »Sein oder Nichtsein, das ist hier die Frage« heller und mit weniger Resonanz zu hören, als es gewöhnlich in meinem Kopftheater klang. Der Schock jedoch folgte, als mit jeder Umdrehung der Spulen unzweifelhafter wurde, dass der Dänenprinz einen Sprachfehler hatte. Niemand hatte mich darauf aufmerksam gemacht, dass ich kein R sprechen konnte. Aus dem Lautsprecher tönte ein undeutlicher, zerriebener Laut, nahe einem CH. Das Band, in seiner ungerührt gleichmäßigen Bewegung, gab meinen Vortrag der Lächerlichkeit preis, verspottete mein Deutsch, »Wech echtüg deä Zeiten Spott und Geißel«, und ich saß da, ertrug des Tonbands Spott und Geißel und bat Otto, die Aufnahme sofort zu löschen. Ich fuhr mit dem Fahrrad nach Hause, verkroch mich in meinem Zimmer, heulte aus Scham und Enttäuschung. Nein, ich wolle nicht zu Abend essen, verschwieg auf Nachfragen hartnäckig den Grund: Aus war es mit dem Traum, Schauspieler zu werden. Aus war es mit dem Rezitieren von Monologen, vorbei das Vor-mich-Hinsprechen meiner Lieblingsballade von Fontane: »König Gorm herrscht über Dänemark, er herrscht die dreißig Jahr«. Für mich herrschte er zu lange und mit zu vielen Rs. Doch auch mein »Sinn war fest«, und nach einer Zeit der Enttäuschung wiederholte ich Fontanes Anfangszeilen immer wieder und immer neu in der Hoffnung, eines Tages würde bei »herrscht« meine Zungenspitze zu flattern beginnen.

Es gab damals, wie ich vom Hören der Schallplatten und den Aufzeichnungen im Fernsehen her wusste, im deutschen Theater zwei unterschiedliche Auffassungen, was die Aussprache des R auf der Bühne betraf. Die etwas ältere und in Wien gepflegte Auffassung verlangte ein zungenspitziges, rollendes R, während die modernere und vor allem in Deutschland übliche Aussprache das dem Französischen ähnliche Gaumen-R gebrauchte. Ich konnte weder das eine noch das andere. Doch wie damals, als ich mich für die Seminar-Prüfung entschieden hatte und mich jeden Morgen hinsetzte, um zu lernen, übte ich nun täglich das hintere und das vordere R. Da beide nicht gelingen wollten, versuchte ich es mit einem Kieselstein. Ich legte ihn in den Mund, in der Hoffnung, bei ausströmendem Atem würde er wie das Kügelchen in einer Trillerpfeife rotieren und meine träge Zungenspitze zum Flattern anregen. Sie blieb schwerfällig im Mund liegen, und der Kiesel hatte einen kühlen, kalkigen Geschmack.

An einem Nachmittag ließ ich den Atem, mehr aus Gewohnheit als aus Absicht, durch den halb geöffneten Mund strömen, und meine Zunge machte zwei, drei schnelle Schläge, noch weit entfernt von einem rollenden R. Ich war überrascht, schöpfte neue Hoffnung, und wenn meine Rs anfänglich noch wie ein stotternder Motor klangen, der immer wieder versoff, so fühlte ich mich dennoch befreit, erlöst, wie einer großen Gefahr entronnen. Ich würde es schaffen, und all die Erwartungen mussten sich jetzt erst recht erfüllen. In mir öffnete sich der Theatervorhang erneut, das Licht flammte auf, und die Monologe hoben mich in das ruhmreiche Dasein hoher Kunst. Ich übte ununterbrochen, bis die beiden Rs nicht mehr angestrengt klangen und mir ganz selbstverständlich zur Verfügung standen. Dr. Hausers Prophezeiung war wieder in Kraft gesetzt, und ich bekam eine neue Rolle zugeteilt: Im folgenden Jahr sollte anstelle des »Jedermann« Max Frischs Stück »Nun singen sie wieder« aufgeführt werden. Ich würde die Rolle des Hauptmanns spielen.

9

Es war Ende März, noch dunkel und kalt, ich stand fröstelnd auf dem Bahnsteig in Aarau, als endlich aus dem Tunnel die Lichter des einfahrenden Zugs aufleuchteten. Ich wollte auf der Fahrt zur Schule noch Mathematikaufgaben lösen, betrat ein Abteil, und Veronique sah mich ebenso erstaunt an wie ich sie.

Wir hatten uns ein knappes Jahr nicht gesehen, saßen uns unerwartet gegenüber und wussten nicht so recht, was sagen. Ja, ich sei jetzt in der vierten Klasse und werde in einem Jahr die Matura machen.

Selbstverständlich wolle ich noch immer die Schauspielschule besuchen, ich hätte auch schon eine erste Rolle gespielt, den Tod im »Jedermann«... Und weil ich mich nie mit der Frage beschäftigt hatte, was Veronique einmal nach der Bezirksschule machen werde, war ich erstaunt zu hören, sie habe die Prüfung an die Kunstgewerbeschule in Zürich bestanden und besuche jetzt die Modeklasse. Am Abend setzte ich mich hin und schrieb Veronique einen Brief.

»Im letzten Jahr, während dem ich ein Einsiedlerleben geführt habe, baute ich mir eine innere Ordnung auf. Sie beruhte darauf, alles aus meinem Leben auszuschließen, was nicht mit dem Theater oder der Kunst zu tun hatte. Dazu gehörte auch die Liebe und die Freundschaft. Ich glaubte hassen zu müssen, was auch nur entfernt an Liebe, Ehe, Familie erinnerte, da sie mich an meiner Bestimmung hindern würden. Die Begegnung heute Morgen mit Dir hat meine mühsam aufgebaute Ordnung wie ein Kartenhaus einstürzen lassen, und dies ist für mich wichtiger, als Du ahnen kannst.«

Ich bat im letzten Absatz, sie wieder treffen zu dürfen und schlug den folgenden Samstagabend vor. Ich hatte bei der kurzen Begegnung, wie zu Beginn unserer Freundschaft, das feine Klack sich anziehender Magnete wieder gespürt. Und ich fühlte mich erleichtert und glücklich über Veroniques Antwort. Sie schrieb, dass sie am Samstag mit einem anderen Burschen zu einer Party eingeladen sei, doch diesen Stich keimender Eifersucht milderte ihr Schlusssatz, ihre Liebe würde einzig und immer mir gehören.

Der Wagen auf der Drehbahn unserer Liebe hob mich wieder in eine schwebende Höhe. Beseligt spürte ich den warmen, weichen Körper an meiner Seite, reizvoll und gleichzeitig verstörend. Denn die Fliehkraft, der ich mich diesmal willig überließ, presste mich an kein Mädchen mehr, wie damals beim Jugendfest, sondern an eine junge Frau. Auf zwei großformatigen Porträts in Schwarz-Weiß, die ich von Veronique etwas später zugeschickt erhielt, lächelte mich ihr frisch erblühtes Gesicht über einem Rollkragenpullover an, das Haar hochgesteckt, die Augen glänzend. Tante Trudi, selbst eine attraktive Frau, der ich bei einem Besuch die Bilder zeigte, sagte überrascht:

– Deine Freundin ist eine Schönheit, man könnte meinen, sie sei ein Filmstar.

Veronique bewegte sich mit wachsendem Selbstvertrauen und einem zunehmenden Wissen um ihre Reize. Neben unseren samstäglichen Treffen, den Partys und Tanzveranstaltungen sahen wir uns täglich in der frühen Morgenstunde auf dem Bahnsteig, warteten, bis der Zug einfuhr. Fünfunddreißig Minuten dauerte die gemeinsame Fahrt, vier Stationen weit, und meine Blicke wechselten zwischen einer noch kahlen, ergrünenden Flusslandschaft und Veroniques Gesicht. Seit Kurzem schminkte sie ihre Lippen mit einem hellen Rouge, tuschte die Wimpern und hatte einen zarten Lidschatten unter die nachgezogenen Brauen gelegt. Ich wäre am liebsten mit Veronique im Zug immer weitergefahren, doch mit jedem Schlagen der Räder verminderte sich die Dauer unseres Zusammenseins, rückte der Halt näher, an dem ich aussteigen musste: Veronique ging zur »Stadt«, dorthin, wo sich das »wirkliche Leben« ereignete, wie ich glaubte, und wohin ich ihr nicht folgen konnte. Sie fuhr weiter, während ich auf halber Strecke aussteigen musste. Wie Mama mich verlassen hatte und in ihr erinnertes Bukarest verschwunden war, so ließ mich jetzt Veronique zurück, entfernte sich in eine mir unzugängliche Welt. Ich trottete mit ein paar Kollegen, die Mappe unterm Arm, hinab in die klösterliche Ödnis, tröstete mich, dass es nur etwas mehr als ein Jahr dauerte, bis auch ich weiter und in die Stadt fahren würde, und versuchte gleichzeitig, die Befürchtungen wegzuschieben, die mich befielen, dachte ich an Veronique inmitten ihrer neuen Mitschüler: Künstlerisch begabte Typen, die gut aussahen, verrückte Ideen hatten, in der Stadt die richtigen Kellerbars kannten.

Als auf dem Rauchtisch ein dicker Brief lag, adressiert mit Veroniques Schrift, freute ich mich, die Seiten nach dem Nachtessen in meinem Zimmer zu lesen. Wir hatten uns ein paar Tage nicht gesehen, ihr Stundenplan war geändert worden, sodass sie nicht mehr mit dem Frühzug fahren musste. Veronique würde mir beschreiben, was sie erlebt und an welchen Projekten sie gearbeitet hatte. Durch ihre Worte wäre ich an ihrer Seite, spürte die Wärme und Zuneigung, die stille Übereinkunft unserer Zusammengehörigkeit. Einmal mehr erhielte ich die Bestätigung, wie sehr sie mich liebte, und erwartungsvoll öffnete ich den Umschlag, saß dann, nachdem ich die Seiten gelesen hatte, an meinem Pult, verspürte eine Betäubung, in die allmählich ein pulsierender Schmerz in mich eindrang, der in eine panische Angst umschlug. Ich steckte den Umschlag in die Rocktasche, und in der kalten Atmosphäre des Refektoriums wurde mir am nächsten Morgen klar, weshalb ich den Brief zur Schule mitgenommen hatte. Ich wollte ihn Kibi zeigen, meinem Kollegen, der mich über den Zungenkuss und wie ich dabei vorgehen müsse, aufgeklärt hatte. Er konnte mir vielleicht auch jetzt raten.

Veronique schrieb, dass sie einen Jungen kennengelernt habe, einen Romand, der die Fotoklasse besuche. Sie habe sich in ihn verliebt. Sie fühle sich zu ihm hingezogen, sie liebe ihn. Doch wenn sie mit mir zusammen sei, verspüre sie dasselbe für mich: Jean-François sei dann nicht mehr wichtig. Sie stecke in einem Zwiespalt, wisse nicht mehr, wohin sie gehöre, wem ihre Zuneigung wirklich gelte...

Als ich am nächtlich spiegelnden Fenster den Brief in meinem Zimmer gelesen hatte, zitterten die Seiten in meiner Hand, verwischte sich Veroniques steile Schrift mehr und mehr zur Unleserlichkeit, begann ein Wirbel sich in meinem Kopf zu drehen, ließ in grellen Lichtern Vermutungen aufblitzen: Fotoklasse, klar, dieser Jean-François hatte die großformatigen Bilder von ihr gemacht... seinetwegen hatte sie letzten Samstag ein Treffen abgesagt... nicht der Stundenplan, dieser Romand war es, weshalb sie nicht mehr den Frühzug nahm... fuhr sie überhaupt noch nach Hause oder blieb sie in der Stadt? Dieser Romand würde bestimmt ein Zimmer, eine »sturmfreie Bude« haben... und diese Vermutungen drehten sich immer von Neuem und immer schneller um sich selbst, ein Wirbel, an dessen Grund eine schwarze Übelkeit sich in den Magen bohrte.

Am nächsten Tag, während der großen Pause, beugte sich Kibi über die Briefseiten, studierte sie aufmerksam. Wir hatten uns in ein leeres Schulzimmer zurückgezogen, und ich beobachtete das Gesicht meines Kollegen, ängstlich vor seinem Urteil, versuchte seine Gesichtszüge zu lesen. Doch sie waren reglos, blieben unverändert bei einer konzentrierten Aufmerksamkeit, verrieten keinerlei Reaktion auf die Zeilen, denen seine dunklen Augen folgten. Kibi war ein Junge, der alle Fächer mit gleichmäßig guten Noten bewältigte und mein Unbehagen an der Schule nicht verstand. Der Unterricht, die Lehrer, ihre Eigenarten und Ansichten waren für ihn einfach so, wie sie waren:

Ein Stück Wirklichkeit wie das Refektorium mit seinen Säulen auch, in dem wir am Mittag unsere Brotschnitten aßen. Ich bewunderte ihn dafür, und als Kibi in der zweiten Klasse der Studentenverbindung beitrat, wollte auch ich Mütze und Band. Der Studententurnverein probte zu der Zeit für das Eidgenössische Turnfest, hielt zwischendurch ihre Kneipe ab, an denen Kibi bereits teilnahm, während ich zwar die Übungen mitturnte, jedoch noch nicht in die Verbindung aufgenommen war. An einem Abend, nach einem ersten Teil der Übungen, rief der Oberturner alle in die Ecke des Platzes, bedeutete mir zu warten, und ich stand auf dem weiten, leeren Feld, während in der Ecke beraten wurde. Danach teilte mir der Oberturner mit, ich sei ab sofort von den Übungen ausgeschlossen, ich passte nicht zu ihnen, man könne mit mir in der Studentenverbindung nichts anfangen. Kibi erging es dagegen ähnlich beim »Jedermann«, wenn auch nicht ganz so rigoros. Er bekam eine kleine Rolle als Knecht, hatte nur einen Satz zu sagen: »Die Truhen, die sind marterschwer!«, doch den brachte er auch nach immer neuem Üben und nochmaligem Wiederholen nicht gerade heraus: Er blieb bei seiner anfänglichen Fehlbetonung – und zwang uns Mitspieler in jeder Vorstellung zu erstarrter Beherrschung. Schon bei Kibis Auftritt, wenn er mit steifen Schritten heraustrat, starrte jeder konzentriert auf einen Punkt, um ja keinen Mitspieler ansehen zu müssen, denn nun käme unausweichlich dieser fehlbetonte Truhensatz, und jeder war ganz und gar damit beschäftigt, das Lachen zu verbeißen. An einer der letzten Vorstellungen jedoch, bevor Kibi seinen Satz loswerden konnte, sagte der Spieler des Jedermann unwirsch und mit gleicher Fehlbetonung, er wisse schon, die Truhen, die seien marterschwer. Kibi stand mitten im Gelächter der Mitspieler und eines irritierten Publikums, ging schließlich ab, wie ich von der Sportwiese.

Kibi, den ich gespannt beobachtete, sah unbewegt Zeile um Zeile den Brief Veroniques durch, hob dann sein Gesicht, sah mich mit seinen gleichmäßigen und gefestigten Zügen an und sagte:

– Ich würde mich nicht beunruhigen. Sie schreibt dir, sie legt dir ganz ehrlich ihre Gefühle offen, versteckt nichts. Da ist nichts verloren, im Gegenteil. Es bedeutet, dass ihr viel an dir liegt. Aber du musst kämpfen.

10

Doch wie kämpft man um eine junge Frau? Ich wusste es nicht, konnte mir darunter nichts vorstellen und tat das, was ich schon immer getan hatte, nur mit größerem Aufwand. Ich schrieb Briefe. In ihnen beschwor ich unsere Liebe, holte Erinnerungen an gemeinsame Stunden in meine Sätze, schrieb vom Zauber unseres Zusammenseins, von der Tiefe gemeinsamen Erlebens, rühmte Veroniques Schönheit. Ich versuchte, den Wörtern eine Intensität zu verleihen, die eindringlicher sein sollte als jede Berührung. Ich wollte bezaubern, Veronique an mich binden, sie in den magischen Wörterraum herüberziehen, in dem Jean-François' Schwarz-Weiß-Aufnahmen vor der Kraft meiner Sprachbilder verblassen müssten. Und ich war mit meinen Briefen nicht erfolglos, gewann Veronique mehr und mehr zurück. Und doch blieb in mir ein Schmerz, der sich nicht vertreiben ließ. Befürchtungen, Vermutungen, Ängste drehten sich im Kopf umeinander, und in der Brust hing ein nasser Sack, der auf den Magen drückte. Seit Veroniques Brief wusste ich, dass es einen Bereich in ihrem Leben gab, von dem ich ausgeschlossen war, und die Eifersucht, die mich schon immer begleitet hatte, ließ mich einfache Gesten wie ein Loslassen der Hand, ein Abwenden des Kopfes als einen Entzug ihrer Liebe empfinden. Umso stärker verlangte es mich nach Bestätigung und Nähe, die ich nicht erhielt, wollte möglichst oft mit Veronique zusammen sein, sie davon abhalten, sich mit jenem anderen Jungen zu treffen. Ich fuhr nach der Schule nach Zürich, hoffte sie in einem der Cafés zu treffen, von denen ich wusste, dass sie die Lokale regelmäßig besuchte. Ich durchstreifte Restaurants, in denen sich die Jungen trafen und aus den Lautsprechern Ray Charles' neuester Song tönte: »Hit the road Jack, and don't you come back no more no more...« Und ich lief durch die Straßen, den Songtext in den Ohren, der mir zu sagen schien: Hau ab und komm nicht zurück, nie mehr... du gehörst nicht zu meinem Leben in der Kunstgewerbeschule, zu den Partys, zu denen ich mit Jean-François gehe. Er kennt das hitzigere, schnellere Lebensgefühl in Bars und Kellerräumen, in den Dachzimmern von Kollegen, das ich genieße, diesen großstädtischen Rhythmus und Klang, die zu meinen Gefühlen gehören und nicht zu deinen: »Hit the road Jack« – und ich lief durch die Straßen, betrat Cafés und Gaststuben, durchstreifte das Quartier um die Kunstgewerbeschule, bis der letzte Zug mich erschöpft und elend nach Hause brachte.

Veronique war im Frühsommer mit ihrer Klasse ins Tessin gefahren. Von dem einwöchigen Kurs kam sie begeistert zurück, erzählte von Tegna, einem Dorf im Onsernonetal, und dass es in der Nähe eine Schlucht gebe. Die Maggia habe sich seit Jahrhunderten in den Granit gegraben, der Fels sei glatt geschliffen und fühle sich sanft und warm von der Sonne an. In der Tiefe, zwischen den Wänden fließe das Wasser, kaltes, glasklares Wasser, das an niederen Stellen grünlich, dann wieder dunkelblau sei. In der Schlucht neigten sich die Steilwände mit ihren Kanten so nah zueinander, dass sie den Himmel nicht mehr habe sehen können. Das Wasser sei manchmal nur einen Meter, dann wieder fünf oder zehn Meter tief, und beim Schwimmen sei sie über das Band runder Kiesel am Grund geglitten, dass sie das Gefühl gehabt habe, durch eine Höhle zu schweben. Doch das Schönste, nein, das Aufregendste sei gewesen, sich am Ende der Schlucht, bei der Brücke, auf den warmen Stein zu legen, den durchkühlten Körper an die geschliffenen Wölbungen zu schmiegen, zu spüren, wie der Fels gierig das Wasser von der Haut sauge. Arme, Bauch, Schenkel klebten leicht am Stein fest, und ein warmfeuchter Geruch steige auf. Sie habe im Körper ein Gefühl verspürt, das sie immer wieder empfinden möchte, und sie wolle mit mir dorthin in die Sommerferien fahren, zwei Wochen lang. Gleich bei der Schlucht, in Ponte Brolla, gebe es einen Albergo, nicht teuer. Sie habe für uns ein Zimmer im Juli reserviert. Was ich davon halte?

Was sollte ich davon halten? Mit Veronique zwei Wochen in die Ferien zu fahren, die ganze Zeit mit ihr zu verbringen, dazu an einem Ort, der zu den eifersüchtig ausgemalten Lebensbereichen ihrer Schule gehörte? Selbstverständlich sagte ich sofort zu, beteuerte, wie gerne ich mit ihr fahren würde. Doch je näher die Ferien kamen, desto beunruhigter war ich. Veronique hatte bereits die Erlaubnis von ihren Eltern eingeholt. Sie hatte zu Hause erzählt, sie werde mit einer Gruppe ihrer Klasse nochmals nach Tegna fahren, um an gemeinsamen Studien weiter-zuarbeiten. Ich müsse eben auch eine Notlüge erfinden, und während ich nickte und sagte, mir würde schon etwas einfallen, wusste ich bereits, dass ich nicht würde lügen können. Ich müsste die Wahrheit sagen, und meine Ge-wissensnot wuchs. Ich schrieb Veronique, versuchte zu er-klären, warum eine Lüge nicht möglich sei. Unser Aufent-halt erfahre dadurch bereits zu Beginn eine Verfälschung. Doch wollte ich es mit einem Kompromiss versuchen und nur die halbe Wahrheit sagen. Ich kündete beim Mittag-essen also an, im Juli in die Ferien zu fahren, ins Tessin, zehn, vielleicht auch vierzehn Tage, und diese Absicht trug ich knapp und mit Bestimmtheit vor, dass mir ein Wider-spruch oder eine Nachfrage gänzlich unmöglich schien. Ich war schließlich neunzehn Jahre alt, in der letzten Gym-nasialklasse und folglich berechtigt, meine Ferien selbst zu gestalten. Doch darin hatte ich mich getäuscht. Trotz mei-nes bestimmten Tons kam sofort die Frage, weshalb ich ins Tessin fahren wolle und mit wem, du gehst doch nicht allein, wer ist es, mit dem du ins Tessin fahren willst?

Ich hatte keine Notlüge. Ich konnte nicht lügen. Und so sagte ich, dass ich mit Veronique verreisen werde und kannte die Antwort. Vater brauchte dazu nicht einmal auf-zublicken.

– Du kannst gehen, aber allein.

Dort, wo sich die Gleise der Centovallibahn gabeln, der eine Ast weiter nach Tegna, der andere ins Maggiatal führt, stand der Albergo, ein würfelförmiges zweigeschossiges

Haus. Es war ein einfaches Gasthaus mit einer Boccia-
bahn, Tischen unter Platanen und einer Schafweide gegen
den Berg zu. An die dunkle Gaststube angebaut war eine
verglaste Veranda, und dort saß ich an einem der ersten
Ferientage beim Frühstück. Neben Teller und Messer lag
ein Brief von Veronique. Wir hatten beschlossen, dass ich
allein nach Ponte Brolla fahren solle, da Veronique später
noch mit einer Freundin zum Zelten an den Hallwilersee
fahren werde, und ich keine Lust hatte, zu Hause herumzu-
sitzen. Sie schrieb von alltäglichen Dingen und wie sehr sie
bedauere, dass nichts aus unseren gemeinsamen Ferien geworden sei. In den Wörtern war ein Klang, der mich elend
machte. Nichts stand auf den mit Veroniques steiler Schrift
bedeckten Blättern, das auf eine Entfremdung hingewiesen hätte, keine Andeutung oder gar eine erklärte Absicht,
und doch spürte ich, dass ich im Begriff war, sie zu verlieren. Unzählige Male las ich den Brief wieder, überprüfte,
ob ich mich nicht irrte. Es stand doch nichts da, das meine
Befürchtung gerechtfertigt hätte, ich versuchte mich selber
zu überzeugen, ich läse nur meine immer gleichen Ängste
in ihre Zeilen hinein, weil sie jetzt nicht am Frühstücks-
tisch mir gegenübersitze – und wusste tief innen, dass mich
mein Gefühl nicht trog. Ich verspürte einen Schmerz, der
sich auf nichts bezog, außer auf die Tatsache, dass es ihn
gab und der nicht schwächer werden wollte.

Die Maggia hatte sich, wie von Veronique geschildert, am
Ausgang des Tals tief in den Stein geschnitten. Ihr klares,
kaltes Wasser hatte den hellen Granit geschliffen und geformt, floss zwischen den lang gezogenen Rücken in der

Tiefe, ein grünlich-blaues Band. Wannen waren ausgewaschen, in denen sich bequem auf dem von der Sonne erwärmten Stein liegen ließ, und dort unten auf den Felsen verbrachte ich während meines Aufenthaltes im Albergo zwischen den Gleisen die meiste Zeit. Vom natürlichen Becken am Ausgang der Schlucht schwamm ich zwischen die hohen, engen Wände, schwebte – wie Veronique es mir beschrieben hatte – über einer bläulichen Tiefe von so durchsichtiger Klarheit, als bewegte ich mich in flüssigem Kristall und glitte in eine urtümliche Welt, die schön und bedrohlich war.

Ich hatte mir für die Zeit meiner Ferien vorgenommen, Stanislawskis »Die Arbeit des Schauspielers an sich selbst« durchzuarbeiten. Die beiden Bände galten als das Standardwerk der Schauspielkunst, und ich las auf den Felsen, worauf es dabei ankam, drang Seite für Seite in eine Welt genau beschriebener Szenenarbeit ein. In Protokollen war wiedergegeben, wie bestimmte sprachliche und gestische Ausdrucksformen erarbeitet werden, welche inneren Vorstellungs- und Gefühlskräfte zum wahrhaftigen Spiel notwendig seien und was unbedingt vermieden werden müsse, sollten nicht falsche Töne, leere Gesten das Ergebnis sein. Ich folgte den beschriebenen Stunden, als wären diese selbst schon kleine Theaterstücke, denen ich wie auf einer Bühne zusehen konnte, auch wenn sie wahrscheinlich in einem eher schäbigen Zimmer einer russischen Akademie stattfanden. Ich war zutiefst fasziniert von der Forderung, den geschriebenen Text zur Lebendigkeit einer eben erst entstehenden Rede werden zu lassen und eine Unmittelbarkeit des Ausdrucks zu erreichen, die nur durch die konsequente »Arbeit an sich selbst« ermöglicht werde. Dazu sei nicht nur Talent, sondern auch Disziplin und Fleiß notwendig. Der Schüler dürfe nicht schon durch falsch eingeschliffene, in seine ursprüngliche Befähigung eingegrabene Unechtheit verdorben sein. Und ich las den mich erschreckenden Satz, dass es vor allem Laienaufführungen seien, die »sich wie Rost in die Seelen fressen und kaum noch auszuschleifen sind«. Der Schüler sei in der Regel für die Kunst der Darstellung für immer verloren.

Ich las die Zeilen wie eine Verurteilung. Endlich bekam ich durch Stanislawskis Werk einen Einblick in die Werkstatt sprachlicher Arbeit an Theatertexten, war erfüllt vom Wunsch, selbst einmal auf diese Art die Schauspielkunst zu erlernen, da wurde mir durch den einen Satz, vom »Rost, der sich durch Laienaufführungen einfrisst«, der Zugang zu dieser Werkstatt auch schon wieder versperrt. Mir wäre das Erlernen der hochdifferenzierten Prozesse, die Stanislawski in seiner Theorie der Schauspielkunst beschrieb, durch bereits »eingeschliffene Unechtheit« verwehrt. Ich hatte in einer Laienaufführung mitgewirkt, den Tod in Hofmannsthals »Jedermann« gespielt, war im Herbst für die Rolle des Hauptmanns in Frischs »Nun singen sie wieder« vorgesehen. Wenn es noch eine Rettung für meine Zukunft als Schauspieler gab, dann müsste ich meine Zusage, erneut an einer Laienaufführung mitzuwirken, umgehend zurücknehmen. Sofort nach den Ferien wollte ich mit »Greni« reden, jenem Lehrer, ohne den an der Schule nichts von Belang entschieden wurde. Er war selbst Musiker und würde mich und meine Argumente für die Rückgabe der Rolle bestimmt verstehen.

Ich saß unten in der Schlucht, fühlte in mir eine Dunkelheit, die sich weder durch schwimmen noch klettern auf den Felsrücken oder still an der Sonne liegen vertreiben ließ.

Was noch konnte ich tun? Wie die Tage verbringen? Mich mit Stanislawskis Werk weiter zu beschäftigen, hatte ich keine Lust mehr, und an Veronique schreiben, würde mir nicht helfen: Sie ließe sich kein zweites Mal durch Briefe beschwören. In bedrückter Stimmung fuhr ich mit der Hand über die glatte Fläche des Steins. Sie war sanft und warm wie eine Haut. Quarzadern durchzogen das Grau des Steins, helle Linien, die nebeneinander herliefen, ausschwangen und sich zu weißen Bändern verbreiterten. Sie bildeten Wirbel und Schlaufen, hoben lang gezogene Eilande hervor oder führten in spitzem Bogen in sich selbst zurück. Überrascht und fasziniert betrachtete ich die Zeichnungen, als hätte sich die Strömung des Wassers im Stein abgebildet. Zugleich glaubte ich in den Linien eine aus dem Felsen herausgeschliffene Schrift zu erkennen. Ließe sie sich lesen? Wiesen ihre Zeichen mich auf etwas hin, das ich noch nicht verstand, dem ich jedoch nachgehen müsste?

Ich lief zurück zum Albergo, holte meinen Schreibblock und einen Bleistift und zeichnete die Linien. Die zunehmend dunkleren Graustufen versuchte ich mir durch aufsteigende Zahlen zu merken. Doch je länger ich mich mit Schauen und Zeichnen beschäftigte, desto mehr glaubte ich, die in den Felslinien verborgene Bedeutung zu verstehen: Ich müsste »Stein werden«. Die Muster im Fels besagten, dass es einen Zustand reinen Seins gebe, fest und unzerstörbar wie Stein und doch in seiner Festigkeit nicht starr und unveränderlich. Wie die Felsrücken in der Schlucht vom Wasser, so werde auch dieses Sein geformt und geschliffen von dem es umströmenden Leben. Erst dadurch träten die im Inneren verborgenen Anlagen an die Oberfläche, bekämen wie die Linien im Fels ihre einmalige Ausprägung. Sie müsste ich hinnehmen, wie immer ihr Muster sei.

11

Die Einrichtung war karg, das Zimmer ein hoher, nüchterner Raum. Die Flügeltür zum Balkon stand offen, und ich trat hinaus ins pralle Mittagslicht. Der Blick ging über Gärten und Palmwipfel zu den Felsabbrüchen hinter dem Albergo. Ich setzte mich an den Gartentisch, einen weiteren Brief von Veronique in der Hand, und wusste nicht so recht, wozu ich hier, in Ponte Brolla, noch ausharren sollte. Ich blickte über die Schafweide zu der Bergflanke. Aus den Baumwipfeln leuchtete weiß eine Kapelle auf einem Felsvorsprung, und ich entschloss mich, statt am Nachmittag zur Schlucht hinab-, dort hinaufzusteigen.

Der Pfad führte durch einen Kastanienhain, über Steine mit dürrem Laub, an bemoosten Felsen vorbei. Das Licht drang durch die Blätterfülle, warf Lichtflecke auf den Weg, und zwischen den Stämmen bewegten sich dunkel und hell die Ziegen. Ich blieb stehen, angerührt von dem, was ich sah. Und während ich schaute, verwandelte sich diese Atmosphäre eines ruhigen Sommernachmittags, traten die schwärzlichen Stämme der Kastanien stärker aus dem hellen, von einzelnen Sonnenstrahlen leuchtenden Farnkraut hervor. In ihrer rhythmischen und versetzten Abfolge erschienen auch sie mir als eine Art von Schrift, ähnlich den

Linien auf den Felsen der Schlucht. Doch brauchte ich über die Bedeutung der Zeichen, im Unterschied zu den Felszeichnungen, keinen Augenblick lang nachzudenken. Der Sinn erschloss sich ohne mein Zutun, war da, hieß »Einfachheit« – und dieses Wort fächerte sich in weitere Wörter auf, wie Farn, Fell, Gras, Kastanie. Wörter, die einfache Gegebenheiten benannten. Ihr Klang verwandelte jedoch den Moment des Schauens in ein eigenes Bild, das in mir leuchtete, das Dunkel erhellte, in dem ich mich die letzten Tagen eingeschlossen fühlte.

Ich blieb stehen, überwältigt von dem, was mir eben geschehen war. Entrückt und von dem Erlebnis wie in ein mir unbekanntes Wachsein versetzt, stieg ich den Pfad zur Kapelle hoch, trat durch einen schmalen Zugang in den ummauerten Vorhof. Im Tal zog die Maggia ein breites Steinbett zwischen Bäume und Felder, mündete in der Ferne vor den dunstigen Bergen in den See, und von der Straße drang der Lärm des Verkehrs herauf.

Ich wandte den Blick von der panoramischen Landschaft ab, wollte die Kapelle betreten und fand die Holztür verschlossen. Durch das Schlüsselloch spähte ich in das dämmrige Innere der Kapelle. Im Rund des Türschlosses stand in der Tiefe des Raums die Monstranz. Schwach leuchtete ihr Strahlenkranz, und ich glaubte eine mir verschlossene Bedeutung zu schauen, verschlossen wie der dunkle Raum auch. Beides müsste ich als eine mir gestellte Aufgabe öffnen. Wie das zu geschehen habe, wo und wie ich den Schlüssel fände, was sich genau in dem Raum verberge und wozu das Ganze gut sein solle, konnte ich nicht sagen. Doch vielleicht, dachte ich, war dieses Erlebnis auf halbem Weg hierher zur Kapelle ein erster Schritt zu einer Lösung der mir gestellten Aufgaben gewesen. Und ich eilte den Berg hinunter, um die Wörter wie Farn, Fell, Gras, Kastanie, die mir zugeflossen waren, aufzuschreiben.

In meinem Zimmer setzte ich mich sogleich an den Tisch, versuchte es als Erstes mit einem Brief an einen Schulfreund. »Soeben bin ich von einem Spaziergang zurückgekehrt«, schrieb ich. »Der Kastanienhain war durchwoben von kräftigem Farnkraut und Gras...« Doch ich spürte beim Schreiben, dass es nicht die Art von Sätzen war, nach denen die gefundenen Wörter verlangten. Sie wollten in einer anderen Form aufs Blatt gebracht werden. Ich schob den Brief zur Seite, setzte die Wörter aufs Papier, wie es sich ergab, und auf dem Blatt entstanden die Zeilen eines Gedichts. Was ich beim Aufstieg gesehen hatte, nämlich Farn, Fell, Gras, Kastanie als eine Art von Zeichen in der Landschaft, war nun zu Schriftzeichen auf dem Papier geworden, und ich las die paar Zeilen immer wieder durch, überdachte und kommentierte, was vor mir auf dem Blatt an Wörtern stand. Ich notierte am Rand, dass »Einfachheit« nur »einfach« heißen müsse. »Einfachheit« sei nicht wirklich einfach, sondern abstrakt. Dass auch »Dunkle Zeichen«, wie ich, beeindruckt noch von den Felslinien, geschrieben hatte, doch nach dem konkreten Ausdruck »Stämme« verlange, dass andererseits nach »Ziegenfell« unbedingt ein »und« notwendig sei. So arbeitete ich an den Zeilen, tat dies ohne irgendeine Absicht. Ich wollte nur diesen Moment, dort oben an der Berglehne, auf dem Pfad zwischen Kastanien so präzise und genau im Klang der Wörter festhalten, wie ich ihn erlebt hatte.

Gesehen

Dunkle Stämme
einfach in Farnkraut.
Flechte, dörrer Blütenstand,
der Felsen schwer.
Ein Ziegenfell
und warme, dampfende Erde.

Schon am nächsten Tag schrieb ich ein zweites Gedicht. Ein älteres Ehepaar, das im Albergo wohnte und mein Alleinsein bemerkt hatte, fragte, ob ich nicht Lust zu einem Ausflug hätte, sie führen am Nachmittag in ein ehemaliges Schmugglerdorf an der Grenze. Es liege abgelegen, auf der anderen Seite des Bergkamms, sei heute weitgehend verlassen, bis auf ein paar alte Leute. Ich sagte zu und war überwältigt von dem Ort aus alten, verfallenden Häusern. Ich ging durch die Gassen mit ihren Stiegen, schmalen Durchgängen, Plätzen und Gabelungen. Ein steinernes Dorf, aus zusammengetragenen Brocken gebaut. Noch stand in einer Nische die »Schwarze Maria«, saß auf einer Steinbank ein Greis. Doch die Dächer der Häuser waren eingebrochen, die Mauern gestürzt, und wieder drängten sich Wörter auf, kreisten in meinem Kopf:

Hast du Indemini gesehen ...

Schweigsam saß ich im Fond des Autos, als wir zurückfuhren, war ängstlich besorgt, durch Reden könnte ich die Wörter verlieren.

In der Woche nach meinem Aufenthalt in Ponte Brolla rief ich jenen Lehrer an, den wir mit Spitznamen Greni nannten, und bat ihn um eine Unterredung. Ich bräuchte seinen Rat und seine Unterstützung und wurde ein paar Tage später im Garten seines Hauses empfangen.

Greni war ein angesehener, geschätzter Musiker, gab Klavierkonzerte und begleitete Liederabende, unterrichtete an der Schule Klavier und Gesang. Er war Mitte fünfzig, hatte angenehme, zurückhaltende Umgangsformen, trug stets einen Anzug und eine goldgeränderte Brille im blassen Gesicht. Ein Zug leichten Beleidigtseins, als bestünde die Gefahr, man möchte ihn nicht genügend in seiner Bedeutung erkennen, kam in der schrägen Kopfhaltung zum Ausdruck, mit der er sein Gegenüber ansah. Und es brauchte nur eine kleine Veränderung der Mundwinkel, um daraus einen angewidert verächtlichen Zug werden zu lassen. Er neigte überdies zu Zornausbrüchen, bei denen sein Gesicht rot anlief, er unbeherrscht einen Schüler kränken konnte – und sich für diesen Verlust an Kontrolle, der ihm aufgezwungen worden war, rächte: Greni war gefährlich, und wer es sich als Schüler mit ihm verdarb, konnte zusehen, wie er bei einem Hauptlehrer nach dem anderen ins Ungenügend rutschte, bis zur Mitteilung, die auch meinen Jugendfreund Fredi in der dritten Klasse erreichte, man habe das Seminar wegen ungeeigneten Charaktereigenschaften und mangelnden Leistungen zu verlassen.

Dieser Mann, in sommerlicher Kleidung, Kragen und Hemd aufgeknöpft, saß jetzt im Gartenhaus neben mir, in einem schattig geschlossenen Raum. Ich begann unsicher von meiner Begeisterung über die Entdeckung des Handwerklichen zu erzählen, dass es nach Stanislawski in der Schauspielkunst um die Wahrhaftigkeit ginge und dem Erreichen höchster Reinheit im künstlerischen Ausdruck. Dann rückte ich mit meiner Absicht heraus, wegen des im Lehrbuch erwähnten »Rostes« die Rolle des Hauptmanns zurückgeben zu wollen, sei es doch meine feste Absicht, die Schauspielschule zu besuchen und Schauspieler zu werden. Während ich bemüht war, meine Sätze in einer zwar ernsthaften, zugleich auch bescheidenen und demütigen Art vorzubringen, beobachtete ich das blasse, glatte Gesicht über dem offenen Hemdkragen. Die grauen Brusthaare, die aus dem hellen Stoff hervorsahen, waren eine irritierende Störung meines Bildes, das ich von Greni hatte. Als sei an dem gepflegt zurückhaltenden Wesen, um das er stets bemüht war, etwas Befremdliches sichtbar geworden, das in dem neugierigen, irgendwie »saugenden« Blick eine mir unverständliche Entsprechung hatte. Der gespitzte Mund, auf den ich ängstlich sah, verwandelte sich zu einem wohlwollenden Lächeln. Ermutigt redete ich freier und leidenschaftlicher von meinen Einsichten, die ich dort auf den glatt geschliffenen Felsrücken gewonnen hatte, und als ich endlich zum Schluss kam, blieb es eine Weile ruhig in dem schattigen Gartenhaus. Grenis Miene hatte sich von wohlwollender Amüsiertheit ins Mitleidige gewandelt, erlosch plötzlich zu einem ernsthaften, doch resignierten Ausdruck. Er sagte, dass dies alles, was ich da gelesen hätte, nicht so schrecklich ernst genommen gehörte. Man sei immer wieder zu Zugeständnissen und Kompromissen gezwungen, sie seien unausweichlich. Jeder Künstler kenne sie, schließlich bewege auch dieser sich in einer unvollkommenen Welt. Ich solle die Rolle ruhig spielen, Erfahrungen hätten noch nie geschadet, und sein Gesicht nahm den harten, gefährlichen Zug an, den wir Schüler kannten und ich fürchtete: Es komme nicht infrage, dass ich die Rolle zurückgebe. Er erwarte nicht nur von mir, sie zu spielen, er bestehe darauf. Punktum.

Das Semester und mit ihm die Proben zu »Nun singen sie wieder« hatten begonnen. An einem Nachmittag kam Veronique ins Seminar. Wir spazierten im Park und plauderten, über die Erlebnisse der letzten Tage. Durch die Kronen der alten Blutbuchen fielen einzelne Sonnenstrahlen und dort beim Teich blieb Veronique unvermittelt stehen. Sie müsse mir etwas gestehen, sie sei schwanger und wisse nicht, was sie machen solle. Es sei an einem Fest passiert, ohne dass sie es wirklich gewollt habe, mit einem Mann, der etwas älter sei als sie, und das heiße, dass wir nicht mehr zusammenbleiben könnten. Ich schloss sie in die Arme, küsste sie und war in dem Moment lediglich vom Wunsch erfüllt, Veronique zu helfen. Ungewollte Schwangerschaft, so glaubte ich zu wissen, war die zerstörerische Folge von Sexualität, ein Bezirk, den ich mit Kriegsbildern von zerschossenen Häusern und verwüsteten Landschaften verband: Eine Sperrzone, aus der kaum Nachrichten nach außen drangen. Und die wenigen Kommentare, die durchsickerten, waren stets abschätzig und verächtlich gewesen, wiesen darauf hin, dass ein Leben verpfuscht und ruiniert war: Er musste heiraten, er hat eine andere, sie ist ihm durchgebrannt... Und mir war klar, dass es im innersten, verborgensten Kreis jeder Familie diese Sperrzone gab, die erklärte, weshalb »Familie« ein Oberbegriff für Probleme war, die das Leben verdüsterten, Zwänge und Bedrohungen schufen, zu Zwist und Verarmung führten. Mit den ersten sexuellen Regungen hatte ich deshalb beschlossen, niemals zu heiraten, niemals Kinder zu haben. Und im Moment ihres Geständnisses, als ich Veronique in den Armen hielt, wollte ich sie einzig und allein vor diesem grausamen Schicksal bewahren, das eine Muss-Heirat von Anfang an in meinen Vorstellungen bedeutete. Ich sagte ihr, sie brauche sich nicht zu fürchten, ich würde ihr helfen und irgendwie das Geld zusammenbringen... Und Veronique ging, und ich habe nichts mehr von ihr gehört.

TEIL 3

Der Hausbursche

1

»Das ist Jenny, meine Frau.«

Als Hauptmann in Frischs »Nun singen sie wieder«
stand ich hinter dem eigenen Grabstein, zeigte dem neben
mir bestatteten Popen meine Frau Jenny. Ich war Flieger-
kommandant gewesen, ein Held, gefallen im Krieg, be-
reute mein ungelebtes Leben und dass die Lebenden, die
zum Trauern hergekommen waren, unerreichbar für mich
blieben.

Wie der Hauptmann fühlte ich mich selbst.

Die Art, wie Veronique unsere Liebe beendet hatte und
durch ihre Schwangerschaft für mich unerreichbar geworden war, ließ mich meine eigenen, verletzten Gefühle in
der Figur des Hauptmanns ausagieren. Dies ging so weit,
dass ich in einer Vorstellung meinen Text zu erweitern
begann, im Dialog mit dem Popen wie in Trance redete
und redete, was mein Gegenüber in größte Verlegen-
heit brachte. Diese Art einer zu starken Identifikation mit
der Rolle war, wie der Regisseur hinterher abschätzig bemerkte, ein für Dilettanten typischer Fehler, und ich fand
durch seine Kritik meine Befürchtung bestätigt, die er-
neute Beteiligung an einer Laienaufführung habe falsche
Töne und Gesten in mein Spiel eingeschliffen, die später

kaum noch zu korrigieren seien. Ich war fürs Theater verloren, dachte ich, ein schon früh »Gescheiterter«, wie ich
mich voller Unmut selbst bezeichnete.

Ein halbes Jahr blieb noch bis zur Matura, die Zugfahrt
von zu Hause zur Schule betrug mit Umsteigen in Aarau
eineinhalb Stunden, und ich hatte jeden Morgen um halb
fünf Uhr aufzustehen, um rechtzeitig die erste Lektion
zu erreichen. Meine Eltern schlugen mir vor, am Ort der
Schule ein Zimmer zu mieten, damit ich mich in Ruhe
und mit mehr Zeit für die Abschlussprüfungen vorberei-
ten könne.

Ich fand unweit des Seminars unter dem Dach einer
Metzgerei ein möbliertes Zimmer. Es lag getrennt durch
einen kurzen Flur neben einem zweiten, etwas kleineren
Zimmer, in dem ein Klassenkamerad wohnte. Mit ihm
hatte ich mich schon zuvor gut verstanden, nun aber besuchten wir uns gegenseitig in unseren Zimmern, verbrachten halbe Nächte in Gesprächen, da uns ähnliche
Probleme beschäftigten. »Kleck«, wie er mit Studenten-
namen hieß, war ein intelligenter, begabter Junge, der
schon früh in der Klasse durch sein künstlerisches Talent
aufgefallen war, und der mir jetzt gestand, er habe nicht
im Sinn, Lehrer zu werden, sondern Kunstmaler. Er hasse
die Schule. Während der Sommerferien, die er im Atelier eines anerkannten Künstlers zugebracht habe, sei ihm
klar geworden, dass er die Schule nicht mehr beenden
wolle. Er brauche keine Matura, gehe zurück ins Atelier
jenes Künstlers und werde so bald als möglich die Kunstgewerbeschule besuchen. Er sehe nicht ein, wieso er den

Stumpfsinn hier im Kloster noch weiter mitmachen solle. Ich nickte, auch ich müsse meiner Berufung folgen, sagte ich. Nie sei es meine Absicht gewesen, Lehrer zu werden, sondern von Anfang an immer nur Schauspieler, und wir bestätigten uns gegenseitig im Vorhaben, die Schule vorzeitig zu verlassen. Durch das Hin und Her unserer Überlegungen, wie wir vorgehen und unseren Entschluss der Schule und den Eltern mitteilen sollten, wuchs in mir die Überzeugung, allein durch diesen Schritt ließe sich mein Plan, Schauspieler zu werden, noch retten: durch den Bruch mit der Schule, der Familie, mit allem, was bisher gewesen war, bewiese ich mir, dass meine Zukunft einzig beim Theater sei.

Kleck hatte vorgeschlagen, unseren Plan, die Schule abzubrechen, mit einem Schriftsteller zu beraten, der regelmäßig ein Café in der Nähe des Bahnhofs besuche. Nach dem Nachtessen im klösterlichen Speisesaal eilten wir ins »Domeisen«, setzten uns an den Tisch des Schriftstellers, der uns bereits erwartete.

Max Voegeli saß breit aufgestützt hinter einer Tasse Kaffee. Er hatte daneben ein Päckchen Zigaretten liegen, in dessen Hülle eine Falte eingedrückt war. Die angebrannte Zigarette, die dort abgelegt war, ließ einen schwankenden Rauchfaden ins Licht der Lampe steigen. Max Voegeli sah uns durch die randlose Brille an, und der Blick aus hellen Augen verriet ein genaues Hinhören auf das, was wir zu sagen hatten. Kleck erzählte von seinem Ferienaufenthalt im Atelier Adolf Webers, ich von der Schlucht und Stanislawski, wie ich dennoch gezwungen worden sei, entgegen meinem besseren Wissen erneut eine Rolle in einer Laienaufführung zu spielen. Wir hätten beschlossen, nicht bis zur Matura im Frühjahr zu warten, sondern die Schule jetzt schon zu verlassen. Wir wollten unsere Bestimmungen mit allen Konsequenzen leben.

Max Voegeli lächelte nicht, seine Gesichtszüge blieben aufmerksam, als lausche er noch immer unseren Worten. Ein Ruck ging durch seinen massiven Oberkörper, löste die Spannung auf, und er griff nach der Zigarette. Seine Hand zitterte so stark, dass er sie kaum zum Mund führen konnte.

– Sie sind im Begriff, das zu tun, was jeder Spießer in alkoholisiertem Zustand am Silvesterabend tut: Er beschließt, ab morgen ein neues Leben zu beginnen. Sie wollen nicht beenden, was Sie begonnen und wofür Sie sich entschieden haben. Dabei erkennen Sie noch nicht einmal, dass der Besuch einer höheren Schule Ihnen mit der Lehrbefähigung den Ausweis verschafft, den bürgerlichen Anforderungen genügen zu können, wenn Sie es nur wollten. Doch Sie glauben, dies nicht nötig zu haben und möchten bereits sein, was Sie nicht sind. Dabei fürchten Sie, dass Ihre Berufung zu schwach ist und an den sechs Monaten bis zum Abschluss zerbrechen könnte. Gut, fordern Sie das Schicksal heraus, geben Sie ihm und sich selbst die Chance, in der Zeit bis zur Matura aus Ihnen einen biederen Schulmeister zu machen, ein Mädchen zu schwängern oder ein geschwätziger Nachbeter von Gemeinplätzen zu werden. Umso besser für Sie! Der Weg zur Kunst ist schmal, und wenn es für Sie eine nur haarbreit andere Möglichkeit gibt, einen etwas breiteren Weg zu gehen, zögern Sie nicht, gehen Sie ihn. Doch erst einmal schließen Sie ab, was

Sie begonnen haben. Machen Sie die Matura, schauen Sie dann, was Sie mit sich und dem Abschluss beginnen wollen.

Niemand hatte je zuvor so zu uns gesprochen. Kleck ein Nachbeter von Gemeinplätzen? Ich ein biederer Schulmeister, der ein Mädchen geschwängert hat? Und hätte nicht gerade das geschehen können, wären Veronique und ich gemeinsam in die Ferien gefahren?

Noch keinen Augenblick lang hatte ich an »bürgerliche Anforderungen« gedacht, die an mich gestellt werden könnten, mir noch nie überlegt, womit ich ein Auskommen fände, falls die Kunst nichts einbrachte. »Wie wollen Sie denn überleben? Wieder nach Hause zu Ihren Eltern gehen, Ihren Herrn Papa um Geld bitten?« Kleinlaut zogen wir ab, im Ohr Max Voegelis Vorhersage, wir würden die Lehrbefähigung, die wir mit der Matura erhielten, noch dringend nötig haben.

Das Verlassen der Schule war kein Thema mehr. Ich bereitete mich auf die Prüfungen vor, nutzte jedoch jede freie Minute, um ins Café zu gehen, in der Hoffnung, Max Voegeli dort zu treffen. Seit jenem Gespräch gehörten Kleck und ich zum Kreis, der sich auf der kleinen Empore um einen Ecktisch versammelte. Diesem gehörte neben drei anderen Seminaristen auch eine junge Frau an, die seit dem Frühjahr den Sonderkurs am Seminar besuchte. »Mila« war eine Schönheit, hatte dunkle, mandelförmig geschnittene Augen, und dieses leicht Orientalische ihres Aussehens hatte ihr den Spitznamen eingetragen. Sie stand Max Voegeli auf eine uns unklare Art und Weise nahe, saß während der Treffen grazil da, rauchte Zigaretten aus einer

Spitze und trank unzählige Espressi, war schlank, in der Haltung sehr aufrecht und bewertete unsere Versuche zu geistreicher Schlagfertigkeit mit einem Lächeln oder dem dunklen Blitzen ihrer Augen.

An einem Morgen traf ich Mila zufällig während einer Zwischenstunde im Café. Sie saß am Tisch bei der Eingangstür, und ich setzte mich zu ihr. Wir sprachen von der Vorbereitung auf die Matura, und Mila fragte, was ich danach zu tun gedenke.

– Wenn ich das wüsste, sagte ich, und in der gedrückten Stimmung, in der ich mich in jenem Spätherbst befand, erzählte ich ihr, wie mir im Sommer Zweifel gekommen seien, ob ich noch fähig sei, Schauspieler zu werden.

– Die Aufführungen jetzt haben mir nur bestätigt, dass ich nicht wirklich zum Schauspieler tauge. Statt der Figur Ausdruck zu geben, habe ich mich selbst gespielt, und das auf peinliche Art und Weise.

Ich gestand Mila, dass ich im Sommer begonnen hatte, Gedichte zu schreiben. Ein halbes Dutzend hätte ich letzte Woche Max Voegeli ins Café gebracht. Obwohl wir uns inzwischen einige Male begegnet seien, habe er sich zu den Texten nicht geäußert. Doch wahrscheinlich ließe sich dazu auch nichts sagen.

Mila setzte sich auf, drückte die Zigarette im Aschenbecher aus, nahm mit rotgeschminkten Lippen einen Schluck von der Espressotasse.

– Max Voegeli, sagte sie, hat mir gegenüber erwähnt, deine Gedichte zeugten von Ernsthaftigkeit und einer eigenen Begabung.

Vielleicht begehe sie jetzt eine Indiskretion, wenn sie mir verrate, dass er es bedauerte, würde ich mich an die Scheinwelt des Theaters verlieren, statt weiter den Weg zu gehen, den ich mit den Gedichten eingeschlagen hätte.

Bei Milas zitierten Worten von dem »Weg, den ich eingeschlagen hätte«, sah ich den Pfad hinter dem Albergo in Ponte Brolla, der in den Kastanienhain und steil entlang an der Bergflanke hinauf zur Kapelle geführt hatte. Und ich wusste, diesen Pfad müsste ich gehen.

2

Max Voegeli war Schriftsteller, und wie er wollte ich werden. Er hatte Jugendbücher geschrieben, die in viele Sprachen übersetzt worden waren. Doch nun, so wurde in unserem Kreis gemunkelt, schreibe er an einem großen Roman und arbeite während der Nacht bis vier oder fünf Uhr früh. Zudem sei er als Lektor eines Verlags tätig.

Betrat er das Café, blickte er sich kurz um, grüßte in dem ihm eigenen, schleppenden Tonfall, stand dann an den Stufen zu der kleinen Empore. Er sah zu unserer Runde hoch, und die Züge seines Gesichts waren hart, der Teint blass, sein Blick kalt. Als käme er aus einer Welt, die ihm größte Anstrengungen abverlangte. Erst nachdem er sich aus der feldgrünen Army-Jacke geschält hatte, kam eine Belustigung in seine Augen. Ob Mila uns schon in die Palmgärten des Orients entführt oder Herr Kleck uns in die orphischen Mysterien Rilkes eingeweiht habe? Nach seinen ersten Bemerkungen, die spontanen Einfällen folgten, verspürte ich ein Leicht- und Angeregtwerden, als strömte durch seine Gegenwart eine belebende Energie in mich hinein, die auch zwei, drei Stunden nach der Begegnung noch anhielt.

Ich kaufte eine Army-Jacke, wie er eine trug, ging mit schweren Schritten, dehnte die Wörter. Ich glaubte zu wissen, dass Max Voegeli den Gebirgspfad kannte, an dessen Anfang ich stand. Er war in das Geheimnis eingedrungen, auf das ich oben bei der Kapelle lediglich einen Blick durch ein Schlüsselloch geworfen hatte. Man konnte kein bedeutender Schriftsteller werden, ohne den dunklen, verschlossenen Raum zu öffnen, der vor allem in einem selber war, und Max Voegeli, das stand für mich außer Frage, war ein großer Schriftsteller. Er besaß zudem eine Sicht auf geistige Landschaften, die von ähnlicher Weite sein mussten wie der panoramische Blick vom Felsvorsprung der Kapelle aus. Es waren mir unbekannte Landschaften, und ich hörte begierig zu, wenn Max Voegeli hinter seiner Kaffeetasse sitzend, deren Inhalt grau und kalt wurde, neben dem schwankenden Faden Rauch der Zigarette seine Exkurse abhielt. Diese führten uns durch die Tiefen der Psychologie, auf die Höhen der Religionen, in die Irrgärten der Philosophie und Ideengeschichte – und endeten vor seinen Säulenheiligen der Literatur: Er nannte Namen wie Stendhal, Čechov, Flaubert, empfahl »Die Verlobten« zu lesen, Tolstoi und Puschkin, redete von Huxley oder dem Lehrmeister Faulkners, der »Winesburg, Ohio« geschrieben habe und kam von Virginia Woolf zu Sylvia Plath und Nathalia Ginzburg. Es fielen Titel wie »Metamorphosen« oder »Die Räuber vom Liang Schan Moor«, und er schwieg zu den deutschen Autoren. Von denen hörten wir in der Schule und könnten sie auch selber entdecken, sagte er. Doch wenn wir wissen wollten, was in deutscher Sprache an Dichtung möglich sei, dann müssten wir die Sätze

Franz Kafkas studieren oder einen, den die Deutschen
selbst nicht zur Kenntnis nähmen, jedoch zu den Besten
gehöre, Keyserling… Und so wuchs um mich eine Bibliothek hoch, die ich mit meiner legasthenischen Lesehem-
mung kaum bewältigen würde, deren Werke zu kennen
jedoch zu den Stufen auf meinem Gebirgspfad gehörten.

War Max Voegeli nicht an unserem Tisch und führte den
Vorsitz, fühlte ich mich in der Runde mit Mila, Kleck und
den anderen Seminaristen nicht wirklich wohl. Es wurden
eloquente Exkurse gehalten, jeder wollte sich mit gehei-
men, nur ihm zugänglichen Kenntnissen hervortun, und
es konnte nicht ausbleiben, dass Namen von Autoren, Titel
von Werken – angeblich von Max Voegeli vertraulich mitgeteilt – in verschwommenen Andeutungen als Zugänge
zu höherer Erkenntnis gehandelt wurden. Mit derlei Mys-
tifikationen hatte sich vor allem Kleck eine herausragende
Stellung am Kaffeehaustisch geschaffen. Kurz nach jenem
ersten Gespräch über das Verlassen der Schule hatte auch
mein Schulkamerad seine Pläne geändert. Er wollte nicht
mehr Maler, sondern Dichter werden, und ihm gelang es
ausgezeichnet, mich glauben zu machen, er sei nicht nur
in der Gunst Max Voegelis der Bevorzugte, sondern durch
diesen auch bereits in Mysterien der Dichtung eingeweiht,
für die ich noch lange nicht reif genug sei. Er kannte
meine Gedichte und mit seiner neu gewonnen Autorität verurteilte er sie. Die Metaphern stimmten nicht, der
Rhythmus holperte, eine Zeile war zu kurz, eine andere
zu banal, und die Abfolge der Konsonanten sei schlicht
desaströs. Er zitierte Autoritäten, erhob ihre Urteile in den

Rang von ehernen Gesetzen: Wilhelm Lehmann habe dies und Benn das gesagt, und bei Goethe ließe sich nachlesen, dass... Zusätzlich fuhr er schweres, moralisches Geschütz auf. Meine Gedichte könnten, abgesehen von den sprachlichen Unzulänglichkeiten, schon deshalb nicht bestehen, weil ich in meinem Wesen zutiefst verlogen sei. Ich würde unrein denken, sei verkrampft, lebte einzig in der Theorie, sei ein Epigone, dessen Gedichte ohne Vision blieben. Zur Anschauung, was Dichtung ausmache, legte er eigene Gedichte vor, die mich tief beeindruckten. Sie waren von Goethe'schem Schwung und Melos, denen gegenüber meine Versuche karg und spröde waren, Zeugnisse eines »unerlösten, verkrampften Geistes«, wie ich selbst zu glauben begann, »unfähig, je die Höhen reiner Dichtung zu erreichen«.

Ich litt. Von Kleck gedrängt, versuchte ich Gedichte zu machen, die seiner Kritik standhielten: Bedeutungsschwere, von Symbolen und dunklen Andeutungen beladene Verse. Ich feilte an der Form, dem Rhythmus und merkte, dass die sorgsam gesetzten Wörter tot waren. Was ich zu Papier brachte, war Absicht und Anspruch, gute und tiefe Dichtung zu schreiben. Doch keine Zeile, kein Wort drängte in mir hoch und wollten aufgeschrieben sein wie damals in Ponte Brolla. Ich war verzweifelt, wusste nicht, wie ich aus diesen so bedeutungsvollen, doch leblosen Zeilen wieder herausfinden sollte.

An einem Nachmittag ging ich in meinem Zimmer auf und ab, stieß aus Unachtsamkeit mit der Schulter an das Bücherregal. Aus der Zeit meiner archäologischen Sammlung besaß ich noch einen römischen Weinkrug, dessen Scherben Fredi zusammengesetzt und ergänzt hatte. Es war einer meiner ersten Funde gewesen, und ich behielt ihn, weil mir die Form vollkommen erschien. Beim Umzug hatte ich das Krüglein von zu Hause mitgenommen, und es stand in meiner Dachstube auf dem Bücherregal, bewundert von meinen Mitschülern, die gelegentlich zu Besuch kamen. Und dieses mir so wichtige, so vollkommene Stück schwankte durch meinen Stoß auf dem alten, unebenen Bodenring, kippte zur Seite, rollte eine halbe Wendung auf dem Bücherbrett und fiel. Das Krüglein fiel wie verlangsamt, und ich berührte es noch in der Absicht, das bauchige Gefäß aufzufangen. Da lagen die Scherben am Boden, waren wieder ein Haufen zerbrochenen Tons. Doch der Klang des Zerbrechens, der hohl platzende Laut, ließ etwas in mir hell und offen werden. Ohne noch die Scherben einzusammeln, setzte ich mich an den Tisch unter dem Fenster, nahm meine frühen Gedichte hervor, las sie im grauen Nachmittagslicht sorgfältig durch: Dabei müsste ich bleiben, bei diesen einfachen Textgebilden. Sie waren vom Weg, den ich zu gehen hatte.

Ich begann Max Voegeli nach dem Handwerk des Schreibens zu fragen, das es doch ebenso geben musste wie in der Schauspielkunst. Er antwortete, und dabei war sein Gesicht ruhig und konzentriert. Der Ernst, mit dem er auf meine Frage einging, ließ mich spüren, dass es nun nicht mehr um Witz, Brillanz und Schlagfertigkeit ging, sondern um ein sich Annähern an Grundfragen, die nicht nur die Literatur, sondern das Leben überhaupt betrafen. Denn

Literatur und Leben ließen sich nicht trennen, sagte er, vielmehr bedeute Schriftsteller zu sein eine Form der Auseinandersetzung mit sich und der Welt, die ihren Ausdruck in Texten finde, wobei ein Teil der Welt selbst Texte seien: Werke großer Meister. Indem man sie lese, aber auch genau prüfe, wie sie gearbeitet seien, ließe sich lernen, was es sehr wohl gebe, nämlich das Handwerk. Und Max Voegeli stellte mir Aufgaben, verlangte, ich solle eine bestimmte Situation, die er genau umriss, beschreiben. Nicht, dass er danach einen Blick auf meine Skizze vom Einzug geschlagener Truppen in eine Stadt geworfen hätte. Doch er nannte mir den Anfang einer Erzählung, sagte, ich solle nun bei Maupassants »Boule de suif« nachlesen, wie dieser die Szene dargestellt habe. An Keyserlings Erzählung »Schwüle Tage« erläuterte er die Bedeutung des ersten Satzes, wie durch diesen die Situation, Stimmung und Problematik in grandioser Leichtigkeit dargelegt seien: »Schon die Eisenbahnfahrt von der Stadt nach Fernow, unserem Gute, war ganz so schwermütig, wie ich es erwartet hatte.« Er wies mich anhand dieses Eröffnungssatzes auch auf die Funktion hin, die ein so kleines, unbedeutendes, ja verfemtes Wort wie »schon« haben konnte, und bei einem der nachfolgenden Sätze: »Ich fühlte mich sehr klein und elend«, begriff ich, auf welche Feinheiten der Sprache es zu achten galt, als Max Voegeli auf das Wort »sehr« zeigte, das täglich millionenfach durch die Mahlsteine der Zähne gehe, wie er sagte, hier jedoch durch die Kunst Keyserlings in seiner ganzen ursprünglichen Bedeutung des Schmerzlichen aufleuchte. Mit Übungen, wie den Anfang der »Ilias« in Prosa zu übersetzen und dann meine

Prosaversion als Ausgangspunkt für eine eigene Rücküber-setzung in Verse zu nutzen – ich sollte ja schließlich etwas über den Unterschied von Prosa- und Versdichtung erfah-ren –, fühlte ich mich wie in den beschriebenen Lehrstun-den bei Stanislawski, die mich auf den Felsen von Ponte Brolla so fasziniert hatten. Auch bei Max Voegeli ging es neben all den handwerklichen Betrachtungen stets um eine »Arbeit an sich selbst«. Es gelte Erfahrungen zu ma-chen, sich in der Welt umzusehen, Beobachtungen zu sam-meln und die Meister jeglichen Gebiets zu studieren. Man müsse unermüdlich an sich und den Sätzen arbeiten, um den eigenen, unverwechselbaren Stil zu finden.

»Le style est l'homme même«, schon bald bekam ich den Satz des berühmten Naturforschers und Aufklärers Buffon zu hören, und mit ihm Voegelis Forderung, sowohl den Charakter als auch den sprachlichen Ausdruck zu ver-vollkommnen, um sich bereitzuhalten für das, was Aus-druck werden will: »Man muss erst jemand werden, um etwas zu sagen zu haben.«

3

Ich stand beim Fischteich vor dem alten Klostergemäuer, und ein plätschernder Strahl beunruhigte die Oberfläche. Ich hatte eben in der Aula mein Maturitätszeugnis erhalten. Endlich war erreicht, worauf ich in den letzten Monaten hingearbeitet hatte, endlich war die Schulzeit zu Ende. Doch statt der erwarteten überschäumenden Freude verspürte ich ein Gefühl der Wehmut. Zu Ende waren auch die Nachmittage und Abende im Café, die Exkurse an Max Voegelis Tisch. Mein Zimmer über der Metzgerei hatte ich gekündigt, ich müsste nach Hause zu den Eltern ziehen, und am Rund des Weihers befiel mich Ratlosigkeit. Meine Mitschüler hatten bereits eine Stelle als Lehrer angenommen oder sich für ein Studium an der Universität entschieden. Ich aber sah ins Wasser, und weder die Fische noch ich selber hatten eine Ahnung, wie ich die nächsten Wochen und Monate verbringen könnte. Die Schauspielschule, die so lange mein Ziel gewesen war, kam seit dem Entschluss, Schriftsteller zu werden, nicht mehr infrage. Germanistik wollte ich nicht studieren. Das Akademische empfand ich für mein Schreiben und das Finden des eigenen Stils als ebenso ungünstig wie das Pädagogische. Beide würden unweigerlich in meine Sprache eindringen. Was aber bliebe an weiteren Möglichkeiten, »jemand zu werden« und zu schreiben?

Bei den Eltern zu wohnen, war mir zuwider. Ich hatte keine Lust, mich ihren Regeln erneut unterzuordnen. Zum letztmöglichen Termin bewarb ich mich doch noch an einer Grundschule. Ich musste in dem Jahr ohnehin den Militärdienst leisten, hätte während der zwölf Wochen Rekrutenschule zumindest ein Gehalt, von dem sich etwas zurücklegen ließe. Meine Eltern waren mit meiner Entscheidung zufrieden, und Großvater sah in der erworbenen Lehrbefähigung seinen frühen Lebenstraum verwirklicht: Ich war geworden, was ihm als Verdingkind verwehrt gewesen war. Für ihn war mein Abschluss ein später Triumph, und zur Feier lud er mich zusammen mit Mutter und Großmutter ins beste Restaurant der Stadt ein. Nach dem Mittagsmahl bestand er darauf, mit mir im Taxi nach Hause zu fahren, während die Damen zu Fuß nachkommen sollten. Großmutter war über die Zumutung befremdet und protestierte. Man könne doch gemeinsam nach Hause spazieren, es sei ja nicht weit und die frische Luft nach dem Essen … Doch Großvater senkte ein wenig sein Löwenhaupt und verlangte vom Ober, ein Taxi zu rufen. Zuhause angekommen, hastete der schwere Mann, den Stock heftig auf die Stufen stoßend, die Treppe zum Eingang hoch, schloss auf und strebte geradewegs ins Wohnzimmer, zum Schrank mit den Spirituosen. Er nahm die Flasche Kognak hervor, füllte zwei Gläser, und Großvater, der auf Anraten des Arztes keinen Alkohol mehr trinken sollte, stieß mit mir auf die bestandene Prüfung an. Schweigend tranken wir am Tisch unsere Gläser leer, und ich stand danach im Türrahmen der Küche, sah das Unwahrscheinliche, nämlich dass dieser Patriarch, der mein Großvater war, am Spültrog die Gläser wusch, sie abtrocknete und wieder im Schrank versorgte, damit unser eben besiegelter Bund ein kleines, letztes Geheimnis bliebe. Er starb wenige Wochen danach.

Ich fuhr mit dem Zug nach Rheinfelden, mietete bei einer Hutmacherin ein Zimmer und begann eine dritte Klasse zu unterrichten. Ich hatte zwar ein Praktikum bei meinem ehemaligen Primarlehrer, Herrn Zeller, abgeleistet, dabei versucht, die mir gestellten Aufgaben zu erfüllen, doch nun stand ich vor Kindern, die so alt waren wie ich damals nach dem Umzug aus Basel. Sie waren meine Klasse, ich hatte für sie die Verantwortung übernommen, und darauf war ich nicht vorbereitet. Ich schaute in die Gesichter der Mädchen und Jungs und blickte in meine eigene Kindheit, entdeckte in der Vielfalt lauter Eigenes und Bekanntes: Kinder, denen bereits alles leichtfiel, Ängstliche und Gehemmte und zwei, drei, die nichts verstanden, die Phantasiebegabten und die forsch Gleichgültigen, zuhinterst geduckt ein Junge, mit Brille und dunklem Kraushaar, der keinen geraden Satz schreiben konnte, dessen Hefte voller verdrehter Wörter waren. Und ich dachte, dass es meiner Klasse nicht so gehen sollte, wie es mir ergangen war. Ich nahm mich des armen Kerls mit seinen vielen Fehlern an, bewertete bei einem Mädchen den Aufsatz etwas tiefer, der zwar fehlerfrei, doch nur aus Allgemeinplätzen bestand, versuchte die Schüler an dem teilhaben zu lassen, was ich in den letzten Jahren an Sprache und an den damit verbundenen Werten entdeckt hatte. Ich las ihnen Max Voegelis »Die wunderbare Lampe« vor, schrieb Gedichte an die Wandtafel, forderte sie auf, jeden Tag eine ihnen wichtige Beobachtung in drei kurzen Zeilen zu notieren. Dem Mädchen, das fehlerfrei, doch nur Sätze wie aus einer Betriebsanleitung schrieb, versuchte ich beizubringen, mehr sich selbst und den eigenen Beobachtungen zu vertrauen, und ging zu dem verschüchterten Jungen nach Hause, um herauszufinden, was bei ihm die Ursache seiner Wort- und Schreibstörung sein mochte.

An einem Mittag fand ich in der Post eine eingeschriebene »Vorladung« der Schulpflege. Ich hatte mich an einem der folgenden Nachmittage im Büro des Präsidenten einzufinden. Eltern hatten sich beklagt, ich legte zu viel Gewicht auf musische Fächer, bespräche Gedichte, statt die Schüler in Mathematik zu drillen, und da ich seit früher Kindheit durch Großvaters Verhältnis zu seinen Söhnen ein feines Gehör für Autorität hatte, reagierte ich in ähnlich unverfrorener Weise wie einem Schulpfleger gegenüber, der hauptberuflich Direktor eines Basler Pharmaunternehmens war. Dieser machte seine Schulbesuche stets unangemeldet und hatte die Unart, mit einem Hieb auf die Türklinke ins Zimmer zu platzen. »Was ist das für eine Judenschule!«, bellte er, verlangte die Aufsatzhefte und setzte sich in die hinterste Bank.

Ich hatte mit den Schülern spielerisch das Kopfrechnen geübt, bei dem jeder das Resultat, sobald er es gefunden hatte, rufen durfte. Doch ich brach ab.

– Anstatt mit Rechnen, sagte ich zu den Schülern, beschäftigen wir uns für den Rest der Stunde mit Anstandsregeln. Thema: Wie betrete ich während des Unterrichts ein Schulzimmer. Susanne, geh bitte vor die Tür.

Und sie klopfte, wartete auf mein »Herein!« – und ich hatte mir einen Feind geschaffen, der mit hochrotem Kopf über den Aufsatzheften saß.

Als ich Kreidereste verteilte und die Schüler den Straßenbelag vor dem Schulhaus bunt bemalten, erhielt ich einen weiteren Brief der Schulpflege, es seien solche Schmierereien zu unterlassen, sie schadeten dem Ansehen des Kurortes. Daraufhin verteilte ich nicht nur die Reste, sondern eine ganze Schachtel neuer, noch ungebrauchter Farbkreiden, und die Straße hatte noch nie so bunt vor dem Schulhaus ausgesehen. Eltern, die sich über meine Schulführung beklagten, fragte ich unter der Schulzimmertür nach ihrer pädagogischen Ausbildung. Falls sie keine hätten, sollten sie die Schulführung doch besser mir überlassen.

Es konnte nicht ausbleiben, dass es bald Leute von politischem Einfluss im Städtchen gab, die alles daransetzten, mich als Lehrer loszuwerden.

Das wurden sie auch, wenigstens für einige Zeit, denn ich rückte Ende Sommer neugierig, doch ohne Begeisterung in die Rekrutenschule ein, stand mit meinen künftigen Kollegen in Zivilkleidern auf dem Vorplatz der Unterkunft, ein Köfferchen in der Hand. Ich war noch nicht mit Marschschuhen, Brotsack, Gewehr und Munitionstasche ausgerüstet, als mir klar war, ich müsste versuchen, die kommenden Wochen möglichst unauffällig durchzustehen. An Verweigerung dachte ich keinen Augenblick.

Den Mut dazu fand ich erst drei Jahre später, als wir auf Scheiben schießen mussten, die den Umriss von Menschen hatten.

In der Rekrutenschule tat ich jedoch, was man von mir verlangte, unterzog mich widerspruchslos jedem Befehl, verhielt mich loyal gegenüber den Kollegen. Ich strengte mich an, selbst bei so unsinnigen Übungen, wie die Kleidung, das Tenü, im Minutentakt zu wechseln. Unter keinen Umständen wollte ich der Anlass einer Kollektivstrafe sein, tat mich deshalb sogar hervor. Beim Werfen der Handgranaten schaffte ich das beste Resultat der Kompanie, was mir eine Spezialausbildung eintrug. Doch körperlich war ich schwach, hatte keine Kraft und wenig Ausdauer. Während der Nachtmärsche mit Vollpackung kam ich rasch an die Grenze meiner Leistungsfähigkeit. Und ich machte die Erfahrung, wie erpressbar ich körperlich war. Durch Anstrengungen würde man mich zu jeder Zeit kleinkriegen, ich gäbe jeden Grundsatz, jede Überzeugung für eine Erleichterung preis. Meine hehren Ansprüche an eine geistige Integrität hielten anhaltenden Strapazen nicht stand: Ich würde sie aufgeben, wie mich auch, verriete jedes Geheimnis und jeden Freund und war enttäuscht von mir selbst.

Dennoch bekam ich den »Vorschlag«, nämlich die Unteroffiziersschule zu machen und anschließend in zwölf weiteren Dienstwochen »den Korporal abzuverdienen«, eine Aufforderung, die ich umgehend ablehnte. Der Instruktionsoffizier bestellte mich ins Kompagniebüro ein, sagte, dass er mich zum »Weitermachen« zwingen könne, ich solle mir genau überlegen, was ich in dem Fall machen wolle. Nach dem folgenden Urlaub überreichte ich ihm in einem Umschlag kommentarlos sechs Gedichte als Antwort. Von »Weitermachen« war nie mehr die Rede gewesen.

Während der zwölf Wochen Rekrutenschule verlor ich mehr und mehr an Gewicht und wurde schließlich gegen Ende der Dienstzeit krank. Zwar war ich nach einer Woche wieder soweit hergestellt, dass ich die restliche Zeit regulär beenden konnte, doch empfahl der Arzt dringend, vor Antritt des erneuten Schulunterrichts ins Gebirge zur Erholung zu fahren. Ich verbrachte vierzehn Tage im Engadin, kehrte dann nach Rheinfelden zurück. Doch dort war bereits beschlossen worden, mich zum Ende des Schuljahres zu entlassen. Es gab Gerüchte, ich hätte ein Verhältnis mit der Mutter eines Schülers und triebe es im Schulzimmer mit einer Lehrerin. Im Städtchen wurde eine Sammlung von Unterschriften für und eine gegen mich angeregt, ich stand während des Unterrichts Kindern gegenüber, die man zu Hause gegen mich aufgehetzt hatte und deshalb nicht mehr wussten, wie sie sich dem Herrn Lehrer gegenüber verhalten sollten. Mein »Fall« gelangte zuletzt vor den Regierungsrat des Kantons. Ich verließ das Städtchen mit Schimpf und Schande.

4

Während der Zeit in Rheinfelden hatte ich an einem
Zyklus kurzer Prosagedichte gearbeitet, der sich mit
Veronique beschäftigte, dem Verlust ihrer Liebe, meinem
Alleinsein und der Unfähigkeit, jemand anderen kennen-
zulernen. Doch war ich mit den Arbeiten unzufrieden.
Immer wieder hatte ich die Texte umformuliert, doch sie
waren eng, ohne Atem zwischen den Zeilen. Ich spürte,
wie notwendig es war, Max Voegelis Rat zu folgen, erst einmal an mir zu arbeiten, aus meinen eigenen Beengungen
herauszufinden, um auch in der Sprache freier zu werden,
war jedoch dahin zurückgekehrt, wo ich nach der Matura
nicht hatte sein wollen. Ich saß in meinem ehemaligen
Zimmer bei den Eltern, las, schrieb an einem schmalen Se-
kretär an drei, vier neuen Gedichten und wusste nicht, wie
und wo es künftig weitergehen sollte. Eine neue Stelle als
Lehrer kam nicht infrage, und ich hätte wohl auch kaum
eine gefunden. Auf die zögerliche Erkundigung meiner
Mutter hin, was ich denn nun vorhabe, ich bräuchte doch
eine Stellung und einen Verdienst, wusste ich keine Antwort. Ich schwieg, wollte darüber auch nicht reden. Seit
meinen archäologischen Forschungen hatte ich mir stets
verbeten, dass sich die Eltern in meine Angelegenheiten

mischten. Ich war zwar Vater dankbar gewesen, als er sich für den Besuch des Seminars eingesetzt hatte. Doch als er nun während eines Mittagessens mit dem Vorschlag kam, ich könne doch studieren, ich solle mich darum kümmern, es sei jetzt die Zeit, sich zu immatrikulieren, schüttelte ich nur den Kopf. In dem großväterlichen Ton, den Vater annahm, wenn er sich nicht genügend ernst genommen glaubte, fragte er, was ich denn tun wolle? Ich könne nicht zu Hause herumsitzen und nichts tun. – Ich schreibe, sagte ich, und will Schriftsteller werden. Das sei ein Hobby und kein Beruf, sagte er.

Von dem Tag an kam das Thema immer wieder zur Sprache. Weshalb ich glaubte, ein Talent zu besitzen, niemand in der Familie habe je geschrieben. Und auch Mutter fand, ich müsse Geld verdienen, es brauche Geld zum Leben, wie ich mir denn vorstelle, künftig meinen Unterhalt zu bestreiten. Mit Gedichten? Mit dem Lesen von Büchern?

Der Ton wurde rauer und meine Argumente hitzköpfiger. Wie Vater uns gezeigt habe, entgegnete ich, bringe man es mit Geldverdienen auch nicht sehr weit, geschweige denn, dass man dabei glücklich werde. Doch ich war meiner schriftstellerischen Begabung selbst nicht so sicher, wie ich am Familientisch vorgab, es zu sein, und das nicht nur wegen meiner kargen und unbefriedigenden Produktion. Ich hatte in den Brugger Neujahrsblättern unter der Rubrik »Aargauer Autoren« erste Gedichte veröffentlicht, und ausgerechnet »Gesehen«, dieses mir so wichtige Gedicht, erschien ein paar Wochen später in der Fasnachtszeitung als Beispiel für heutige Lyrik, in der jeder Nichtskönner ein paar Wörter zusammenstelle und meine, bereits ein Dichter zu sein.

Der Artikel, der mir mit der Post zugestellt worden war, traf mich. Doch ich ließ mir nichts anmerken, arbeitete nur umso verbissener an meinen wenigen Zeilen im Notizheft, zog mich zurück und verließ kaum das Haus. Ein paar wenige Male ging ich ins »Cachet«, eine Bar im ersten Stock des Restaurants »Hirschen«, in dem sich ein paar Junge trafen, die wie ich künstlerische Ambitionen hatten und sich bei Kerzen auf Chiantiflaschen und unter den Blicken einiger Mädchen schon ziemlich großartig vorkamen. Von einem Freund von Fredi hörte ich, in der Kirchgasse in Zürich gäbe es eine Buchhandlung, die ein literarischer Treffpunkt werden solle und von einem Paar, beide Lyriker, geleitet werde. Ein paar Tage später, während eines nachmittäglichen Spaziergangs durch die regennassen Felder unterhalb meines Elternhauses, geschah wiederum, was ich schon einmal erlebt hatte. Wie damals, als ich mich auf der Nachhausefahrt von der Schule entschieden hatte, die Aufnahmeprüfung ans Seminar zu machen, blieb ich auch jetzt auf dem Weg zum Wald hin plötzlich stehen. Und wieder war entschieden, was ich tun wollte: Ich würde in jener Buchhandlung, die von dem Dichterpaar geleitet wurde, nach Arbeit fragen.

Am nächsten Tag fuhr ich mit dem Zug nach Zürich, lief den Limmatquai entlang zum Münster und stieg dort die Treppe hoch zur Kirchgasse. Etwas zögerlich näherte ich mich der Buchhandlung, spähte durch die offene Tür ins Innere des Ladenlokals. Auf einem Tisch aus Brettern, die auf Holzböcke gelegt waren, stapelten sich Stöße von Büchern, darüber hing ein Stück Karton von der Decke, auf dem in unbeholfenen Buchstaben »Sonderangebot antiquarisch« stand. Die Holzregale an den Wänden waren zum Teil leer geräumt, in anderen standen noch geordnet die Bücher, bei wieder anderen waren die Tablare bereits herausgeschlagen. Im rückwärtigen Teil des Ladengeschäfts fiel Licht von einem Hinterhof durch ein Fenster und eine Glastür herein, erhellte ein Stehpult, an dem eine Frau arbeitete.

Ich trat ein, stand eine Weile inmitten des schattigen Raums, und obwohl die Frau am Stehpult ein Schattenriss im Gegenlicht des Hinterhofes war, spürte ich ihren prüfenden Blick. Langsam kam sie nach vorne, löste sich aus der dunklen Kontur mit staksigen Schritten, eine Frau Mitte dreißig. Sie hatte rotes, halblang geschnittenes Haar und ein blasses, sommersprossiges Gesicht. An den Schultern hing eine Wildlederjacke, und der Kragen ihrer weißen Bluse war nach außen, über das Leder der Jacke, gelegt.

– Ich suche Arbeit, sagte ich, und wolle nachfragen, ob sie nicht eine Beschäftigung für mich habe. In das flächige Gesicht kam Überraschung, auch Neugier. Ich solle sie begleiten, sagte Frau Bürdeke, sie müsse die Katze suchen, die seit dem Morgen verschwunden sei, dabei könnten wir uns unterhalten.

Während wir in die Gasse hinaustraten, im kühlen Licht eines Frühsommertages zu den Oberen Zäunen spazierten und nach der Katze riefen, fragte sie mich, wie es käme, dass ich gerade bei ihnen um Arbeit nachfrage.

– Sie und ihr Mann sind Dichter, und ich will Schriftsteller werden, antwortete ich.

Mir sei gesagt worden, hier an der Kirchgasse solle ein
literarisches Zentrum entstehen…

– Das stimmt, unterbrach sie mich, wir werden Lesun-
gen und Vorträge veranstalten.

Doch hauptsächlich würde die väterliche Universitäts-
Buchhandlung zur größten Galerie der Stadt umgebaut.
Das Buchsortiment schränke sie auf Lyrik und auf die Ausstellungen begleitende Kunstbücher ein. Bis zur Eröffnung im Herbst sei noch viel Arbeit zu tun, sie könnten
eine Hilfe gebrauchen, doch wolle sie erst mit ihrem Mann
sprechen.

– Kommen Sie in zwei Stunden nochmals vorbei. Ich
gebe Ihnen dann Bescheid.

Ich trödelte in der Stadt herum, besuchte ein Antiquariat,
das ich aus der Zeit der Theaterbesuche kannte und fand
dort einen schmalen Band mit Gedichten des damals fast
gänzlich vergessenen und mir unbekannten Robert Walser.
Es waren die Illustrationen seines Bruders Karl, die mich
beim Aufschlagen zu den Zeilen und Versen leiteten, und
ich beschloss, nachdem ich das eine und andere Gedicht
gelesen hatte, mir die Ausgabe von vier Franken zu leisten.

Gegen fünf Uhr sprach ich nochmals an der Kirchgasse vor, und Frau Bürdeke empfing mich mit freundli-
chem Lächeln. Dreihundert Franken im Monat und ein
Mansardenzimmer, mehr könnten sie und ihr Mann mir
nicht bieten. Am folgenden Montag stieg ich ein dunkles
Treppenhaus hoch zu einer Tür, die auf den Boden führte.

Die Kammer, in der ich wohnen sollte, ging zum Hinterhof hin, besaß eine Lukarne, durch die ich auf die Türme des Münsters und die Dächer der Altstadt sah. Die Einrichtung bestand aus einem Bett, der Waschkommode mit Schüssel und Krug und einem Stuhl. In der Ecke neben der Tür lehnte ein Bund Meerrohre.

Ich packte mein Köfferchen aus, die wenigen Kleidungsstücke, den Stoß beschriebener Blätter. Es gab weder eine Heizung noch fließendes Wasser. Die Toilette und ein Wasserhahn befanden sich neben dem Treppenabgang. Dort müsste ich mit dem Krug das Wasser holen, um mich in der Schüssel auf der Kommode zu waschen, deren Marmorabdeckung mir zugleich als Tisch diente. Meinen Eltern hatte ich am Wochenende mitgeteilt, dass ich eine Stelle gefunden hätte und schon am Montag mit der Arbeit beginnen würde, in einer Buchhandlung, ja, wo ich auch wohnen könne, selbstverständlich einen Lohn bekäme, was denn sonst. Und ich stellte mich an das Lukarnenfenster, blickte hinaus auf die Stadt und hatte die Empfindung, in der richtigen und mir angemessenen Lebensform angekommen zu sein. Dazu passte der Ton, den die Gedichte in dem schmalen Bändchen anschlugen, das ich im Antiquariat gekauft hatte: »dann ohne Klang / und Wort bin ich beiseit.« Beiseit, ja, doch auf meinem Pfad. Und wenn es zwanzig Jahre dauern würde, bis ich einen »geraden Satz« schreiben könne, wie Max Voegeli einmal gesagt hatte, dann bliebe mir auch so viel Zeit, um mich »aus dem Cocon zu befreien, in den Sie die familiären Verstrickungen eingesponnen haben«. Als hätte es noch einer Bestätigung für diese letztlich doch literarischen Vorhaben gebraucht, bekam ich ein paar Tage später eine neue Berufsbezeichnung, die ganz und gar zu den Gedichten Walsers passte.

Ich hatte mich zur Eintragung meiner Wohnadresse bei der Einwohnerkontrolle zu melden und legte am Schalter meine Dokumente vor. Als der Beamte die Personalien in meinem Dienstbuch durchsah, sagte er freudig:

– Ah, Sie sind Lehrer. Wo unterrichten Sie denn?

Ich würde zur Zeit nicht unterrichten, antwortete ich, was den Beamten unter Stirnrunzeln zur Bemerkung veranlasste, dann sei ich nicht Lehrer.

– Was arbeiten Sie denn?

Ich sei in einer Buchhandlung angestellt...

– Aha, dann sind Sie Buchhändler.

Verdattert sagte ich, nein, Buchhändler sei ich nicht, ich hätte einen Abschluss als Lehrer, nicht aber als Buchhändler.

Der Beamte musterte mich misstrauisch, unsicher, ob er nicht ernst genommen werde oder es tatsächlich mit einem dieser jungen Leute zu tun habe, die in keinen klaren Verhältnissen lebten.

– Was tun Sie denn, fragte er vorsichtig.

– Ich soll Kunden bedienen, aber auch aufräumen, Buchhaltung führen und Päckchen zur Post tragen.

Er nickte, sah mich dabei ernst und nachsinnend an:

– Dann sind Sie Hausbursche!

Mit Lineal und Stift strich er fein säuberlich die Bezeichnung »Lehrer« aus und setzte in seiner Handschrift »Hausbursche« darüber.

Bisher hatte ich nur von Hand geschrieben. Nach Entwürfen und Korrekturen machte ich eine Reinschrift, die ich dann weiterbearbeitete. Doch bei meinen Eltern hatte ich begonnen, die Reinschrift auf Vaters Schreibmaschine zu tippen.

Durch die Verfremdung, welche die Schreibmaschinenschrift gegenüber der Handschrift bewirkte, begegnete ich dem Text neu, und ich glaubte, Fehler und Mängel leichter zu entdecken. Dieser Arbeitsschritt fehlte mir. Bei meinem bescheidenen Lohn konnte ich mir keine großen Auslagen leisten, doch eine Schreibmaschine gehörte zu einer Schriftstellerexistenz, und als in einem Inserat eine Hermes Baby für achtzig Franken angeboten wurde, kaufte ich sie: Es war ein Militärmodell mit Metalldeckel, das einem Oberleutnant gehört hatte. Auf dem eingerissenen Etikett war noch die Jahreszahl 1942 zu lesen. Ich stellte die Hermes Baby auf die Waschkommode, tippte sämtliche Gedichte neu, saß beim Licht der nackten Birne unbequem und schräg vor dem Möbel. Kaum waren die Gedichte sauber getippt, begann ich mit Korrekturen und machte dabei eine Erfahrung, die mich irritierte: Nie ließen sich die Wörter ganz mit dem intuitiven Bild, das ich »sah« und in mir trug, in Einklang bringen. Stets blieb zu meiner Verzweiflung eine Abweichung, und wie ein Käfer, der in endlosen Versuchen im Innern eines gewölbten Glases hochklettern will, von dem er immer wieder hinabgleitet, wollte ich ein Übereinstimmen erzwingen und war am Schluss genauso erschöpft wie der Käfer am Grund des Glases.

5

Gehämmere tönte das Treppenhaus hoch, als ich ohne Frühstück im Magen hinunter ins Ladengeschäft eilte. Im Frühlicht, das durch die offene Tür von der Gasse hereinfiel, kniete ein Bursche auf dem ölig schmutzigen Boden neben einem aus der Wand gebrochenen Bücherregal. Er hieb mit dem Hammer die Tablare heraus, dass die Schultern bebten, und das alte, gedunkelte Holz splitterte.

Neben ihm stand ein schmächtiger Mann in dunkelblauem Manchesteranzug, sah zu, hob ein paar Holzstücke auf, trug sie mit vorgestreckten Armen zu einem Stapel zerfetzter Tablare.

– Ah, sagte er, und blickte mich aus geweiteten, dunklen Augen an, Sie müssen der neue Gehilfe sein.

Sein Gesicht war blass, das Haar schwarz und nach hinten gekämmt, die Züge weich und regelmäßig. Im offenen Kragen trug er ein Seidenfoulard, und die Hände steckten in Lederhandschuhen.

Scheppernd fielen die Holzstücke auf den Stapel, er zog die Handschuhe aus und streckte mir eine zarte, blasse Hand hin.

– Ich freue mich, Sie kennen zu lernen. Wir werden gut zusammenarbeiten. Oh, ich zweifle nicht daran. Ich habe

Menschenkenntnisse, aber verzeihen Sie, ich habe mich nicht vorgestellt: Arturo Fornaro, doch selbstverständlich wissen Sie, wer ich bin.

Er lächelte, und obwohl er annahm, man würde ihn als Autor kennen, war in seinem Blick etwas Flehentliches, das nicht so sehr nach Bestätigung verlangte, jedoch um Rücksicht und Schonung bat.

– Kommen Sie, sagte er. Ich will Ihnen unsere Räume zeigen.

Er legte die Handschuhe sorgfältig auf den Tisch mit den antiquarischen Büchern.

– Wie Sie sehen, bauen wir um. Der ehemalige Laden wird zum Ausstellungsraum – für Bilder und Plastiken. Dazu kommen die Räume im ersten Stock und der Hinterhof. Alles in allem eine Fläche von fast vierhundert Quadratmetern. Die Regale müssen noch weggenommen werden, so wie da drüben.

Herr Fornaro zeigte auf eine Wand, die nackt und fleckig war und Umrisse zeigte, wo einstmals die Regale gestanden hatten.

– Auch die Wände hier sollen weiß gestrichen werden, sehen Sie, so wie da drüben!

Er schritt in den angrenzenden, nach dem Hinterhof zu gelegenen Raum. Durch das Fenster warf die Morgensonne ein Rautenmuster auf den langen Arbeitstisch, an den sich das Stehpult von Frau Bürdeke anschloss. Die Bibliografie-Bände und Ergänzungshefte waren auf drei Bücherborden aufgereiht, während die neu angebrachten, halbhohen Regale an der Wand gegenüber unordentlich und noch unvollständig eingeräumt waren.

197

– Dieser Teil wird weiterhin als Buchhandlung geführt – mit einem ausgewählten Sortiment. Hier werden auch die Leseabende veranstaltet.

Herr Fornaro hob die Hände und zuckte mit den Schultern – eine Geste, die wohl andeuten sollte, dass hier seine Frau zu bestimmen habe.

Durch die Glastür traten wir auf den Hinterhof.

In der Mitte stand ein noch junger Ahornbaum, um den Holzstücke und leere Pappkisten aufgetürmt lagen.

– Ah, überall Schmutz und Abfall. Ich weiß nicht, wann und wie das alles weggeräumt werden soll. Es übersteigt meine Kräfte. Ich bin froh, dass Sie uns helfen. Wir wollen in acht Wochen eröffnen!

Herr Fornaro stand einen Moment hilflos und verloren im Schatten der Hofmauer. Schon allein der Gedanke, was noch alles bis zur ersten Ausstellung zu tun sein werde, musste ein Gefühl lähmender Überforderung bei ihm auslösen.

– Ich will Ihnen das Lager zeigen, sagte er. Wenn ein Buch verlangt wird, sollten Sie nachsehen, ob sich das Gewünschte dort noch findet.

Er öffnete die Tür zu einem niederigen Gebäude, das den Hinterhof zur einen Seite hin abschloss, und betrat einen fensterlosen Raum. Durch die Tür fiel das Licht auf achtlos zu Haufen hingeworfene Bücher. Die farbigen Umschläge waren vom Staub grau.

– Bücher, Bücher, sagte Herr Fornaro mit dünner Stimme. Madonna, so viele Bücher. Wenn sie nur schon weg wären!

In den Morgenstunden, in denen ich mit Christine, der Lehrtochter, allein im Laden war, die Tür zur Gasse offen stand, von den Passanten aber kaum jemand eintrat, hatte ich Zeit, in den Bücherstößen auf dem behelfsmäßig hergerichteten Tisch zu schmökern. Ich sah Bild- und Kunstbände an, las ein paar Seiten in Romanen und entdeckte zwei Gedichtbände: »Dämmerklee« und »Land über Dächer« von Alexander Xaver Gwerder. Er hatte in Zürich gelebt und nach seinem Tod ein zwar schmales, doch einzigartiges Werk hinterlassen. Ich las fasziniert, las die Gedichte immer wieder und war zutiefst berührt: In den Zeilen und Strophen fand ich Robert Walsers »dann ohne Klang / und Wort bin ich beiseit« wieder, und einzelne Verse schienen einzig für mich geschrieben worden zu sein.

»Was soll ich am Ufer noch warten?
Der Strom geht ganz allein.
Wohl denk ich an die Zeit zu zwein
und spür die Blüten wieder schnein –
Aber es sank ja der Garten.«

Aus ihnen strömte mir mein eigenes Erleben entgegen, die Worte durchdrangen meine einsame Dachstuben-Existenz, die Gassen und Häuser, den Fluss und die Straßen mit der Straßenbahn und den Autos. Ich lief durch Gwerder'sche Melancholie und Metaphern und fühlte mich trotzig einig mit seinem »Die Weise vom Kriterium eines Heutigen«:

»»Reiten, reiten, reiten‹ – das konnte der Dichter / neunzehnten Jahrhunderts / mit Wolken und Mond noch. Uns / blieb der

Ritt in Stahl und Benzin; besser: / dazwischen. Es bleibt kaum
Tag / für den Fischzug der Bazare, und nächstens / werden per-
sönliche Bedürfnisanstalten sowie / Selbstbedienungskremato-
rien / verabfolgt. / Paradiese sind selten. Dreizehn Meter / über
den Straßen / beginnt schon der Himmel. Anschließend / – Kau-
gummi – spult sich der Tag wieder / rückwärts – Radio – und
später / knallen die gelben und blauen Taxis / den Rest vor die
Haustür...«

Frau Bürdeke fragte, ob sie meine Gedichte lesen dürfe,
und sie neigte sich mit ihrem flachen, sommersprossigen Gesicht über die Blätter, die ich ausgewählt hatte. Ihr
Haar fiel nach vorne, sie zeigte mit der Bleistiftspitze auf
ein Wort, eine Zeile, kommentierte, kritisierte, verbes-
serte.

Arturo Fornaros neuer Gedichtband »Berichte« wurde
in einem Paket aus Deutschland geliefert, ein süßlich duf-
tender Pfarrer Wulf, der Gedichte schrieb, kam zu Besuch, ich lernte Erika Burkart kennen, besuchte die Le-
sung von Ingeborg Bachmann und Rainer Brambach, las
die Gedichtbände von Arturo Fornaro und Susi Bürdeke,
schickte meine eigenen Gedichte an Werner Weber, den
Feuilletonchef der NZZ, der sie höflich ablehnte – doch
all dies blieb außerhalb, grenzte die Sphäre, die ich mir mit
den Gedichten Walsers und Gwerders geschaffen hatte,
nur schärfer ab, aus der heraus ich meine Umgebung kritisch und mit auf Distanz bedachten Blicken beobachtete.

»Eigentlich gleichen sich die Leute, die sich bemühen, Erfolg
in der Welt zu haben, furchtbar. Es haben alle dieselben Ge-
sichter. Eigentlich nicht, und doch. Alle sind einander ähnlich

in einer gewissen, rasch dahinsausenden Liebenswürdigkeit, und ich glaube, das ist das Bangen, das diese Leute empfinden. Sie behandeln Menschen und Gegenstände rasch herunter, nur damit sie gleich wieder das Neue, das ebenfalls Aufmerksamkeit zu fordern scheint, erledigen können. Sie verachten niemanden, diese guten Leute, und doch, vielleicht verachten sie alles, aber das dürfen sie nicht zeigen, und zwar deshalb nicht, weil sie fürchten, plötzlich etwa eine Unvorsichtigkeit zu begehen. Sie sind liebenswürdig aus Weltschmerz und nett aus Bangen. Und dann will ja jeder Achtung vor sich selber haben. Diese Leute sind Kavaliere. Und sie scheinen sich nie ganz wohl zu befinden. Wer kann sich wohl befinden, wer auf die Achtungsbezeugung und Auszeichnung der Welt Wert legt?«

Ich notierte die Sätze Robert Walsers in mein kariertes Tagebuch. Sie beschrieben akkurat, was ich selber beobachtete und empfand. Ich fühlte mich dadurch im »Abseits« bestätigt, im gwerderschen »im Wind ist mein Versteck« geschützt. Ich wollte keiner »dieser guten Leute« werden und war überzeugt, Kunst könne nur in Abgeschiedenheit entstehen und setze das Verweigern der Teilnahme an jeglicher öffentlicher Betriebsamkeit voraus. Diese Ansicht ließ sich leicht zu einem Grundsatz machen, bestand doch keinerlei Gefahr, sie auch prüfen zu müssen.

Christine hatte eng stehende, von dunklen Ringen umzogene Augen. Ein Saum blonder Haare fiel in die Stirn, und die etwas gedunsenen Wangen gaben ihrem Gesicht einen ungesunden, von einem heimlichen Leiden gezeichneten Ausdruck. Nur ihr Mund war mädchenhaft, verriet Weichheit, Sensibilität und ein heiteres Temperament.

– Der alte Bürdeke hat immer zwei Lehrlinge beschäftigt, sagte sie. Aber zu seiner Zeit war das noch eine der größten und besten Buchhandlungen der Stadt. Wir hatten nicht nur Laufkundschaft, die Universitätsinstitute haben alle bei uns bestellt. Es kommen auch heute noch vereinzelt Listen mit Buchbestellungen, doch nach dem Tod des Alten im Frühling hat seine Tochter das Geschäft übernommen und gleich zwei alten Mitarbeitern gekündigt.

Christine hatte den kräftigen, etwas schwerfälligen Körper ihres Vaters geerbt, eines Psychologen, der durch sein Buch zur Deutung der Träume bekannt geworden war. Sie litt unter ihrem Aussehen und beneidete ihre Schwester, die hie und da in der Buchhandlung vorbeisah, eine grazile, hübsche Frau, die alle Bewunderung bekam, die Christine vermisste.

– Wir sind beim alten Bürdeke noch vier Angestellte gewesen, Fräulein Künzli, Herr Bucher, der andere Lehrling und ich. Paul wurde noch im letzten Frühjahr fertig, kurz nach dem Tod von Bürdeke. Fräulein Künzli hat den Verkauf gemacht. Sie war eine alte Jungfer, ein wenig empfindlich und kompliziert – aber sie kannte die Neuerscheinungen und was wir davon am Lager hatten. Sie spürte, welches Buch zu welchem Kunden passte, und verkaufte kein Buch, das sie schlecht fand. Es sei denn, es wurde ausdrücklich verlangt. Der alte Bürdeke wusste genau, was er an der Künzli hatte und schwieg zu einigen ihrer Schrullen. Ich glaube, dass sich die drei gerne mochten. Auch Bucher war fast dreißig Jahre im Geschäft, klein, rundlich, mit einer spiegelblanken Glatze und dicken Brillengläsern. Er saß da hinten, in dem Büro zum Hinterhof hin, machte die Buchhaltung und hielt das Lager in Ordnung. Er kam fast nie nach vorne: Wer zu ihm wollte, musste nach hinten gehen, in einen Qualm stinkender Zigarren. Ich mochte ihn nicht besonders. Er konnte eklig und tyrannisch sein. Besonders Paul hat er schikaniert, während er mir gegenüber gleichgültig war...

Christine bewunderte ihren Vater, sein Gelehrtendasein, und wenn sie auch unzufrieden mit dem körperlichen Erbe war, so hatte sie dafür seine Intelligenz, die Feinfühligkeit, auch eine starke Eigenständigkeit erhalten. Sie brachte die Bücher ihres Vaters mit, um sie mir zu zeigen, lieh sie mir aus, und obschon ich von Max Voegeli einiges über Psychologie erfahren, er von Jung und den Archetypen gesprochen hatte, wurde meine Aufmerksamkeit erst durch das Werk von Christines Vater auf meine Traumwelt gelenkt.

Ich las in seinem Hauptwerk, dass die Träume »kein Blatt vor den Mund« nähmen, sie ungeschminkt erzählten, was im Wachsein übergangen wurde oder wir uns zurechtbiegen würden. Die Träume zeigten eine Wirklichkeit, die sich unabhängig von unserem Wollen und Wünschen durch eine Instanz kundtue, die nicht nach Erlaubnis fragte, was sie uns in den nächtlichen Erzählungen und Bildern zeigen wolle.

Diese von Christines Vater den Träumen zugeschriebene libertäre Weigerung gegenüber dem üblichen »Du-müsstest-und-du-solltest« traf meiner Ansicht nach genauso für die Haltung des Künstlers gegenüber gesellschaftlicher Forderung zu. Und ich fand in der Beschreibung, wie

Träume entstehen, auch Ähnlichkeiten zur literarischen Produktion, was mich von einer anarchischen Eigenwilligkeit noch mehr überzeugte. Zudem kam durch Lesen und Studieren des Buches ein neues, riesiges Territorium zum bisherigen »Land über Dächer« dazu und reizte zu Erkundungen: Die Traumwelt. In ihr fände sich eine Fülle an Stoffen, ich würde mit einer anderen als der Alltagslogik bekannt werden, dränge in surreale Gebiete vor. Und dieses Erkunden entspräche Max Voegelis Forderung, »erst jemand zu werden«. Denn der Weg zu sich, las ich in dem Buch von Christines Vater, führe durch die Landschaften der Träume.

Meine Beschäftigung mit dem Werk ihres Vaters gefiel Christine, und sie verliebte sich ein wenig in mich, zumal ich auch sofort bereit war, mich auf ihre Seite zu stellen: Christine fürchtete, sie könne die Lehrzeit an der Kirchgasse nicht beenden.

– Ich bin jetzt mitten in der Ausbildung, und es gibt hier eine Baustelle, aber keine Buchhandlung mehr. Frau Bürdeke mag mich nicht, und wenn die Geschäftsführung des Buchhändler-Vereins merkt, dass Bürdeke nun eine Galerie ist, werde ich gehen müssen...

Sie wäre gerne mit mir abends ausgegangen. Doch bei ihren Versuchen, sich mir zu nähern, spürte ich noch deutlicher, als ich es sonst schon tat, ein Gefühl, wie durch eine Glasscheibe von meiner Umgebung getrennt zu sein:

Café Odeon. Ich saß auf der Toilette. In das Milchglas war ein Loch gekratzt. Ich sah auf die Straße: Autos, Menschen, die bunte Fassade. Die Sonne schien. Dort drüben war alles anders als gewöhnlich. Nichts Alltägliches. Die Welt war verändert,

schon weil es mich (in ihr) nicht mehr gab. Es musste schön sein,
dort drüben, im Jenseits mit Luft, blau von Sonne, mit Mauern,
Bäumen und Menschen, die lebten. Was mich am meisten ent-
zückte, es gab dort drüben Farben ...

So notierte ich in mein Tagebuch, und ich konnte mir
nicht länger verheimlichen, dass dieses Abseits-Stehen,
das ich mit literarischen Vorbildern ausschmückte, nicht
so sehr eine Entscheidung als eine Unfähigkeit war, mich
Menschen und ihrer Umgebung zu öffnen. Bei jeder Begegnung verspürte ich ein Fremdsein, blieb eine Distanz,
und sobald sich mir jemand näherte, glaubte ich mich ab-
gelehnt: Ich fühlte mich wie in einen gläsernen Zylin-
der eingeschlossen, durch sein Glas sah und beobachtete
ich meine Umgebung, doch ich konnte weder berühren
noch berührt werden, und dieses Gefühl erfüllte mich mit
schwermütiger Sehnsucht nach Nähe.

Ich begann, meine Träume aufzuschreiben, notierte am
Morgen, bevor ich hinunter ins Ladengeschäft stieg, woran
ich mich aus dem nächtlichen Traumleben erinnerte. Eine
surreale Welt tat sich mir auf, durch die ich wanderte, in
der einzelne Brocken aus dem Erleben des Tages in fremde
Landschaften hineingeworfen waren. Ich sah verwundert
die gewohnten Zusammenhänge in andersartiger Ver-
knüpfung, doch schien in den Traumbildern stets das Was-
serzeichen eines Konflikts durch, den ich am Tag nicht
aufzulösen wusste. Immer wieder führten mir die Träume
meine drängende Sexualität und den Wunsch nach einer
Liebe vor, wie ich sie für Veronique empfunden hatte, aber
auch den Schrecken, wiederum verlassen zu werden. Da

jede Liebe zum Verlassenwerden führte, wie ich annahm, ich dies keinesfalls nochmals erleben wollte, schob ich die Problematik zur Seite und tröstete mich damit, wenigstens jeden Morgen einen Stoff zu haben, der aufgeschrieben sein wollte und durch den ich mich aus der Enge meiner Gedichtzeilen befreite. Ohne es zu beabsichtigen oder gar zu merken, übte ich mich mit dem Notieren der Träume allmählich in das Schreiben von Prosa ein. Dabei begann ich zu verstehen, dass genauso wie bei den Träumen, die alltäglichen Geschichten eine unter ihrer Oberfläche liegende Bedeutung haben konnten. Durch diese Entdeckung erkannte ich eine Ähnlichkeit zur Archäologie. Folgten bei dieser eine Kulturschicht der anderen, so waren es in einer Erzählung die Bedeutungsebenen, die übereinandergeschichtet lagen. Ich stellte mir vor, in einem literarischen Text müsste es gelingen, diese Bedeutungsebenen gleichzeitig sichtbar zu machen. Der Leser gliche dadurch einem Archäologen, der durch die Erde blicken kann und alle Kulturschichten auf einmal sieht, von der ältesten bis zur jüngsten.

6

Antonio spähte in die Spalte zwischen Regal und Wand, schob die Brechstange in die Lücke, zog, und das Holz ächzte und knackte, doch das Regal hielt.

Er fluchte. Die Schrammen entlang der Kante zeigten, dass es nicht der erste Versuch gewesen war, das Regal von der Wand zu lösen. Er schlug mit dem Eisen an das Holz, es gab einen dumpfen Ton.

Antonio hatte blaue, stechende Augen, ein Raubvogelgesicht mit schnabelartiger Nase, und sein Haar stand nach allen Seiten ab, als führe der Wind in die Federn. Er war klein und mager, trug ein blaues Hemd, aus dessen zurückgeschlagenen Ärmeln sehnige Arme und Hände voller Schwielen hervorsahen. Seine säbelkrummen Beine steckten in einer Manchesterhose, und das Leder der Sandalen war grau von Staub.

– Ich weiß nicht, warum es so festsitzt.

Ich zeigte auf zwei große Löcher in der gegenüberliegenden Wand, wo ein genau gleiches Regal gestanden hatte, dessen Verankerung offenbar lockerer gewesen war. In der Rückwand fanden wir schließlich die Holzdübel, und Antonio hieb mit dem Hammer rund um sie ein, bis das Holz zerbarst. Das Regal wankte, wir kippten es nach vorne und legten es auf den Boden. Dröhnend schlug Antonio die Hinterwände heraus.

– Könnten Sie nicht ein bisschen leiser sein? Frau Bürdeke stand in der Tür, und mit schleppend quengelnder Stimme sagte sie:

– Der Krach, ich kann ihn nicht ertragen.

Als wollte sie zeigen, wie ihre Klage zu verstehen sei, zog sie die Tür sachte hinter sich ins Schloss.

Antonio verzog den Mund und hob die Schultern. Er warf den Hammer hin und zog eine Packung Zigaretten aus der Hemdtasche.

– Arbeite ich, ist es zu laut, arbeite ich nicht, geht der Umbau zu langsam voran.

Er blies den Rauch in das schräg einfallende Sonnenlicht.

– Fornaro hat mich hergeholt. Er ist in Ordnung, doch für sie ...

Antonio machte eine wegwerfende Geste.

– ... bin ich nur dazu da, die Drecksarbeit zu machen.

Er bückte sich nach dem Hammer.

– Fornaro hat mir eine Ausstellung als Gegenleistung für den Umbau versprochen. Ich bin Bildhauer. Ich will eine Weile nur für mich arbeiten. Verstehst du, keine Grabsteine ... keine Grabsteine mehr. Ich habe den Kopf voll von Ideen. Doch was bleibt mir mit einer Frau und jetzt noch dem Kind anderes übrig, als Grabsteine zu machen?

Antonio sah zur fleckigen Wand mit den beiden Holzdübeln, die noch immer festsaßen.

– Ich mach die Ausstellung, sagte er, bestimmt mach ich

208

die. Dann, wirst du sehen, wird es anders werden. Keine Grabsteine mehr, nie mehr.

Seine Kiefermuskeln traten vor, und mit Wut und Entschlossenheit zerrte er an den Holzzapfen, bis sie sich lösten.

Er wohnte mit seiner Frau und dem erst wenige Wochen alten Kind auf dem Boden, meiner Dachkammer schräg gegenüber. Irma, eine großgewachsene, schlanke Frau, fand, ich solle doch gemeinsam mit ihnen frühstücken, da ich bei mir nicht einmal einen Kaffee kochen könne. Am Tisch unter den Dachschrägen saßen wir zusammen, redeten, und Irma, die in der Nähe meines Elternhauses aufgewachsen war, lud mich oftmals auch zum Nachtessen ein, es gäbe stets genug. So verbrachte ich manchen Abend in der niederen Küche. Antonio, die Zigarette im Mundwinkel, skizzierte Landschaften mit Tuschfeder, während er von seiner Jugend in Italien erzählte, von den Jahren an der Kunstakademie in Rom, dem Steinbruch seines Vaters im Apennin, und wie er wegen des Einrückungsbefehls zur Armee in die Schweiz geflohen sei. Irma musste die Geschichten schon oft gehört haben, doch sie lächelte, erzählte dann ihrerseits, wie sie Antonio kennengelernt habe, noch als sie an der Schule unterrichtet und er in erbärmlichen Verhältnissen gelebt habe.

Ich saß in dieser kleinen, warmen Atmosphäre nächtlicher Gespräche, fand mich unerwartet wiederum in einer Familie, doch erstmals in der eines Paars, das gleich alt war wie ich und ebenfalls von der Kunst leben wollte. Ich hörte an der Kante des alten Tisches den Erzählungen zu, beobachtete die beiden, spürte den verborgenen Gefühlen in ihren Wörtern nach – als beobachtete ich ein Experiment: Ich war zutiefst überzeugt, dass die Familie ein gefährliches und zerstörerisches Element im Leben eines Menschen sei. Dennoch war sie nicht zu vermeiden, außer man verzichtete auf Liebe und Sexualität oder ließ es auf das russische Roulette einer Schwangerschaft ankommen. Sexualität war nach dieser Logik ohne das Risiko »Familie« nicht zu haben, und ich setzte Antonio als mein »Alter Ego« ein, um eine Antwort auf die Frage zu finden, die mich seit den Theaterplänen und meiner ersten Liebe umtrieb: War eine künstlerische Berufung mit dem Gründen einer Familie dennoch zu vereinbaren? Und die Antwort auf diese Frage erschien mir umso dringlicher, als mich meine Traumgeschichten unmissverständlich darauf hinwiesen, mit geistiger Sublimation allein sei es nicht getan, es wäre Zeit, eine Freundin zu finden. Während der Abendessen bei Antonio sah und hörte ich, was meine Ansichten nur bestätigte: Antonio würde kein eigenes Werk schaffen, er müsste auch künftig Grabsteine meißeln, die Ausstellung in Bürdekes neuer Galerie würde ihn davon nicht erlösen. Wie sonst konnte er mit Frau und Kind überleben? Und während ich in der niederen Küche über Teller und Weinglas zuhörte, wie Antonio von Skulpturen sprach, zu denen ihm nur der richtige Stein, die Zeit oder noch ein wenig Geld fehlten, fühlte ich mich in einem Dilemma gefangen. Ich wünschte mir eine Freundin, doch ohne das Risiko einer Familie. Wie aber sollte ich eine Liebe ohne Sexualität leben, zumal ich mich nach beidem sehnte?

Ich stand am Fenster in meinem Dachzimmer, schaute in den Nachthimmel und verspürte einen Stich Neid. Antonio besaß, was ich nie bekommen würde.

Am Mittag, wenn das Ladengeschäft schloss, ging ich in die »Volksküche«, die verbilligtes Essen an Bedürftige ausgab. Das niedere Gebäude lag an den Oberen Zäunen in einem Hinterhof. Ich stellte mich an, hatte vor mir einen breiten Rücken, hinter mir ein Gesicht mit leerem Blick, wurde in der Reihe zur Ausgabe des Essens vorwärts gedrängt. Eine dicke, mütterliche Frau tauchte die Schöpfkelle in die Kochkiste, und weil ich ein junger Kerl sei, der noch tüchtig essen müsse, bekam ich einen doppelten Schlag Kartoffeln zum Rindfleisch mit Soße.

Der lang gestreckte Raum war vom Klappern der Bestecke und Teller erfüllt, die Essensgerüche hatten sich mit Stumpen- und Zigarettenrauch vermischt, doch geredet wurde wenig. An den langen Tischen, die in Reihen aufgestellt waren, saßen einzelne Gruppen. Die meisten Besucher aber waren allein, schoben sich mit breit aufgestützten Armen Gabel um Gabel von den lauwarmen Kartoffeln in den Mund.

Ich hielt nach einem Platz Ausschau, der möglichst entfernt von dem Alten mit dem Gebiss war. Rosaglänzig legte er es auf den Tisch, bevor er sich über seinen vollen Teller hermachte. Doch nahe zu dem Säufer mochte ich mich auch nicht setzen, der geiferte und unverständlich zwischen den Bissen brabbelte.

In dem hinteren Teil, zu dem zwei Stufen hinabführten, entdeckte ich Fredi, allein vor dem Tablett, die Zigarette in der Hand. Er hatte bereits gegessen. Offenbar musste er sich, wie ich auch, mit wenig Geld durchbringen. Wir hatten uns aus den Augen verloren, seit er das Seminar kurz nach den »Jedermann«-Aufführungen verlassen musste. Fredi hatte sich geweigert, an einem frühen, regnerischen Morgen ins frisch eingefüllte Wasser des Schwimmbeckens zu springen. Er ließ sich auf ein Wortgefecht mit dem Turnlehrer ein, sagte, er wolle sich so primitive Sprüche wie »wir müssten Männer wie Rüben werden, oben breit und unten schmal, bevor wir die Weiber vögelten« nicht mehr anhören. Wegen renitenten Verhaltens und mangelnder Eignung zum Lehrerberuf wurde Fredi umgehend von der Schule gewiesen. Er war nach Basel gegangen, bekam eine Stelle als Assistent am Historischen Museum, nahm an Grabungen in Augusta Raurica teil, doch ohne Schulabschluss und Studium hatte er keine Chance, in der Archäologie weiterzukommen. Er, der schon als Junge Grabungen geleitet hatte, war im Museum lediglich eine Hilfskraft.

Er habe letztes Jahr die Aufnahmeprüfung an die Schauspielschule gemacht, erzählte er und ließ dabei die Hand mit der Zigarette wirkungsvoll über den Tisch schweben, doch nach dem Probesemester sei er nicht aufgenommen worden. Nun nehme er als Privatschüler Unterricht bei einer Schauspielerin, das sage ihm mehr zu als der Schulbetrieb.

Und wie Antonio zuvor war jetzt Fredi mein »Alter Ego«, das mir helfen sollte, eine andere Frage als die nach Kunst und Familie zu beantworten: Welche Schwierigkeiten hätten sich mir in den Weg gestellt, wäre ich bei meinem Wunsch geblieben, Schauspieler zu werden?

Doch Fredi erzählte nur wenig vom Unterricht, schwärmte stattdessen vom Sprechchor der »grande dame« des Theaters, Ellen Widmann, dem er angehöre, berichtete von Auftritten im Ausland mit berühmten Orchestern, erwähnte eher beiläufig die Rollen, die er studiere, und ich hörte während der Mittagessen, zu denen wir uns regelmäßig trafen, genau hin, als wäre die Tischkante der Rand der Bühne, auf der Fredi mir in Monologen vom verunglückten Start seiner Theaterlaufbahn berichtete.

Als er von meiner Anstellung bei Bürdeke erfuhr, war er überrascht, und in der Frage, wie ich dazu gekommen sei, klang ein Anflug Neid mit. Fornaro gelte als ein sehr bedeutender Dichter, sein neuester Gedichtband, beim Luchterhand-Verlag erschienen, habe in der NZZ, vor allem aber in Deutschland, hervorragende Besprechungen erhalten. Seine Frau sei Übersetzerin und ebenfalls Dichterin, sie würden mich bestimmt fördern, ich bekäme Beziehungen zu Schriftstellern, Künstlern, Journalisten, würde dank der Verbindungen bald selbst publizieren.

Fredi saß da, drückte sein Kinn gegen die Brust, hielt die dunklen Augen gesenkt, als sähe er in sich hinein. Nach einem Zug von der Zigarette holte er zu einer weit geführten Handbewegung aus:

– Die Leute in meinem Heimatstädtchen, sagte er mit Nachdruck, werden mich eines Tages, wenn ich aus Deutschland von den großen Bühnen zurückkehre, am Bahnhof abholen müssen.

Und ich erinnerte mich, als er dies sagte, an die im Halbdunkel liegende Treppe, an die Stufen, die von Fredis Museum im Keller zu den Wohnräumen hinaufführten. Wieder sah ich seine Mutter, die inzwischen verstorben war, am Handlauf stehen, ihr schräger Blick auf uns zwei Jungen gerichtet, hörte nochmals ihre Worte: – Ich bin gespannt, wer von euch beiden der Berühmtere wird. Und ich sah in Fredis Wunsch und Geste die Nachwirkung dieses unbedachten Satzes.

Während Fredi von Intrigen, Neid um Rollen und schlechten Inszenierungen erzählte, dachte ich an die Lektionen Max Voegelis, dass es um etwas sehr viel Schwierigeres als Anerkennung ginge: Um das Finden der eigenen Sprache, des unverwechselbaren Ausdrucks. Wie weit ich davon entfernt war! Auch mein Start in ein Schriftsteller-Dasein war mit der Anstellung als Hausbursche alles andere als großartig ausgefallen.

7

Die Einladungskarten zur Vernissage waren in Packpapier eingeschlagen und verschnürt, ein Paket, das Fornaro auf den Tisch neben dem Stehpult wuchtete.

– Ecco! Fräulein Christine, bringen Sie mir das Messer, ja?

Dann hob er den Telefonhörer ab und wählte.

– Senti, gli inviti – eh? – bene!

Er zerschnitt die Packschnur und riss das Papier auf.

– Ah, man hat es gut verpackt.

Er zerrte die Klebebänder vom Deckel der Schachtel, wühlte in den Papierschnitzeln, stopfte mit beiden Händen das Füllmaterial in den Papierkorb.

Die Tür zum Flur öffnete sich. Frau Bürdeke trug noch den Morgenrock, dazu rosa pelzbesetzte Hausschuhe. Ihr Haar war nur flüchtig zurechtgemacht.

– Und? Wie sind sie geworden? fragte sie mit einem flüchtig kontrollierenden Blick in das ehemalige Ladengeschäft.

Fornaro zog das Streifband von einem Päckchen.

– Ah, buono, buono!

Es waren Faltprospekte, auf deren Titelseite in großen Lettern »Einladung zur Eröffnungs-Ausstellung der Galerie Bürdeke« stand. Darunter war ein Bild: Die Reproduktion eines Ölgemäldes, schwarz-weiß, undeutlich und verschwommen. »José Martinez, Barcelona«. Die Innenseiten füllten Textausschnitte zur Kunst, sowie der Lebenslauf des Malers, und auf der Rückseite waren die bisherigen Ausstellungen, Preise und Ehrungen von José Martinez verzeichnet.

Man sah dem Prospekt an, dass an allem gespart worden war. Der Druck war ungleichmäßig und schwach. Einzelne Zeilen waren kaum leserlich. Das Papier war dünn und schlecht geglättet.

– Senti! Das ist unmöglich, das ist unmöglich!

Frau Bürdeke, den Prospekt in der Hand, ging um den Tisch herum zu ihrem Stehpult.

– Das geht nicht!

Fornaro wand sich, wiegte den Kopf und stieß sein fistelstimmiges »ma, ma!« aus. Was tat es? Gut gedruckt, schlecht gedruckt! Die Leute erfuhren, dass die Galerie eröffnet wurde, dass man sie dazu einlud – alles andere spielte keine Rolle.

– Der Text ist voller Fehler, sagte Christine, hier lesen Sie: »Martinez ist ein großer Vermoëger von Aquarell-Faërben.«

Und sie platzte mit einem hellen Lachen heraus.

Frau Bürdeke hielt sich die Ohren zu, schüttelte den Kopf, dass die Haare flogen.

– Es ist unmöglich!

Sie wischte den Prospekt vom Pult.

– Wir können das nicht verschicken. Wir machen uns lächerlich.

Fornaros fistelstimmiges »ma! ma!« klang jetzt ungeduldig und gequält.

– Cara, wir können keine neuen drucken lassen, die Zeit! In drei Wochen ist Vernissage.

Frau Bürdeke schüttelte wieder den Kopf, als versuche sie die Vorstellung abzuschütteln, wie die literarischen Kreise sich über sie und ihre Galerie wegen des Prospektes amüsierten. Die Hände hielten den Morgenrock über der Brust zusammen.

– Basta! sagte Fornaro. Sein Gesicht war blass, die Augen weiteten sich, waren schwarz und undurchdringlich.

– Wir haben kein Geld, verstehst du! Kein Geld! Ban-ca-rot-ta!

Frau Bürdeke wandte sich ab und lief in ihren rosa Pelzpantoffeln zur Gangtür.

– Kein Geld, kein Geld! Es ist immer noch mein Geld, von dem wir leben!

Es klang kläglich und weinerlich. Dann schlug die Tür zu.

Die Stille, nach der Szene, kannte ich: Stets trat sie ein, wenn Vater einmal mehr die Beteiligung an einer Firma, sein Geld, seine Stellung oder beides verloren hatte, diese in regelmäßigen Abständen wiederkehrenden Krisen, die sein Leben erschüttert und in ein Auf und Ab verwandelt hatten. Nicht die Wörter, die Vater jeweils sagte, wenn er nach Hause kam, blass, gebrochen und gedemütigt, waren unerträglich gewesen, sondern die Stille, die sie zurückließen. Und ich hatte nicht erwartet, sie außerhalb meines Elternhauses, in meiner eigenen Dachkammerwelt so bald wiederzuhören. Als setzte sich etwas von Vaters Schicksal auch in meinem Leben fort, hätte auch ich mit wiederkehrenden Krisen zu rechnen, denn die Stille, die dem Wort »bancarotta« und dem Abgang von Frau Bürdeke folgte, machte mir klar, dass ich hier nicht mehr lange arbeiten und wohnen würde.

Am Nachmittag begannen Christine und ich die Prospekte einzupacken. Antonio arbeitete wie besessen, strich die Wände, montierte Leisten für die Beleuchtung, tat dies mit einem Eifer, als ginge es bereits um die Vorbereitung seiner eigenen Ausstellung.

Am Abend der Eröffnung stand der Maler aus Barcelona in den leeren Räumen, ein kleiner, zurückhaltender Mann mit einem Kranz grauer Haare, einem Schnurrbart und dunkelglänzenden Augen, sah verloren vor sich hin, während sich ein paar Bekannte mit einem Glas Weißwein in der Hand unterhielten: Der süß duftende Pfarrer und Dichter Wulf, die Tochter eines bekannten Lyrikers und Verlegers, die selbst Gedichte schrieb, ein Freund des alten Bürdeke, Verehrer Fornaros, Christine und ich. Verkauft wurde nichts, und Herr Fornaro erklärte den Misserfolg mit Anfangsschwierigkeiten, die schon mit der nächsten Ausstellung überwunden würden. Er habe einen Maler in Italien entdeckt, der genial sei, dessen Werke zur Spitze zeitgenössischer Kunst gehörten und dessen Bilder die Galerie als erste in der Schweiz ausstellen werde.

Rosalia, eine Bekannte Fornaros, verriet uns, dass Martinez die Prospekte habe bezahlen müssen, es sei ihm verschwiegen worden, dass die Galerie neu und unbekannt

sei, und er habe in der Annahme, an einem renommier-
ten Ort ausstellen zu können, einen horrenden Preis für
die Miete bezahlt. Dann verzog sich ihr rotgeschminkter
Mund zu einem abschätzigen Lächeln und ihre dunklen,
mandelförmigen Augen blitzten.

– Die Bilder dieses genialen Malers aus Italien, sagte
sie, dessen Name jetzt auf dem Plakat prangt und der als
Schöpfer einer neuen Kunstrichtung angepriesen wird,
stammen von Fornaro selbst. Er malt sie oben, in seinem
Zimmer...

Und Rosalia, diese junge hübsche Frau, die wie aus dem
Nichts plötzlich in der Galerie aufgetaucht war, erschütterte mit ihren Enthüllungen mein Bild, das ich mir –
durch Max Voegelis Forderungen an die Literatur – von
einem Dichter gemacht hatte. Er sollte unbestechlich,
integer und allein der Wahrheit verpflichtet sein. Ich aber
sah um mich ein Lügengebäude und schloss daraus, dass
auch die Dichtungen Fornaros und Frau Bürdekes nicht
mehr als Posen sein konnten.

Ich kündigte, sagte, ich wolle ein Philosophiestudium
beginnen, und nahm diese Absicht zum Vorwand, meine
Stellung und die Dachstube zu verlassen.

8

Eine Zeit lang schlug ich mich mit Hausieren durch. Antonio, enttäuscht von Fornaro und ohne eine neue Anstellung, hatte sich auf Kupferarbeiten verlegt. In Bleche von der Größe eines Schreibpapiers trieb er mit feinen Instrumenten Reliefs von surrealen Landschaften, und ich packte die Platten ein, ging von Tür zu Tür, um sie zu verkaufen. Ich suchte vor allem Büros auf, legte die Bilder vor Sekretärinnen und Angestellten aus, bekam einen Kaffee aus dem Automaten und wurde mit schlecht versteckter Belustigung zur Tür hinauskomplimentiert. Damit ließ sich mein Zimmer nicht bezahlen, das ich nach Bürdeke bei einer Witwe bezogen hatte, und so gab ich das Hausieren und die Besuche in hellen Büros auf, stieg hinab in den Keller einer Versicherung, um dort meinen Unterhalt zu verdienen. Ich hatte es in dem von Leuchtstoffröhren erleuchteten Raum ebenfalls mit bearbeitetem Metall zu tun, doch handelte es sich um Plättchen in der Größe von Visitenkarten, in die der Name und die Adresse des Versicherungsnehmers gestanzt waren und der maschinellen Adressierung dienten. In Schubladen alphabetisch geordnet, füllten sie in Schränken gestapelt den ganzen Kellerraum. Da durch die zunehmende Mobilität die Leute öfter

ihren Wohnsitz änderten, suchte ich nach einer Mutations-
liste die Plättchen heraus, die neu geprägt und danach von
mir wieder eingeordnet werden mussten.

Die stumpfsinnige Arbeit machte mich selber stumpf,
und nach ein paar Monaten im Keller hatte ich genug vom
Heraussuchen und wieder Einordnen. Ich bewarb mich als
Platzanweiser im Kino. So konnte ich wenigstens gratis
Filme sehen, war aber mit dem Auswendiglernen des Sitz-
plans völlig überfordert, was mir bei der Kassiererin den
Ruf eines geistig Minderbemittelten eintrug. Als ich für sie
zur Post laufen sollte, um Noten in Kleingeld zu wechseln,
fragte sie mich, ob ich wisse, wie ein Frankenstück aussehe,
»nämlich so«, und sie legte einen Franken vor mich auf
den Kassentresen.

An Abenden, die einem noch warmen Tag folgten, ging ich
zur Riviera hinunter, wie die Stufen am Limmatquai oberhalb der Wasserkirche hießen. Dort hockte ich mich hin,
rauchte, sah aufs Wasser, hörte den Gitarrenklängen zu,
dem Geschrei und Gelächter anderer Jugendlicher, schaute
über den Fluss zu den Bauten aus der Belle Epoque und
fand mich »in einem realen und imaginären, einem greif-
baren und unbetretbaren Raum« wieder, nämlich im Paris
Giacomettis der Dreißigerjahre, über das ich in der Zeitschrift »Du« gelesen hatte. Ich fühlte mich in die Schwarz-
Weiß-Aufnahmen der Reportage versetzt, hatte als Alberto
Giacometti eben mein Atelier ein paar Straßen weiter verlassen, saß nun an der Seine, die Zigarette im Mund. Den
ganzen Tag war ich mit einer Skulptur beschäftigt gewesen, hatte an einer schlanken, hohen Gestalt gearbeitet,

die wie eine Priesterin schritt, eine Figur von unnahbarer Würde und wolllüstiger Ausstrahlung, ein Gegensatz, der zu lösen mir noch nicht gelungen war – und ich hockte auf den Granitstufen der Riviera, spürte das Gewicht des Ringens um den Ausdruck, fühlte meine Gesichtszüge denen Giacomettis auf dem Foto ähnlich werden. Doch mit dem Wegschnippen der Zigarette setzte auch schon die Ernüchterung ein: Die Fassaden am gegenüberliegenden Ufer verbiederten zu Stadthaus und Postgebäude, am Limmatquai entlang fuhr die blaue »Zürcher Tram«, und ich rettete mich über die Gleise ins Café Select. Emigranten spielten an den Tischen entlang der großen Fenster zur Straße hin Schach, in den Polsternischen saßen Liebespaare, Journalisten blätterten durch Zeitungen, und ich wartete, dass Peter Altenberg hereinkommen werde, in einer Ecke Joseph Roth an seinen Romanen schrieb, spät nachts Karl Kraus ein frisch gedrucktes Exemplar der Fackel vorbeibrachte, rote Hefte, wie ich sie in einem Antiquariat gefunden hatte. Doch wieder und wieder fuhr vor den erhellten Scheiben des Cafés das »Zürcher Tram« am Limmatquai entlang, blau und quietschend, und ich machte mich enttäuscht auf den Weg in die kleinbürgerliche Wohnung meiner Zimmerwirtin.

Seit unserer Begegnung in der Volksküche trafen Fredi und ich uns regelmäßig zum Essen, und durch ihn lernte ich einige seiner ehemaligen Kollegen von der Schauspielschule kennen. Für sie war die Stadt eine Bühne, auf der sie sich als Künstler inszenierten, und ich schloss mich dem Kreis an, ließ mich enthusiastisch auf Streifzüge durch anrüchige Bars und Kneipen ein. Wir versuchten aufzufallen, wobei vor allem Peter Bertschinger, zusammen mit Mathias Gnädinger, dabei ein grandioses Talent entfaltete.

Auf einem unserer nächtlichen Streifzüge durch die Stadt entdeckten wir oberhalb einer Stützmauer aus groben Quadern ein leer stehendes Haus aus den Anfängen des 20. Jahrhunderts, drangen ein und nahmen eines der hohen Zimmer für die Nacht in Beschlag. Fredi schlief auf dem Boden beim Flackerlicht einer Kerze, Bertschinger las »Les fleurs du mal«, ich machte Notizen zu einem Gespräch mit dem Titel »Die Flasche«. Wir hatten diese zuvor ein paar Studenten in einem Weinlokal abgeluchst und leerten sie während der Nachtstunden. Gegen vier Uhr früh erforschten wir die übrigen Räume der Wohnung, öffneten Tür um Tür zu Zimmern mit altem Parkett, stuckatierten Decken, und als die Dämmerung in die Fenster drang, lag das graue, farblose Bild einer kleinen Parkanlage unter uns, und der Blick ging darüber hinweg zu Opernhaus und See. Für Bertschinger war klar, dass er mit seiner Freundin sofort und definitiv hier einziehen werde.

Im Bahnhofbuffet dritter Klasse wurde um fünf Uhr früh Mehlsuppe ausgegeben, und an den Holztischen sammelte sich eine Gesellschaft aus übernächtigten Figuren und von Arbeitern, die Frühschicht hatten. Jimmy, der Boss einer Bande in schwarzen Monturen, ließ dreißig Humpen Bier auffahren, eine kleine, verwahrloste Hure lächelte müde, während ein betrunkener Schauspieler immer das gleiche Lied sang, dazu obszöne Gesten machte und schließlich an einen griechischen Jungen verkuppelt wurde. Die Arbeiter in ihren Blaumännern sahen nicht auf, sie hielten ihre faltig ernsten Gesichter über die Teller Suppe gebeugt, standen nach dem Essen auf, gingen malochen, und auch wir verzogen uns, als der Morgenverkehr einsetzte, mit dem säuerlichen Geschmack von Bier im Mund und dem Gefühl, nicht ganz so großartig zu sein, wie wir uns in den Nachtstunden vorgekommen waren.

Klar musste die Wohnung in dem leer stehenden Haus eingerichtet werden, und Bertschinger ließ von einer Straßensperre eine Petrolleuchte mitlaufen, die fürs Erste als Lampe dienen sollte. Dann kreuzte er im Kunsthaus-Restaurant auf, verlangte den Chef de Service zu sprechen und fragte, welchen Tisch und welche Stühle er genau abholen müsse, erklärte dem ahnungslosen Mann, er würde die defekten schon erkennen, trug einen Tisch und zwei Stühle ab, beschaffte sich eine Matratze, und die Einrichtung war fürs Erste geschafft.

Als Einweihungsessen sollte ein Schwan gebraten werden, schließlich würden die Leute auch Gänse und Truthähne essen, warum also nicht auch Schwäne, von denen es ja in Zürich genügend gäbe. Bertschinger machte sich auf, am Limmatquai nächtens einen Schwan zu jagen. Er hatte sich vorgestellt, einen so langen Hals, wie ihn Schwäne nun einmal haben, sei leicht umzudrehen, schlimmstenfalls müsse er ihn erwürgen.

Es gab Brot und Wurst, und Bertschinger war von den Schwänen ziemlich beeindruckt, beschrieb die Schnäbel als schnappende Beißzangen und die blauen Flecken von den Flügelschlägen wies er wie Tapferkeitsmedaillen vor.

Doch bei all dem losen Leben, das Gnädinger, Fredi, Bertschinger und ich führten, gab es einen Unterschied zwischen mir und meinen Freunden: Ich wurde zu keinem Beruf ausgebildet, hatte keine Aussicht auf Abschluss und Engagement. Zwar hatte ich mich an der Universität eingeschrieben, besuchte seit Kurzem Philosophie-Vorlesungen, doch ohne Interesse. Während die drei von Rollen sprachen, die sie studierten, oder über Aufführungen an der Schauspielschule diskutierten, hatte ich nichts vorzuweisen, nichts, was auf eine Zukunft verwies. Meine ohnhin bescheidene Produktion von vier, fünf Gedichten pro Jahr war zum Erliegen gekommen. Kein Wort, keine Zeile wollte sich auf den leeren Seiten einstellen, und mein Schreiben beschränkte sich auf Tagebuchnotizen. Ich fühlte mich in der Wohnung der Witwe überwacht, und die Atmosphäre biederer Wohlanständigkeit trieb mich außer Haus. Dazu zwang mich der Mangel an Einkommen mit den Fragebogen eines Meinungsforschungs-Institutes von Tür zu Tür zu ziehen. Einzelne wurden zugeknallt, vor anderen hörte ich mir ellenlange Kranken- und Ehegeschichten an, bei einigen wurde ich hineingebeten, um ein wenig Gesellschaft zu leisten, ein Glas Wein mitzutrinken und das Schlafzimmer anzusehen. Nur die Fragen wollte kaum jemand beantworten, sodass ich es selber tat: Man wurde pro Bogen bezahlt, und meine Einnahmen waren so miserabel, dass ich oft nicht wusste, wie ich mein Zimmer, das Essen, den Wein in der Bodega bezahlen sollte. Mit Fredi, dem es ähnlich wie mir erging, verbrachte ich Stunden am Billardtisch, bevor wir gegen Abend, »wenn die Leute zu Hause sind«, mit unseren Fragebogen loszogen, uns dann wieder trafen, um uns mit Bertschinger und Gnädinger die Nachtstunden um die Ohren zu schlagen. Ich beneidete Bertschinger, der nicht nur eine Freundin hatte, sondern auch die mir unverständliche Fähigkeit besaß, Frauen beliebig anzusprechen, um sie für eine Nacht in seine »Loge abzuschleppen«, während meine vereinzelten Versuche stets bei ernsthaften Gesprächen scheiterten.

An einem Nachmittag, in einer Minigolf-Anlage, die Fredi neuerdings mit Enthusiasmus besuchte, kündigte er mir nach einem Ein-Punkte-Loch an, die Kollegen von der Schauspielschule planten ein Fest und zwar an einem Wochenende im Ferienhaus einer Klassenkameradin von Bertschinger und Gnädinger. Diese habe eine Freundin, die ebenfalls an der Schauspielschule studiere, jedoch allein sei, und man habe beschlossen, dass ich diese Freundin begleiten solle. Ich käme bestimmt auf meine Rechnung, schließlich würden dort alle übernachten. Zu den in Aussicht gestellten Vergnügungen fand Fredi es nötig, mich nach zwei, drei weiteren Bahnen auch zu warnen. Diese Freundin – sie heiße nicht wirklich Pippa, doch alle würden sie so nennen, seit sie an der Aufnahmeprüfung Hauptmanns »Und Pippa tanzt« vorgesprochen habe –, diese Freundin, die ich begleiten solle, sei gefürchtet für ihre boshaften Bemerkungen. Sie sei ein wenig kratzbürstig und habe sich ausbedungen, erst denjenigen zu prüfen, mit dem sie ins Gebirge fahren solle.

So wurde ich an einem Mittag ins »Café Maroc« bestellt. Pippa wurde von ihrer Freundin begleitet, ich hatte Fredi zur Seite, und im Staccato energischer Schritte näherte sich eine kleingewachsene, dunkelhaarige Frau, wirkte selbstsicher und ruhig, während ich versuchte, auf der mit Teppich bezogenen Bank meine feuchten Hände trocken zu reiben.

Ihr Gesicht umfloss langes Haar, Fransen fielen in die Stirn, und die Brauen waren dünne, gewölbte Bogen über einem Blick aus dunklen, beinahe schwarzen Augen.

Fredi und die Freundin zogen sich zurück. Pippas Lippen spannten sich schmal und unregelmäßig zwischen den Falten, die von der geraden, vorne abgeflachten Nase zu den Mundwinkeln liefen. Mit dunkler Stimme und genauer Diktion wurde ich zu literarischen Werken befragt, hatte Auskunft zu Theaterstücken und Filmen zu geben, konterte mit ein paar Anleihen bei Max Voegeli, spürte, dass auch sie sich in ihren Urteilen auf ein Vorbild und eine ihr in künstlerischen Belangen wichtige Autorität bezog, genau wie ich. Schon nach kurzer Zeit fand ich mich in einem der »ernsten Gespräche« wieder, wie bei Treffen mit anderen jungen Frauen auch. Doch dieses eine Mal führte der gegenseitige Austausch über Bücher und Aufführungen nicht zum Scheitern einer näheren Bekanntschaft. Pippa und ich tauschten uns über Lieblingsbücher aus, berichteten von begeisternden Inszenierungen, wiesen uns auf literarische oder theatralische Entdeckungen hin und redeten bis tief in den Nachmittag hinein. Noch am selben Abend teilten mir die Kollegen mit, ich solle mir das Wochenende freihalten.

9

Das Ferienhaus stand auf einem der unzähligen Hügel des Appenzellerlandes, umgeben von aperen Wiesen und Schneekuppen, und ein bleierner Nebel zog sich ins Flachland hinab. Wir heizten das Holzhaus ein, es wurde gekocht, gegessen und getrunken, danach die Schallplatten aufgelegt. Mit dem Kratzen der Nadel beim Aufsetzen des Tonarms begann, wozu der Ausflug unternommen wurde: »Put your head on my shoulder«, Paul Ankas Version von 1963 war die perfekte Aufforderung zur versunkenen Umarmung, bei der noch ein wenig mit den Füßen gescharrt wurde, um wenigstens den Anschein des Tanzens zu wahren. Pippa und ich saßen zwischen den weggeschobenen Tischen und Stühlen, waren Zuschauer am Rand sich drehender Geschlechtlichkeit und wussten nicht so recht, was wir hier sollten. Schließlich wurden wir gedrängt, doch ebenfalls zu tanzen, und nach ein wenig Ziererei gaben wir nach. Es sollte der einzige Tanz unseres Lebens bleiben: Pippa klein, ich lang, sie Ballett, ich Foxtrott. Kaum hatte ich den Arm um ihre Schulter gelegt und die Hand gefasst, zerrte eine energische Kraft an meinen überlangen Körperhebeln, die für eine gewisse Eleganz schon aus rein physikalischen Gründen problematisch waren. Wir rangen um die Führung, während ich gleichzeitig noch 1 – 2 – 3 zählte und die Schrittfolge einzuhalten suchte. Immer wieder erwischte ich dabei einen fremden Fuß, als ginge es um ein Jägerspiel, was ein umso heftigeres Reißen an meinem langen Körper zur Folge hatte – und wir waren längst allein auf der Tanzfläche, während sich alle anderen um uns herum mit feuchten Augen und bebenden Schultern aufgestellt hatten: Wir waren die Nummer des Abends! Und doch konnten wir uns der Stimmung nicht ganz entziehen und erfüllten zum Schluss brav, was uns Paul Anka bereits gesungen hatte: »Just a kiss goodnight may be You and I will fall in love.« Und so war es: Ich küsste Pippa, sagte gute Nacht, und wir gingen in getrennte Zimmer, zum Gekicher und Gestöhn der Bettnachbarn, und waren wenige Wochen später ein Paar.

Pippa stammte aus einer Schauspielerfamilie. Ihre Eltern hatten sich im Theater kennengelernt, waren gemeinsam engagiert gewesen, zuerst in der Schweiz, später in Deutschland. Sie spielten im Stadttheater Neisse, bis die russische Artillerie das Wort auf der Bühne übertönte, ließen alles zurück und flohen durch die zerbombten Städte zurück in die Schweiz. Niemand hatte hier auf sie gewartet, die Mutter war schwanger, der Vater ohne ein festes Engagement. Er spielte hie und da noch kleinere Rollen beim Armeetheater, doch das Geld reichte für den Unterhalt der Familie nicht aus. Er versuchte es mit dem Verkauf von Staubsaugern, ging von Tür zu Tür, während seine Frau beim Schweizer Radiosender Beromünster als Sprecherin aushalf. Sie lebten in dauernder

Geldnot, und es brauchte ihre schauspielerische Erfin-
dungsgabe, um sich über Wasser zu halten. So mimten sie
abends im Schaufenster eines Möbelhauses die glückliche
Familie in neuen Polstermöbeln; ihr Vater verkaufte auf
dem Markt ein neues Patent-Rüstmesser, das jedes Kind
leicht bedienen könne, was Pippa, die zu Hause kräftig
geübt hatte und scheinbar zufällig aus den umstehenden
Leuten ausgewählt wurde, brillant demonstrierte; später
war ihr Vater Hauswart in einem modernen Wohnblock
und ersetzte bei Reparaturen die defekten Schalter, Was-
serhähne, Haken und Deckel durch die in der eigenen
Wohnung abgeschraubten, um mit den eingenommenen
»Materialkosten« den Rest des Monats zu finanzieren. Es
waren Schwejkiaden um das tägliche Überleben, und ihr
Vater fühlte sich dabei durchaus im Element: Sein Rollen-
fach war schon immer Komiker gewesen. Die Zeit und der
Krieg hatten ihn überdies gelehrt, dass einzig mit Humor
ein Durchkommen war, und die ahnungslose Wohlanständigkeit seines verschonten Landes verdiente nichts besse-
res, als auf die Schippe genommen zu werden.

Zu den Festtagen Ende Jahr war ich zu Pippa nach Hause
eingeladen, sie wohnte mit ihrem Vater in einem Vorort
von Basel. Die Mutter war früh verstorben, die jüngere
Schwester studierte in Köln. Als wir mit der Straßenbahn
durch die Hauptstraße des ehemaligen Dorfes fuhren,
machte mich Pippa auf einen älteren Mann aufmerksam, der schwergewichtig und leicht vorgeneigt zwei Ein-
kaufstüten schleppte, eine rundliche Gestalt in einem für
das winterliche Wetter zu dünnen Regenmantel. Sein Haar

war ergraut, nach hinten gekämmt, und um den Hals trug er einen Schal geschlungen. Von ihm ging eine Einsamkeit aus, als schleppte er mit den Einkäufen auch eine verlorene Welt durch die verödete Dorfstraße.

– Das ist Papi, sagte Pippa, und ich wusste augenblicklich, wer ihr Vorbild und die Autorität war, auf die sie sich bei unserem ersten Treffen bezogen hatte. Ich würde nochmals geprüft werden, müsste vor ihrem Vater bestehen, und es tröstete mich keineswegs, dass diesmal auch Pippa aufgeregt war.

Sie wohnten in einem ehemaligen Bauernhaus zu ebener Erde, hatten drei Zimmer, die jedoch durch einen Flur zur Treppe ins obere Stockwerk getrennt waren. Der Wohnraum, ein geräumiges, jedoch niederes Eckzimmer, war durch einen Ölofen überheizt, obwohl jedes Mal ein Schwall kalter Luft hereinwehte, wenn die Tür zum Flur geöffnet wurde. Es roch nach Küche und Petrol. Ein riesiges Sofa, über dem ein mit wuchtiger Expressivität gemalter Strauß Blumen in blauer Vase hing, bestimmte die Einrichtung, dazu kamen Regale mit Büchern, unzähligen Schallplatten, der Fernseher und eine Musikanlage.

Ich saß auf der Kante des Sofas, sah mich in der mir fremden Umgebung um. Die Möbel waren alt, zusammengetragen aus Hinterlassenschaften, doch aufgeladen mit Geschichten von Umzügen und Erinnerungen an Menschen. Jedes der Stücke hatte schon bessere Zeiten gesehen, und doch war es das »Gebrauchte«, eine Patina wechselvoller Geschichte, das sie als zusammengehörig verband. Der Einrichtung entsprachen die Gespräche, die Pippa mit ihrem Vater führte: Sie drehten sich um längst vergangene Theaterzeiten, um Inszenierungen und Schauspieler der Zwanziger- und Dreißigerjahre. Wir hörten Chansons von Kurt Tucholsky, Walter Mehring, Friedrich Hollaender, Bert Brecht aus jenen Tagen, da Pippas Vater selbst noch am Theater engagiert gewesen war. Während ich bei diesem ersten Besuch einen mir unbekannten Teil der Literatur entdeckte, zu dem auch die Lieder Georg Kreislers gehörten, gab es in diesem mir fremden Milieu doch auch etwas zutiefst Vertrautes. Ähnlich wie meine Mutter lebte auch Pippas Vater in der Vergangenheit, von der er als einem Sehnsuchtsort erzählte. Es war die Zeit des Kampfs gegen den aufkommenden Faschismus gewesen, des späteren versteckten Widerstandes auf der Bühne und im Alltag gegen die Barbarei. »Jesses, Hannes«, hatte ein Schauspielerkollege zu Pippas Vater in der Apotheke von Neisse gesagt, »schau, jetzt hat die Regierung gewechselt. Hier steht: Heil-Kräuter.«

Pippas Eltern hatten den Krieg erlebt, und als sie in die Schweiz zurückkehren mussten, fanden sie sich – wie einstmals meine mütterliche Familie nach der Rückkehr aus Rumänien – nur noch schwer zurecht. Die Kinder wurden geboren, und dass Pippas Vater vom Theater abgehen musste, bedeutete für ihn den Verlust seines Selbstverständnisses: Er war Schauspieler, konnte und wollte nichts anderes sein. Er werde wieder ans Theater zurückgehen, sagte er beim Essen, als wir um den Tisch im Wohnzimmer saßen, vielleicht schon in der nächsten Spielzeit, seine Töchter hätten bis kommenden Herbst ihre Ausbildungen abgeschlossen. Ich bewunderte den Mut dieses doch schon älteren Mannes, seine jetzige Stellung als Buchhalter aufzugeben, wegzuziehen und an einem Landestheater irgendwo in Deutschland neu anzufangen.

Während der Festtage bei Pippas Vater hatte ich erlebt, dass sie nicht nur Schallplatten gemeinsam anhörten oder aus Büchern einander vorlasen, Pippa diskutierte mit ihrem Vater über Inszenierungen und Texte, und ich war tief beeindruckt. Bei uns zu Hause wurde nichts verhandelt, es gab Anweisungen und den Austausch über die alltäglichen Notwendigkeiten, doch keine Gespräche. Ich hatte dies nie als einen Mangel empfunden. Jetzt aber warf ich es meinen Eltern vor, schwärmte davon, wie man mit bescheidenen Mitteln viel reicher leben könne, als sie ahnten und verwendete das Argument zur Rechtfertigung meines künstlerischen Wegs.

Für Vater war mein Leben bei Bürdeke das Schreckbild seiner eigenen Ängste gewesen, nämlich verarmt in einer Mansarde leben zu müssen, auf Sozialdienste wie die Volksküche angewiesen zu sein, als Hausbursche auf der letzten Sprosse der sozialen Leiter zu stehen. Großvaters Erfahrung als Kind von Armenhäuslern hallte in der Wendung: »Ihr Jungen wisst nicht, was das heißt, nichts zu haben« durch die Generationen nach, und mein Hausburschendasein löste bei Vater so heftigen Widerwillen aus, dass er bei den wenigen Besuchen in der Stadt im Auto wartete, wenn Mutter die Treppen hoch zu meinem Zimmer stieg.

Meine Vorhaltungen nach den Festtagen bei Pippa verletzten meinen Vater, und mit Großvaters Wortgewalt, die ihn selbst so oft getroffen hatte, schlug er auf mich ein.

Dabei war die Sprache mehr als bloß ein Prügelstock. Sie wollte die Werte und meine Ziele vernichten. Max Voegeli, den ich als Garanten meiner Pläne ins Feld führte, hieben seine Sätze zum Torso einer gescheiterten Existenz, und auch Pippa, von der nun meine Eltern erfuhren, galt nichts, kam aus einer erfolglosen Schauspielerfamilie, würde es selbst zu nichts bringen und konnte zu allem Übel auch noch schwanger werden.

Mutter saß während Vaters Tiraden dabei, schwieg, griff nicht ein, so wie sie es auch früher nicht getan hatte, wenn Vater uns Kinder verprügelte, sich in Wut schlug und nicht mehr aufhören konnte, bis unsere Rücken von blauroten Striemen überzogen waren. Nie haben mein Bruder und ich verstanden, weshalb sie stets nur dabeistand.

Ich brach den Kontakt zu meinen Eltern ab.

10

An den Abenden spazierten Pippa und ich zu einem nahen
Schulhof, der leer und ruhig unter Bäumen lag. Wir setzten
uns auf eine Mauer, redeten von unseren Plänen, ich über
das Schreiben, Pippa über ein Engagement in Deutschland
nach Abschluss der Schule. Unser Zusammensein wäre lediglich von begrenzter Dauer, und während mich einerseits die Vorstellung einer nur vorläufigen Verbindlichkeit
erleichterte, stellten sich die Ängste wieder ein, die ich aus
der Zeit mit Veronique kannte. Pippa würde mich verlassen, ginge einem neuen Lebensabschnitt mit neuen Kollegen und Freunden entgegen. Ich bliebe wiederum zurück,
konnte ihr dorthin nicht folgen. Neid und Eifersucht ver-
dunkelten meine Stimmung, zumal ein Problem auftauchte,
von dem ich keine richtige Vorstellung hatte, wie ich damit umgehen sollte. Selbstverständlich wollte ich mit Pippa
auch schlafen. Doch wie sollte das möglich sein, ohne eine
Schwangerschaft zu riskieren, die unser beider Pläne zerstörte? Ich machte mich über die verschiedenen Arten der
Verhütung kundig, erfuhr dabei, dass kein Mittel eine hun-
dertprozentige Sicherheit garantierte. Selbst bei der neuen,
auf den Markt gekommenen »Pille«, für die wir uns letztlich
entschieden, blieb ein kleines Risiko, das durch eine Un-

achtsamkeit, eine vergessene Einnahme jedoch rasch stieg. Zu meinen Ängsten kam ein diffuses Gefühl von Schuld. Ich würde, wenn wir zusammen schliefen, immer von Neuem meinen Weg aufs Spiel setzen. Und doch fühlte ich mich einzig in den Momenten unseres Zusammenseins von mir selbst befreit: Nicht »Ich-sein« zu müssen war eine Erlösung, nach der ich mich immer wieder sehnte.

Gegen das Frühjahr hin mietete Pippa ein Zimmer, und obwohl damals in Zürich den Paaren verboten war, ohne Trauschein zusammenzuleben, stiegen wir nachts das Treppenhaus hoch. Wir taten es im Gleichschritt. Es sollte nach lediglich einer Person klingen: Pippa hatte im Mietvertrag unterschreiben müssen, keinen männlichen Besuch zu empfangen. Doch wir wurden von Blicken durch die Türspione entdeckt, und Pippa erhielt die Kündigung.

Durch Vermittlung einer Kollegin der Schauspielschule fanden wir eine neue Bleibe in einem alten Haus am Zürichberg, ein Mansardenzimmer zwischen Lattenverschlägen im vierten Stock. Wir hatten ein Bett, einen Tisch, einen Schrank. Auf einem Überseekoffer beim Fenster stand das Gasrechaud, auf dem wir kochten, in einem Milchkrug machten wir Wasser mit einem Tauchsieder heiß, doch auch dort, auf dem Boden des alten Hauses, imitierte ich noch eine ganze Weile die kurzen, energischen Schritte Pippas beim Gang zur Toilette, um einen Nachbarn, der ebenfalls unter dem Dach wohnte, zu täuschen. Akeret lebte schon eine Ewigkeit auf dem zugigen Boden, besaß in seinem Verschlag außer dem Bett und einer Werkbank noch einen schwarzen Anzug. Er erwischte mich in der dritten Woche, als er wie jeden Morgen den Wechselkragen seines Hemds unter dem Wasserhahn säubern wollte und ungeduldig an der Türklinke der Toilette zerrte. Auf mein »Moment, bitte!« hörte ich vor der Tür ein Trockenes:

– Aha, ein Kerl.

Und der Ton ließ keinen Zweifel daran, dass bei einer jungen Frau eher früher als später mit einem Mann zu rechnen gewesen sei.

Wir machten uns bekannt, und Akeret erwies sich als ein kauziger Alter, der nichts gegen meine Anwesenheit einzuwenden hatte, unter den buschigen Augenbrauen listig blinzelte. Auch er habe geliebt und liebe noch immer, ein »Girl-li«, das er täglich zum Kaffee treffe. Er war jahrelang mit dem Fahrrad unterwegs gewesen, hatte die Bauernhöfe besucht und mit Waren gehandelt, die man damals auf dem Lande noch brauchte: Haken, Nägel, Seile, Euterfett, Lederzeug und Beile – ein Geschäft, das mit dem Wandel in der Landwirtschaft immer weniger einbrachte. Jetzt im Alter erinnerte er sich, dass sein Grundschullehrer ihn vor über einem halben Jahrhundert für sein Zeichentalent gelobt hatte. Von der monatlichen Sozialrente kaufte er sich Farbstifte, Papier, einen Gummi und einen schwarzen Stift, begann in seinem Stammlokal, der »Traube«, zu malen. Mit zunehmender Erfahrung und technischer Verfeinerung wechselte er von der »Traube« zur Bahnhofspost. Das Licht an den Stehpulten sei besser, sagte er, gebrochenes Tageslicht. Das Gelb des Kunstlichts störe ihn. Längst war mein mit Expansionsgerät geheiztes Mansardenzimmer zur letzten Aufwärmstation geworden, bevor er am

237

Abend in seine Kammer ging, und Akeret stand gestützt auf seinen Stock im Schein der Glühbirne und berichtete mir von seinen neuen malerischen Entdeckungen und Entwicklungen. Mehrere Wochen arbeitete er an einem Bild, und sie waren von einer echten Naivität und unverwechselbaren Eigenart, mit Genauigkeit und handwerklichem Geschick gestaltet: Dunkle Fichtenwälder, die mit ihren Wipfeln in die Felsbänder hineinragten, über denen der Himmel verblasste und in ein tiefes Rot überging. In all seinen Bildern malte er den Sonnenuntergang, und eines Tages sank auch sein Kopf auf den schwarzen Marmortresen der Bahnhofspost, bevor die Beine nachgaben.

Wir besaßen kaum Geld, sammelten an einem Abend die Pfandflaschen ein, um mit dem Erlös ins Kino zu gehen. Pippa hatte Übung, auf dem Campingkocher aus Nichts ein Menü zu zaubern, und hie und da hörten wir uns, statt zu essen, zum zigten Mal Werner Fincks Kabarettnummern aus der Nazizeit an: »Es geschehen Zeichen und Wunder, es ist Frühling und die Blätter beginnen schon braun zu werden.«
Ich überlegte mir, eine Stellvertretung als Lehrer anzunehmen, drei Wochen lang Geld zu verdienen, um davon wieder zwei Monate leben zu können und drängte Pippa, sich neben dem Unterricht bei Funk und Fernsehen zu bewerben. Doch sie lehnte ab, sie wolle zum Theater gehen, und auch ich solle mich aufs Schreiben konzentrieren. Wer erst Geld verdienen wolle, um später befreit von ökonomischen Zwängen arbeiten zu können, werde nie etwas schaffen. Zeit und Muße seien nur zu bekommen, indem man ohne Geld leben lerne:

– Man muss sich tiefer unter das Joch beugen, als nötig ist, um es zu tragen.

Mir jedoch fehlte die Gelassenheit, die Pippa mit an Trägheit grenzender Selbstverständlichkeit besaß. Sie war überzeugt, dass ein Sich-Bemühen um Ziele, wie beispielsweise ein Engagement, nutzlos seien. Wichtig bleibe allein, weiter an Rollen und Texten zu arbeiten und sich sprechtechnisch zu vervollkommnen. Das Erreichen eines Ziels, wie das Angebot einer Rolle, stellte sich von selbst ein, wenn der Zeitpunkt dafür gekommen sei. Bleibe es aus, brauche es Geduld, den Zeitpunkt abzuwarten, denn erzwingen ließe sich gar nichts. Weshalb sollte sie sich also bemühen.

Pippas Lebensstil widersprach all dem, was ich von zu Hause kannte, und es fiel mir schwer, ihn mir zu eigen zu machen. Doch ich wollte Pippa nicht enttäuschen und bemühte mich, nicht weiter ans Geld und die nächste Monatsmiete zu denken. Stattdessen bekam ich es mit einem nicht weniger schwierigen Problem zu tun. Worauf sollte ich mich beim Schreiben denn konzentrieren. Meine lyrische Produktion war nach wie vor blockiert. Aperçus und Skizzen in der Art von Peter Altenbergs »Wie ich es sehe«, an denen ich mich versucht hatte, befriedigten mich nicht. Sie waren nicht das, was ich glaubte, schreiben zu müssen, ohne eine Ahnung zu haben, worin dieses »Müssen« bestand. Noch immer war ich als Student der Philosophie eingeschrieben, was mir zwar einen Hauch von Legitimation meiner unsicheren Existenz gab. Doch zur Universität ging ich selten, fühlte mich während der Vorlesungen oder in den Seminarien unbehaglich meinen Kommilitonen gegenüber. Sie gebrauchten virtuos ein philosophisches Vokabular, gegen das ich eine heftige Abneigung empfand. Auszüge aus Büchern, die wir zu lesen aufgetragen erhielten, waren mir teilweise unverständlich. Wie als Kind die Farben empfand ich die Sprache, in der die Texte geschrieben waren, als laut und schreiend: Sie erinnerten mich an das Behaupten und Rechthabenwollen am Tisch bei Großvater, wenn sich Vater und die Onkel stritten und sich ihre Anwürfe zu einem Wortbrei verwandelten, den ich auch nicht mehr verstehen wollte. Zudem hatte mich Max Voegeli früh gelehrt, der Sprache gegenüber skeptisch zu sein. Während seiner Exkurse wies er mich wiederholt auf die »Philosophia perennis« hin, wie sie von Aldous Huxley in seinem gleichnamigen Buch zusammengefasst worden sei, einer ewigen Philosophie, die durch alle Zeiten und Kulturen die Tatsache bezeuge, dass es eine Wirklichkeit gebe, die erfahren, aber nicht benannt werden könne. »Der Name, den man nennen kann, ist nicht der ewige Name«, zitierte er Lao-Tse. Dennoch hätten wir nicht sehr viel mehr als Namen und Wörter. Entscheidend sei jedoch, sie in einem Text so zu setzen, dass durch sie dasjenige erahnbar werde, was sich uns an Sagbarem entziehe.

Die Skepsis an dem, was Sprache vermag, ließ mich an philosophischen Wahrheitsansprüchen zweifeln. Selbst in Kants »Kritik der reinen Vernunft«, über der ich viele Morgenstunden zubrachte, erschienen mir die Wörter eher etwas Wahres zu behaupten, als es tatsächlich auszudrücken. Ich schämte mich für diese Ansicht und den

Widerstand, den ich gegenüber dem Text empfand. Ich glaubte, die Fachtermini dienten einer Art »Wortaberglauben«, der mich befremdete. Mit Wörtern, so war ich fest überzeugt, ließe sich nichts Wahres aussagen, sondern nur Fiktionales, das auf Wahres verwies, und dies konnte einzig und allein erzählend geschehen, wie es die Menschen seit frühester Zeit mit Sagen und Heldenberichten getan hatten. So las ich lieber in der Odyssee als in meinen philosophischen Büchern.

11

Nach den Prüfungen im Frühjahr reiste Pippa zum Vorsprechen nach Deutschland. Es war für uns von Beginn an
klar gewesen, dass sie nach Abschluss der Schule an eine
deutsche Bühne ins Engagement gehen werde. Sie sprach
an mehreren Theatern vor, doch sie erhielt nirgends einen
Vertrag. Sie sei zu eigenartig, zu wenig hübsch, und was sie
mit so kurzen Beinen beim Theater wolle: Die Kommentare, die sie von Intendanten und Dramaturgen zu hören
bekam, bewogen sie, sich nach einer Bürostelle umzusehen. Sie fand eine Arbeit in der Buchhaltung der »Banque
Suisse-Israël«, doch ich drängte sie, nicht klein beizuge-
ben und sich weiter zu bewerben. Pippa zuckte bloß mit
den Schultern.

– Du siehst ja, was mir die Reise gebracht hat. Nichts,
außer verletzenden Bemerkungen.

Die entscheidenden Dinge würden sich ohne unser
Zutun ereignen, das habe sie mir doch erklärt.

An einem Sonntagmorgen, wir lagen nackt in dem neunzig
Zentimeter breiten Bett, wurde an die Tür geklopft. Noch
bevor Pippa aus den Federn kam, um sich etwas überzu-
werfen, flog die Mansardentür auf, und Maria von Ostfel-

242

den, Regisseurin und Theaterleiterin, rauschte herein. Im Anblick der beiden Gesichter, die aus der festumklammerten Decke hervorsahen, sagte sie mit der Contenance einer Dame, die durch keine Peinlichkeit zu erschüttern ist:

– Bitte genieren Sie sich nicht!

Und mit einer Selbstverständlichkeit, als wäre unsere Mansarde ein Salon, setzte sie sich auf die Bettkante, begann von einem Theaterprojekt zu reden, für das sie Pippa engagieren wolle. Sie tat dies in einer Ausführlichkeit, dass mein Harndrang das Gefühl der Peinlichkeit in noch weit höherem Maß überstieg. Maria von Ostfelden war die Begründerin des »freien Theaters« in der Schweiz. Sie entstammte einer k.u.k. Offiziersfamilie, hatte in Wien und Berlin an verschiedenen Bühnen gespielt und sich für Frauenrechte und gegen die rechts-nationalistischen Bewegungen engagiert. 1933 tauchte sie in Berlin ab, agitierte aus dem Untergrund und floh 1936 nach Wien, von wo sie, nach Hitlers Einmarsch, in die Schweiz emigrierte. In Zürich hörte sie Vorlesungen bei Staiger und C.G. Jung, besuchte einen Kurs bei Etienne Decroux in Paris, hielt Vorträge über theaterwissenschaftliche Themen an der Universität und begann in Kellerräumen zu inszenieren. Als sie bei Pippa und mir auf der Bettkante saß, hatte sie eben mit ihrem Lebenspartner, dem Architekten Jakob Zweifel, das Theater an der Winkelwiese gegründet, eine Kleinbühne in einem Keller mit Kreuzgewölbe, dessen räumliche Verhältnisse es nötig machten, dass die Zuschauer auch seitlich der Bühne saßen. Das Prinzip der Guckkastenbühne war aufgehoben und erforderte für das Bühnenbild ungewöhnliche Lösungen. Die »Alte«, wie wir Maria von Ostfelden später nannten, brachte auf ihrer Bühne Stücke heraus, die am Schauspielhaus damals nicht gespielt wurden, Stücke zeitgenössischer Autoren, die nicht so sehr durch die Handlung als aus der Sprache lebten: Ionesco, Beckett, Genet, Albee – Stücke, die Maria von Ostfelden sehr entgegenkamen. Sie war eine präzise Spracharbeiterin, die auf Sprechtechnik, Rhythmus, Melodie großen Wert legte, ihre Schauspieler mit k.u.k. Disziplin drillte und bei einer Fehlbetonung wie ein Vulkan ausbrach. Man hätte Madame nie zugetraut, derart durch den Keller zu toben und vulgäre Beschimpfungen herauszuschreien. Es empfahl sich in diesen Momenten, still vor sich hinzusehen und zu warten, bis Maria von Ostfelden sich ausgetobt hatte. Danach sagte sie zum tausendsten Mal zu ihren Schauspielern, sie müssten »Böglis« machen. Unter diesem mundartlichen Diminutiv von Bogen verstand sie, entgegen der schweizerdeutschen Sprachmelodie, den Satz stimmlich ansteigen und auf den Punkt hin sich senken zu lassen.

Ihre Inszenierungen und Interpretationen der Stücke waren eigenwillig, von hoher Ästhetik, für damalige Zuschauer ungewohnt. Sie sammelte um sich Künstler wie Rudolf Manz, der mit Kuben eine veränderbare, durchkomponierte Raumgestaltung schuf, setzte Lichtprojektionen ein, die auf die Gewölbemauern geworfen wurden, fand in Yehoshua Lakner einen Komponisten, der mit Tonbändern experimentelle Klangfolgen schuf.

Was während meiner Lektüre von Stanislawski auf den Felsen von Ponte Brolla lediglich Wörter gewesen waren, ereignete sich in dieser Katakombe einer prachtvollen Villa inmitten von Zürich. Ich mochte keine der Proben verpassen, saß statt vor einem weißen Blatt am Schreibtisch in der hintersten Reihe des Theaters, beobachtete fasziniert die Arbeit mit den Schauspielern, das Zusammenfinden der verschiedenen künstlerischen Gestaltungselemente wie Licht, Bühnenbild, Musik mit der Sprache und der Bewegung. Ich fieberte bei den Premieren, wenn Prominenz sich in die eng bestuhlten Reihen quetschte und Kritiker wie Elisabeth Brock-Sulzer und der scharfzüngige Werner Wollenberger sich ihre Notizen machten.

Während der Proben bei Maria von Ostfelden lernte ich, das Geschehen auf der Bühne wie einen Text zu lesen. Durch die bewusste Gestaltung jeder Szene wurden mir auch die einzelnen Elemente bewusst, aus denen sich Dialoge und Handlungen aufbauen. Für mich neu und faszinierend war, zu den sich ändernden Bedeutungen, die ein Satz durch Nuance der Betonung erhielt, auch die Aussagekraft der averbalen, gestischen Sprache zu entdecken. Jede kleinste Bewegung auf der Bühne hatte eine Bedeutung und selbst Reglosigkeit konnte eine heftige Aktion sein. Sprachliche Nuancen und gestische Bedeutungen wie einen Text zu lesen, eröffnete mir noch eine andere Art der Lektüre als die in Büchern. Was ich auf der Bühne interpretierend beobachtete, gab es als Szenen an Haltestellen und in Restaurants auch im Alltag zu lesen. Ständig ermahnte mich Pippa, die Leute am Nebentisch nicht so unverwandt anzustarren. Doch ich las und wollte nicht nur einzelne Handlungen verstehen wie das Zerkrümeln eines Stück Brots in den Fingern einer jungen Frau, während ihr Gegenüber gewunden zu einem Geständnis ansetzte. Ich wollte zusehen, was sich aus den Brotkrümeln ergäbe. Welche Dramaturgie sich entwickelte, die eben jetzt am Nebentisch ihren Anfang nahm: Käme es zum Konflikt, einem emotionalen Ausbruch? Folgte ihr eine Versöhnung oder ein zorniger Abgang?

Pippa hatte Erfolg. Sie spielte in »Die Stühle« von Ionesco mit Urs Bihler. Die Vorstellungen waren ausverkauft, das Stück im Spielplan verlängert. Sie brauchte nicht mehr in der »Banque Suisse-Israël« zu arbeiten, und von einem Engagement in Deutschland war keine Rede mehr. Ganz allmählich wurde mir klar, dass sich unsere Beziehung von einem vorläufigen Zusammensein in ein dauerhaftes Verhältnis gewandelt hatte. Es war nur einfach geschehen, ohne dass wir selbst etwas dazu beigetragen hätten, weder durch ein Wort noch durch eine averbale gestische Handlung, und es erschreckte mich. Was bedeutete es, in einer festen Beziehung zu sein, die sich nicht von selbst auflöste, durch die jedoch bestimmt Ansprüche entstünden? Zwangsläufig käme es zu einer von Eltern und Familie akzeptierten Art des Zusammenlebens, einer Heirat, und die käme für mich nicht infrage.

Ich müsste weggehen, ausziehen aus unserem gemeinsamen Mansardenzimmer, mich in meine Arbeit versenken, auch wenn ich im Augenblick nicht wusste, wie es mit Schreiben weitergehen sollte. Vielleicht brachte mich ein Bruch der Beziehung zu Pippa weiter? Doch nur schon der Gedanke, sie ganz und endgültig zu verlassen, schien mir absurd, löste auch Angst und Trauer aus. Wie oft hatte ich in mein Tagebuch notiert, dass in meiner verworrenen Situation allein sie mir noch Halt gebe. Wieso sollte ich sie dann verlassen wollen und wohin würde ich gehen können? In welchen Schreibprojekten fände ich wieder eine eigene Welt, wie ich sie in der Archäologie und im Theater gefunden hatte? Zu früheren Schauspielerplänen zurückzukehren, war bei aller Begeisterung für die Theaterarbeit von Maria von Ostfelden in keinem Moment eine Möglichkeit. Ich müsste den Weg, der damals in Ponte Brolla, an der Flanke des Bergs mit der weißen Kapelle, begonnen hatte, weitergehen. Nur kannte ich nicht den nächsten Schritt und versank mehr und mehr in Niedergeschlagenheit.

Als ich an einem Morgen über einer leeren Seite saß, erinnerte ich mich an den allerersten Prosatext, den ich geschrieben hatte: »Der Stein und der Sufi«. Ich hatte versucht, die Erfahrung auf den glatten Felsrücken der Schlucht von Ponte Brolla in die Form eines Märchens zu bringen. In der damaligen Verunsicherung hatte ich aus den Felslinien herausgelesen, ich müsste »Stein werden«, und das hieße, einen Zustand reinen Seins erreichen, der losgelöst von eigenen Wünschen ist. Ich hatte die Geschichte eines Sufis aufgeschrieben, der im Elbrus-Gebirge in einer Höhle lebte. Der Kieselstein in seiner Hand, über dem er gebeugt saß, sollte ihn lehren, zum Kern seines Wesens vorzustoßen, den dunklen Raum zu öffnen, der verschlossen in seinem Innern war.

Ich suchte die eineinhalb Seiten hervor, las sie wieder und wusste sofort, dass dieser kurze Text mir die Richtung wies, in die ich weitergehen müsste. Wie damals am Ende der Seminarzeit, als ich, verwirrt durch die Kritiken meines Kameraden, meine ersten Gedichte wiedergelesen und gespürt hatte, ich müsste von diesen einfachen Versuchen aus weiterarbeiten, erging es mir jetzt: Ich würde mit den Märchen zu den frühen und elementaren Formen des Erzählens hinabdringen, die klar und funktional waren wie die Steinwerkzeuge aus hartem, glattem Silex. Ich begänne mit meinen Prosaarbeiten an der Quelle des Erzählens, käme dadurch aber auch den dunklen und unbewussten Seiten meiner eigenen Geschichte näher.

Sogleich überarbeitete ich die eineinhalb Seiten von »Der Stein und der Sufi«. Das tägliche Notieren der Träume hatte mich ins erzählerische Umsetzen phantastischer Begebenheiten zwar eingeübt, doch »Ich fühle mich noch sehr unsicher in der Prosa«, wie ich in ein neues Arbeitsjournal notierte. Die Märchen folgten einer anderen Dramaturgie als die Träume, hatten eine Struktur des Erzählens, die ich erst verstehen wollte, und es war ein Taschenbuch, das mir den Zugang zu den strukturellen und weltanschaulichen Perspektiven der Märchen öffnete: Max Lüthi, »Das europäische Volksmärchen, Form und Wesen«. Ich fand in der Analyse des Baus, der Handlung, der Charaktere, in der Darstellung von erzählerischen Elementen wie der Abstraktion, Flächenhaftigkeit und Wiederholung so vieles, was mich zu lernen faszinierte, dass ich beschloss, mich an diesen Formen zu üben und einen Band mit Märchen zu schreiben.

Max Voegeli hatte in zwei seiner Bücher Motive aus den »Erzählungen aus den tausendundein Nächten« auf eigenwillige Weise verwoben: In »Die wunderbare Lampe« und in »Der Prinz von Hindustan«. Ich schrieb ihm von meinem Prosaprojekt, und wir trafen uns erneut im Café unweit des Seminars. Ein zweiter, intensiver Austausch über das Handwerk des Schreibens begann. Ich fragte Max Voegeli gleich zu Beginn unserer wöchentlichen Treffen, ob es nicht eine Gefahr sei, einzelne Märchen in den Orient zu verlegen, wie ich es bei »Der Stein und der Sufi« getan habe. Zu Hause notierte ich seine Antwort in mein neu angelegtes Arbeitsjournal:

»Es liegt bestimmt eine Gefahr darin, dass Ihnen eine Fülle an Material und Assoziationen aus der arabischen Erzähltradition zufällt. Doch betrachten Sie die Sache recht: Etwas Ähnliches geschieht auch, wenn Sie ein Märchen schreiben, das hier in Wettingen spielt. Es liegt im Wesen der Sprache, Fülle zu schaffen, und die Aufgabe des Schriftstellers ist es, nur das von ihr auszuwählen, was dem Stoff dient. Sie stellen mir eine Scheinfrage. Die richtig gestellte Frage lautet: Was habe ich zu schreiben, was ist mein Stoff? Diese Frage müssen Sie beantworten, dabei kann Ihnen niemand behilflich sein. Und noch eins: Wenn Sie Ananas meinen, sagen Sie nicht Kartoffel, und glauben Sie ja nicht, Sie könnten den Aarauer Frühlingsmarkt besser beschreiben als einen Basar, nur weil Sie in Suhr aufgewachsen sind. Orientieren Sie sich an den Alten. Achten Sie, wie sie mit den Mitteln und der Form umgehen. Nehmen Sie zum Beispiel die Ilias. Endlose Kämpfe, Intrigen, Betrug und Schlächterei. Und wozu? Homer muss das Motiv für all das Elend plausibel machen: Helena. Wie aber löst er das Problem. Sie beschreiben? Ausgeschlossen. Allein schon der Hinweis, Helena hätte schwarzes Haar, würde all jene enttäuschen, welche die Schönheit einer Frau mit der Vorstellung von blonden Haaren verbinden. Was also tun? Homer löst das Problem so: Die Ältesten und Weisesten von Troja setzen sich zusammen, um über das weitere Vorgehen zu bestimmen. Soll weitergekämpft, die Leiden weiter ertragen werden? Eine Entscheidung ist fällig, ein Kulminationspunkt der Erzählung erreicht, und da betritt Helena die Szene:

Tadelt nicht die Troer und hellumschienten Achaier, / die um ein solches Weib so lang' ausharren im Elend! / Einer unsterblichen Göttin fürwahr gleicht jene von Ansehn!

Was für ein Weib muss Helena gewesen sein, dass Alte und Weise zu so einem Schluss kommen – und der ist sehr viel unwahrscheinlicher, als wenn Sie Ihr Märchen in den Orient versetzen. Doch was für ein Geniestreich! Es ist der Leser, der Helena erschafft – jeder seine eigene, eine, für die sich zu kämpfen lohnt.«

Durch die Gespräche mit Max Voegeli einerseits, durch die Beschäftigung mit Bau und Stilelementen der Volksmärchen andererseits, tat sich für mich ein neuer, mich begeisternder Raum auf. Ich wusste jetzt, wo es mit meinem Schreiben weitergehen musste; ein Bruch mit Pippa war nicht mehr nötig, vor allem aber konnte ich mich ganz in meinen Schreibkosmos zurückziehen und tat das auch: In einer Kammer, die unserem Mansardenzimmer gegenüberlag, richtete ich einen Schreibtisch ein. Ich schlief in einem Schlafsack bis zwei Uhr früh, dann stand ich auf, um

»aus der Nacht heraus zu arbeiten«: Den Übergang von der Traum- in die Tagwelt stellte ich mir als eine Lücke vor, durch die ein sprachliches Magma ungehindert austreten konnte, das nach dem Erkalten geformt und gestaltet sein wollte: »Für meine Prosaarbeiten will ich mich der Anleitung Gogols unterziehen«, notierte ich ins Arbeitsjournal. »Erst will ich den vollständigen Entwurf in Handschrift fertigen. Ich lege ihn beiseite, bis ich zur Weiterarbeit die Notwendigkeit verspüre. Der Text wird vollkommen korrigiert, bis das ganze Blatt ausgefüllt ist und eine neue Abschrift notwendig macht. Diesen Prozess gedenke ich fünf bis zehn Mal zu wiederholen.« Im Laufe des Morgens schlüpfte ich wieder in den Schlafsack, schlief noch zwei, drei Stunden bis Mittag, dann nahm ich mir Studien über die Erzähltechniken des Volksmärchens weiter vor – und las mich anschließend durch die Romanwelten der Russen und Franzosen, die mir wirklicher erschienen als die Straßen und Häuser unter meinem Fenster. Gegen acht Uhr am Abend ging ich schlafen. Meine Kollegen, mit denen ich in den letzten Monaten zusammengewesen war, hatten Engagements oder waren weggezogen, und es gab Wochen, in denen ich meine Mansarde nicht ein einziges Mal verließ.

12

Pippa war von meinem neuen Tagesrhythmus wenig begeistert. Sie klagte, ich verschwände ganz in meiner Arbeit. Sie wisse nicht, woran ich schriebe und was mich beschäftigte. Es sei Wochen her, dass wir etwas gemeinsam unternommen hätten. Sie wolle mein völliges Verschwinden in der Arbeit nicht hinnehmen.

Ich könne sie verstehen, sagte ich, doch die Arbeitsphase gemeinsam mit Max Voegeli sei jetzt besonders intensiv, und ich müsste den gewählten Arbeitsrhythmus eine Weile durchhalten, wenigstens bis ich mit den Entwürfen meiner Märchen durch sei. Ich hätte nämlich bereits eine erste Auswahl an Verlage geschickt, falls sie angenommen würde, müsste ich mit dem Zyklus rechtzeitig fertig werden.

Pippa ließ mich gewähren, sie hatte erneut Proben, ging gegen zehn Uhr am Morgen aus dem Haus und kam oftmals erst nachts, wenn ich mich bereits im Schlafsack niedergelegt hatte, nach Hause. Es kam vor, dass wir uns einen oder gar zwei Tage nicht sahen, und es war kurz nach zwei Uhr an einem Morgen, nachdem ich mich aus dem Schlafsack gewunden hatte und mich mit schwerem Kopf an den Schreibtisch setzte, dass mich eine Angst schüttelte.

Etwas stimmte nicht. Ich überquerte den Boden zu unserer gegenüberliegenden Mansarde, lauschte an der Tür. Die Ritze an der Schwelle war dunkel, nichts war zu hören, und ich öffnete leise, um Pippa nicht zu wecken. Doch das Zimmer war leer, das Bett unbenutzt, ein Zettel und ein Brief lagen auf der Decke:

»Du hast ja jetzt einen Verlag« – und mich verloren, was zwar nicht dastand, aber gemeint war.

Ich starrte auf Pippas Schrift. Eine Welle von Panik ergriff mich. Sie war weg, bei jemand anderem, einem ihrer Kollegen, und ich spürte, wie in mir die in den letzten Wochen und Monaten aufgebaute Arbeitswelt ins Rutschen geriet. Als könnte ich das Wegbrechen noch aufhalten, griff ich nach dem Brief, sah auf das Logo des Verlags, riss den Umschlag auf. Wie ein Strohhalm war die Hoffnung, dass wenigstens mein Buch angenommen worden sei, und ich faltete den Brief auseinander, las: »Wir danken Ihnen … Leider sehen wir keine …« und der mich vernichtende Satz: »Wir dürfen Ihnen nicht verschweigen, dass wir Märchen in der heutigen Zeit für unpublizierbar halten.«

An dem Morgen, als der Fluss einen Teil unseres Hauses weggerissen hatte, ich von meiner Veranda hinab in einen Abgrund sah, habe ich nicht sofort an jenen Moment im Mansardenzimmer gedacht. Erst als die Arbeiter in ihren orangefarbenen Jacken die Reste der Mauer abtrugen und die Hinterfüllung aus Schutt und Sand in den Fluss schaufelten, dachte ich, dass der Anblick der weggerissenen Terrasse an jenem Morgen wie das um fünfzig Jahre verspätete äußere Bild meines damaligen Zustands gewesen sei. Und wie die Arbeiter jetzt, hoffte ich ein Fundament für einen neuen Aufbau zu finden. Ich hatte immer wieder versucht, mir ein Rückzugsgebiet zu schaffen, eine eigene Welt. Doch sie zerbrachen, hielten der Gegenwart nicht stand, und mir war damals in der Nacht, als ich Pippas Notiz im leeren Zimmer fand, klar geworden, dass ich einen Weg aus der Vergangenheit in die heutige Welt finden müsste. Doch wäre mein Fundament dazu tragfähig genug?

Die Arbeiter hätten längst auf den Fels stoßen müssen. Ich stand mit Ingenieuren und dem Bauleiter im Flussgarten des Nachbarn. Zwar sei vor der linken Flügelmauer ein Felskopf über der Wasserlinie sichtbar, sagte der Bauleiter, »doch der ist unterkolkt«, wie er ein Wort für unterspült verwendete, das ich nicht kannte. Zum Aufbau einer neuen Konstruktion könne er nicht verwendet werden.

– Wir haben keine Ahnung, wie das Problem zu lösen ist.

Und ich sah auf ihre Skizzen, die sie auf Notizblöcken entwarfen, blickte hinüber zu den Arbeitern, die Steine, Sand und Mauerbrocken in den Fluss schaufelten, verspürte das Unbehagen, das mich auch damals über Wochen nicht mehr losgelassen hatte. War es möglich, dass es keinen Fels gab, dass unser Haus auf losem Untergrund stand?

An einem Abend stand der Bauleiter in unserer Küche. Endlich, sagte er, heute haben wir den Fels gefunden, und ich ging mit ihm zum Flussgarten des Nachbarn, stieg über einen schmalen Brettersteg in die Baugrube unter unserem Haus. Auf der ganzen Länge der Hausmauer war der Fels freigelegt, und ich war beim Anblick glücklich, doch gleichzeitig auch bestürzt. Das Felsband war knapp eine Hand breit.

– Mutig, so weit auf die Kante hinauszubauen, sagte der Bauleiter.

- Ja, sagte ich, mutig! und hörte den Bauleiter auf meine stolze Betonung hin leise vor sich hin sprechen, was Pippa mir vor vielen Jahren sinngemäß auch gesagt hatte, als sie in unser Mansardenzimmer zurückgekehrt war.

– Nur heißt das, dass wir zum Fels ein zusätzliches Fundament aufbauen müssen, eines, das die Konstruktion über dem Wasser zu tragen vermag.